미래 한간

미래 인간

초반1쇄   2016년 3월 2일
초판2쇄   2016년 3월 10일

지은이   박 정 규
펴낸이   손 형 국
펴낸곳   (주)북랩
편집인   선일영   편집   김향인, 서대종, 권유선, 김성신
디자인   이현수, 신혜림, 윤미리내, 임혜수   제작   박기성, 황동현, 구성우
마케팅   김회란, 박진관, 김아름
출판등록 2004. 12. 1(제2012-000051호)
주소   서울시 금천구 가산디지털 1로 168, 우림라이온스밸리 B동 B113, 114호
홈페이지 www.book.co.kr
전화번호 (02)2026-5777   팩스   (02)2026-5747

ISBN   979-11-5585-943-8 03810(종이책)   979-11-5585-944-5 05810(전자책)

이 도서의 국립중앙도서관 출판예정도서목록(CIP)은 서지정보유통지원시스템 홈페이지(http://seoji.nl.go.kr)와
국가자료공동목록시스템(http://www.nl.go.kr/kolisnet)에서 이용하실 수 있습니다.
(CIP제어번호 : CIP2016004762)

성공한 사람들은 예외없이 기개가 남다르다고 합니다.
어려움에도 꺾이지 않았던 당신의 의기를 책에 담아보지 않으시렵니까?
책으로 펴내고 싶은 원고를 메일(book@book.co.kr)로 보내주세요.
성공출판의 파트너 북랩이 함께하겠습니다.

미래 인간

박정규 장편소설

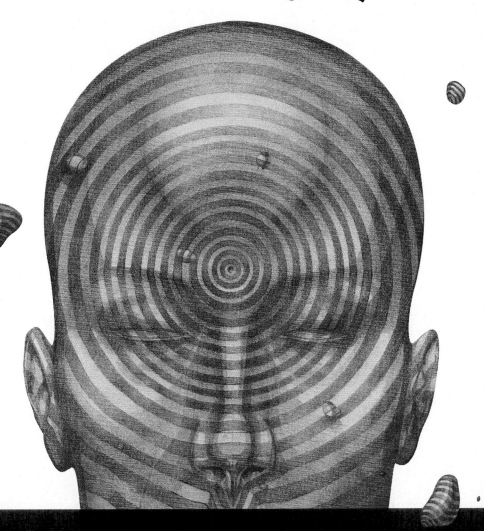

2016년 벽두에 최고의 작품을 만나다!

촘촘하고 정밀한 구성과 눈 뗄 수 없는 몰입도
반전에 반전을 거듭하는 숨 돌릴 틈 없는 전개
현대 사회에 문제의식을 던지는 묵직한 주제

북랩 book Lab

작가의 말

> "행복하기 위한 권리를 가지고 태어난 이 사회의 모든 사람과 동물들이 좀 더 행복한 사회에서 살면 좋겠다는 바람으로 시작한 이 글을 읽으시는 분들에게 바칩니다."

동물을 끔찍이 싫어했던 제가 고양이를 키우면서 말 못하는 동물들의 행동을 이해하려고 노력하게 된 이후로, 그동안 눈에 보이지 않던 부분들이 보이게 되었습니다. 소수의 입장에서 생각해보는 법입니다.

어느 날은 출근하는데 비가 억수같이 오고 있었습니다. 출근 시간에 비까지 와서 차가 밀리는데, 앞에 있는 차가 좀처럼 가지 않는 것이었습니다. 나중에 보니, 폐지를 잔뜩 싣고 가는 할머니의 손수레 때문에 밀린 것이었습니다. 제가 그분을 위해서 할 수 있는 일은 없었지만, 마음 한 곳에 쌓이는 이 애잔함과 분노는 무엇인지 저도 모르겠습니다.

매일 보도되는 수많은 사건과 일상 속에서 우리는 어떻게 살아가고 있는지, 앞으로는 어떻게 살아야 할지에 대한 고민이 필요할 때인 것 같습니다.

이 글을 쓰고 있는 오늘은 비가 아닌 눈이 내립니다. 그래서 일상은 누군가에는 잔인한가 봅니다.

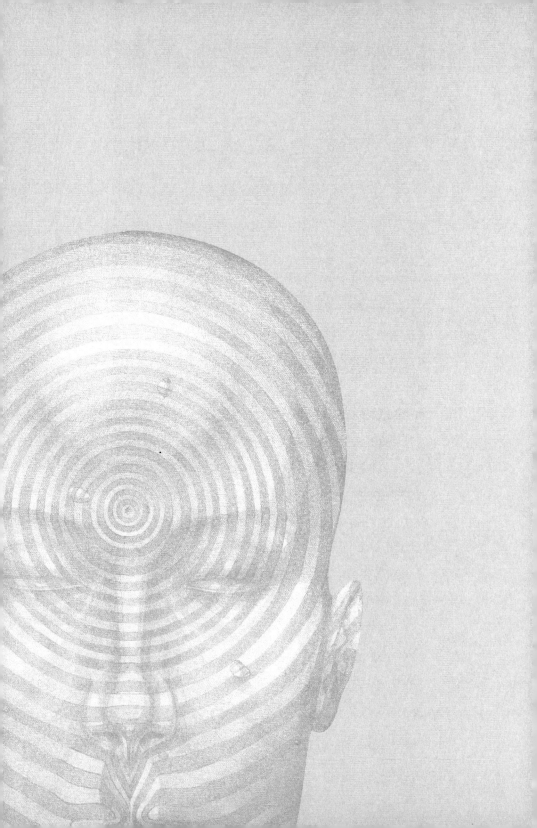

차례

제 1 화

살인자의 인터뷰

리포터의 이마에 땀이 맺히기 시작한다. 에어컨이 충분히 차갑게 나오고 있지만, 인터뷰를 하는 주변으로 온갖 조명과 많은 사람들이 숨죽이며 한 노인을 둘러싸고 있다. 리포터는 짧은 스커트가 신경 쓰이는지 손으로 다리 사이를 누르고 있다. 그 모습이 불편해 보이기만 하다. 리포터가 힘겹게 질문을 한다.

"그래서 갑자기 살인 충동을 느끼신 건가요?"

"아니올시다. 나는 살인을 한 것이 아니고, 그 친구에게 예의범절을 가르치려고 했습니다만. 그런데 이 친구의 태도를 갈수록 참을 수가 없었습니다. 타고난 인성이란, 가르쳐지지 않는단 말입니다. 그래도 사회 지배계층으로서 노력을 다하려고 했습니다. 반성의 시간을 주고 싶었단 말입니다. 못 배웠어도 적어도 그 버르장머리 없는 예의범절들을 가르쳐 주고 싶었단 말입니다."

"강제국 회장님. 사람들이 그 부분을 이해를 못하고 있어요. 예의범절을 가르치려고 강간을 하고 살인을 했다는 것이 일반인들은 이해하기 힘든 일이에요. CCTV에 보이는 것이나, 주변 사람들 증언으로도 회장님께서 피해자와 레스토랑에서는 부드럽게 웃으면서 다정하게 말한 것으로 보였다고 하는데요, 갑자기 살인을 한 이유가 무엇인지 시청자들에게 말씀해 주실 수 있나요?"

"이름이?"

"아, 저요? 크리스티나입니다. 크리스틴이라고 불러주세요."

"오, 내 어릴 적 영어 학원 선생님하고 이름이 같네요. 좋아요. 자네처럼 갈색 생머리에 키도 크고 참 예뻤는데 말이야. 특히 다리가 늘씬했지. 노랑머리 놈하고 발정나기 전까진 말이야. 정색할 거 없습니다. 칭찬이니까."

강제국 회장의 이마에 핏줄이 올라온다. 강제국 회장이 관자놀이를 애써 누르고 있다.

"아, 네. 칭찬해 주셔서 감사합니다. 그런데."

"동물을 키워 본 적 있소? 크리스틴, 강아지나 고양이."

"아니요. 직접 키워 본 적은 없지만, 저는 동물을 좋아해요. 강아지도 귀엽고 고양이도 귀여워요. 사실, 고양이는 좀 무섭긴 하지만요."

"크리스틴. 그러면, 자네는 동물을 좋아하는 게 아닌 게요. 내가 젊었을 때 이야기를 잠깐 해주지. 그때가 2015년도였던가? 그때는 강아지도 인기가 좋았지만, 고양이도 인기가 좋았지. 고양이를 키웠던 때가 있었어."

카메라 앞에 있던 남자가 크리스틴에게 손을 크게 돌리며, 보드판에 큰 글씨를 써서 사인을 보낸다.

'넘어가. 시간 없어. 지금 위에서 난리가 났다고.'

그 모습을 본 강제국 회장이 재미있다는 듯이 웃으며 말한다.

"오, 이런, 이런, 우리 PD님이 화나셨나 본데, 그래도 이 이야긴 꼭 해야겠는데, 크리스틴. 시청자들을 위해서. Forgive me."

크리스틴은 카메라 앞에 있던 남자에게 어깨를 으쓱해 본다. PD는 계속 답답한 표정을 크리스틴에게 보낸다. 강제국 회장은 아랑곳하지 않고 말을 이어간다.

"그때가 2015년쯤이던가? 화사한 봄날의 어느 날이었지. 5살 먹은 아들 녀석이 갑자기 고양이를 사달라고 졸라댔지. 저녁 8시가 넘어서 말이야. 그래서 견디다 못해 결국 밤 12시에 차를 끌고 나갔지. 당시만 해도 두세 달 된 고양이나 강아지를 24시간 분양하는 곳이 많았거든. 심지어 퀵으로 배달도 해줬지. 어쨌든지 간에 차를 몰고 가서는 50만 원을 주고 고양이를 샀네. 러시안 블루였지. 다 큰 러시안 블루의 사진을 봤을 때 회색 털이 은빛처럼 빛나고, 미세한 근육질의 잘 빠진 몸매는 정말 갖고 싶어서 안달이 나게 했거든. 작은 퓨마처럼 말이야. 그 이전엔 동물이라면 질색을 하던 나도 갖고 싶어하게 만들었지 뭔가 글쎄. 이 조그만 녀석이 그렇게 멋진 녀석으로 큰다는 것이 믿기지 않을 정도였지. 집으로 데려온 이후에 애지중지 키우던 그 녀석이 6개월쯤이 지나자 울기 시작했어. 처음엔 마치 아이 울음소리 같아서 나는 그것이 발정이라고 이해를 못했네. 같이 대화도 하고, 그렇게 1주일쯤을 보내는데, 시간이 갈수록 그 우는 소리가 점점 커졌지. 밤마다 새벽마다 계속 울어대는 통에 미칠 것 같더군. 1주일이 지난 어느 날이었어. 퇴근을 하고 보니 내가 아끼는 고급 가죽 소파에 노란 오줌을 쌌더군. 쌌다기보다, 갈겼다는 표현이 적절하겠어. 찍 하고 침을 뱉듯이 말이야. 여기저기 소파 전체에 오줌을 쌌단 말이야. 처음에 스프레이처럼 뿌리기 시작하더니, 그 소파를 화장실처럼 사용하더라 이 말이야. 소파에 고양이 오줌 냄새가 짙어질 때쯤, 가죽으로 되어 있는 것이란 것엔 모두 오줌을 싸더군. 처음엔 이 발정 온 것에 대해 내가 화를 낸 것이 미안하더군. 동물의 본능이란, 어쩔 수 없는 법이니까. 그때 당시엔 아파트 방음이 잘 안 됐거든. 밤 8시쯤 되면 경비실에서 인터폰을 울려댔지. 이웃집에서 항의가 들어온다고. 고양이 소리 때문에 잠을 잘 수가 없다는 거야. 그런데 나는 그런 사람들에게 미안함 대신에 우리 인간 사회에 대한 증오가 일어났어. 그때는 뉴스에서 동물학대에 대한 이야기가 끊임없이 나오고 동물학대가 자행되고 있었거든. 아무렇지도 않게 말이야. 그런데 그 학대에 대한 반대의 목소리는 SNS 등에서 동물보다는 굶어 죽는 사람에게 구호의 손길을 내밀라는 거였어. 맞는 말일 수도 있지만, 그렇게 주장하는 인간들은 정작 인간을 돕지도 않았고 동물학대를 계속해댔지. 그래서 나는 동물을 학대한 인간들을 죽이고 싶었지. 뉴스를 볼 때마다 혈관이 머릿속에 가득 차는 것을 느꼈네. 얼굴이 붉어져서 터질 것만 같았지.

어떤 인간은 고양이 수백 마리를 탕을 만드는 기계에 넣고 통째로 삶기도 하고, 이유 없이 꼬리나 머리를 자르기도 하고. 그런 믿지 못할 뉴스들이 계속 나오고 있었어. 그런 와중에서도 나는 이 발정 난 고양이를 품어 주기로 했단 말일세. 고양이를 위로해 주고 싶었어. 그래서 마음껏 울도록 내버려 두었지. 고양이의 오줌 냄새가 온 집 안을 뒤덮었지만, 고양이를 사랑하는 마음에 기쁜 마음으로 여기저기 걸레질을 해가며 참아 내고 있었지. 그런데 어느 날, 아내가 이런 말을 하더군.

'고양이를 계속 키우려면 중성화 수술을 시켜야 한다고, 그러면 발정도 사라질 것이라고.'

그런데 말이야, 이 중성화 수술이라는 것은 정말 끔찍한 것이네. 고양이를 정말 사랑한다면, 중성화 수술을 시키면 안 되는 것이지. 살아 있는 동물의 자궁을 통째로 들어낸다는 것이 과연 사랑이냔 말일세. 그래서 나는 이 친구에게 고통을 주지 않고 계속 사랑하기로 했어. 누가 뭐라고 해도, 이 친구에게 인간의 사랑이 무엇인지 보여 주고 싶었단 말일세. 이런 진정한 사람도 있다는 것을 알려주고 싶었다네. 그런데 이 발정이 2개월 주기로 계속 반복되니까 점차 인내심을 잃어가더군. 어느 날인가, 아내가 이혼 서류를 내민 날이었어. 빌어먹을 아파트 에어컨까지 고장이 나서 고양이 오줌 냄새와 강한 여름 햇빛이 어우러져 참을 수가 없었지."

크리스틴의 인이어 마이크에 참다못한 PD의 목소리가 다급하게 들린다.

"이봐, 크리스틴, 상황은 알겠는데, 이 황금 시청 시간에 지금 한가하게 고양이 이야기나 들을 시간이 없다고. 게다가 상대가 지금 세상을 떠들썩하게 만들고 있는 장본인인데, 자네 정말 이럴 거야?"

크리스틴은 대화의 방향을 바꿔보고 싶지만, 강제국 회장의 눈빛과 진지함에 어쩔 수 없이 다시 고양이 질문을 던진다. 깊게 패인 눈가의 주름은 마치 고전영화 대부에 나올 법한 음산한 과거를 담고 있다.

"고양이 때문에 이혼을 하게 되신 거라는 말씀이세요?"

"이혼은 고양이 때문이 아니라 서로의 본질이 달랐던 탓이야. 본질이 달랐던 탓."

"그 본질이 무엇인지는 몰라도 기분이 더 안 좋았겠네요. 고양이 발정에 이혼까지."

"난 이 친구에게 계속 점잖게 말로 타일렀어. 최선을 다하고 싶었어.

'울지 말라고, 이혼해서 슬플 거라는 그 마음을 다 안다고.'

이 러시안 블루는 내 말을 알아듣는 듯이 고개를 갸웃거렸지. 그리곤 내가 내려놓은 이혼 서류에 오줌을 지렸다네. 그때였지. 내가 처음으로 처벌을 마음먹기로 한 날이 말이야. 이 친구는 도저히 나와 교감이 안 되는 친구라고 느낀 순간이었지."

"교감을 나눈 친구에게 처벌을 하기로 했다는 말이군요. 안타깝게도."

"어쩔 수 없는 일이었지. 우린 서로 본질이 달랐으니까. 다만, 내가 말하고 싶은 건, 동물의 타고난 본능과 사람의 본성이란 어쩔 수 없다는 말일세. 아무리 사랑을 주고 기대해도 안 되는 것이 있지. 그래서 그것을 본성이라고 부르는지도 몰라. 동물은 사람의 말을 알아듣지 못해서라고 해도 사람은 다르지. 상대방의 말을 경청하는 척해도 눈빛과 뉘앙스를 보면 안단 말일세. 그 사람에게서 뿜어져 나오는 뉘앙스. 그 뉘앙스란 속일 수 없지. 사람이 인생을 거치면서 만들어 낸 그 뉘앙스란 것은 일종의 체취 같은 것이네. 숨기려 해도 숨길 수가 없지. 그땐 방법이 없네. 그 사람은 틀렸다는 말이지. 그런데 거기서 멈추지 않는 순간 누군가는 피해를 보기 마련이지. 나와 같은 사람들. 그 사람들이 피해를 보게 되네. 그래서 처벌이 일어나는 거야."

"그래서 회장님은 가르쳐도 말을 듣지 않을 것 같아서 처벌을 하신 것인가요? 강간하고 죽이신 건가요? 그것이 강제국 회장님의 처벌 방식인가요?"

"강간은 아니었다고 이미 재판 결과에도 나와 있네만. 어찌되었든지 반성할 기회를 준 것이네. 처벌을 하기 전에는, 반성할 기회를 줘야 하네. 반성은 꾸짖는다고 되는 게 아닐세. 진정으로 반성을 하게 만들기 위해서는, 큰 변화를 만들어 내야 하지. 내면의 변화. 정말로 본성을 바꿀 수 있는 계기. 그 사람이 가장 가치 있다고 여기는 것들을 건드려 줘야 하네. 그건 인내심이 필요하고, 정말 가치가 있다고 생각되는 일에 최선을 다하는 것이어야 하네. 그게 아니라면 꾸짖거나 서운해 할 필요조차 없지. 본성이란 바뀌지 않는 것인데 찰나의 순간으로 바뀌겠냐는 것이란 말이야. 다른 사람을 비난하거나 욕해서는 안 되네. 처벌하거나 반성할 기회를 주지 못한다면 말이야. 본성이란, 인간마다 다른 것이야. 아니, 동물마다 타고난 것이지. 나는 첫 번째 체벌에서 그걸 깨닫지 못했어. 그래서 창밖으로 던져 버렸지. 실패한 것이지."

"회장님의 말씀은 잘 제가 이해가 안 갑니다만, 요약하자면 그 직원을 그래서 창밖으로 던지고 싶었다는 말씀이신가요?"

"자네도 어지간해서는 습관을 못 고치겠네. 사람이 말할 때는 주의를 잘 집중해야지. 나는 고양이를 말한 것일세. 내가 처음으로 실패한 체벌을 말한 것이야."

김제나 교수는 TV에서 비치는 인터뷰를 보면서 믿기지 않는다는 표정으로 말했다.

"아니, 주무 연구위원님. 아무리 제가 절박해도 그렇지. 그 사람을 저보고 맡으라고요? 강간에 살인까지 한 사람을. 게다가 방금 보셨잖아요. 제정신이 아니라고요. 저 인간. 횡설수설에다가 잔인하기까지."

주무 연구위원은 김제나 교수의 앙칼진 목소리가 거슬린다는 듯이 미간을 잔뜩 찡그린다.

"자네도 알잖아. 강제국 회장의 듀엘 그룹은 세계 1위 바이오 제약회사야. 전 세계 바이오의약품 47%를 그 회사에서 생산한다고. 우리 연구소도 그쪽에서 많은 후원을 받고 있지. 게다가 재판결과는 강간이 아니고, 합의 하에 성관계를 했던 거야.

살인은 정신적인 문제가 있어서 그런 것으로 결론이 났다고. 이미 강제국 회장은 약을 수년간 복용해 왔단 말일세. 순간적인 정신착란을 일으킨 거라고. 강제국의 듀엘 그룹이 우리 나라 증시에 미치는 영향이 얼마인 줄 알아? 듀엘 그룹이 흔들리면 하루아침에 몇십조가 증발할 걸세. 그러면 그나마 한국에 있는 글로벌 회사가 흔들린다고."

"그래서 배심원 재판으로 밀어붙인 거군요. 강제국이 문제가 아니고 그 주식 소유자들의 문제였어요. 그리고 저는 배심원들이 그 이야길 믿어 줬다는 게 어이없을 따름인데요. 누가 봐도 그거 이상해요. 게다가 그 사건이 일어난 호텔은 듀엘 그룹 지분이 30% 이상이면서요? 보안직원들도 모두 듀엘 그룹 소속이고."

"그러니까, 더욱 떳떳하지. 제정신이라면 누가 자기 호텔에서 여자를 강간하고 살인까지 저지르겠나? 강제국 회장은 자수성가한 사람이야. 팬이 많아. 지금 정치권에서 러브콜 보내는 게 한두 번이야? 게다가 말은 저렇게 해도 기부도 많이 한다고. 동물보호협회, 저소득층, 필리핀 고아원 등등. 이번 자네 연구도 듀엘 그룹에서 후원하고 있잖아. 자네가 적임자야. 강제국 회장 정신병 상태도 자네가 하는 연구 주제와 딱 맞아 떨어지고. 만약 강제국 회장이 자네 연구 개발의 훌륭한 임상실험 대상이 된다면야 자넨 스타가 되는 거야. 혹시 아나? 자네가 만든 약으로 강제국 회장의 정신이 호전되면 전국구가 아니고 전 세계적으로 스타가 된다고. 남들은 하고 싶다고 난리야. 그리고 자네도 이제 연구위원인데 언제까지 그렇게 징징댈거야. 조직이 원하면 해야지. 일단 하고 나서 결과를 가지고 이야기해야지. 그렇게 평계가 많아서야."

주무 연구위원은 김제나 교수가 한심하다는 듯이 노려보며 말한다. 두꺼운 안경 뒤에는 김제나 교수를 경멸하는 듯한 눈빛이 서려 있다. 어쩌면 그것은 질투에 가까운 것일지도 모른다. 만약 김제나 교수가 아니었다면 그 임상실험은 본인이 했을지도 모른다는 희망 때문에 김제나 교수가 더욱 못마땅하다.

"제가 하는 임상실험을 자처한다고 선언한 것도 꺼림칙해요. 마치 숨죽여 기다렸다가 커밍아웃하듯이, 살인죄로 그렇게 욕을 먹고 있는 판에, 갑자기 임상실험 자원한다고? 하필 저희 연구소 격리실에 들어온 것도 그렇고. 수상쩍다고요."

"좋게 좋게 생각해. 다들 자네 연구 탐탁치 않게 생각할 때, 그나마 듀엘에서 지원금 대준 거 보답이라고 생각하고. 그리고 자네는 듀엘그룹 소속 재단의 장학생 아니었나? 혹시 알아? 이게 잘 풀리던 안 풀리던 간에 강제국 회장 일이 잘 마무리되면, 주 연구원직 보장 받을지. 난 부러운데. 그래서 안 할 거야? 언론에서 자네 연구로 이만큼 떠들고 있는 마당에. 치고 올라갈 때 쭉쭉 가야지."

"아니, 안 한다는 게 아니라, 좀 뭐랄까? 느낌이 안 좋아요."

"하여튼 한다는 걸로 알고. 2주 정도 후부터는 첫 만남이라도 해야 할 거야. 연구 개발비 끊기고 싶지 않으려면 말이야. A동 17층에 특별 룸을 설치할 예정이야. 그리고 강제국 회장이 자네 연구에 꽤나 흥미가 있다고 하더군. 참고로 자넬 지목한 것도 그 때문이야. 그 논문 말이야. 그거 보고 팬이 된 모양이던데."

"제 논문을 읽었다고요? 그 인간이?"

"이거 성공시켜서 우리 연구팀도 좀 주목 좀 받아보자. 나도 위로 올라간 지가 언제인지 잊어먹었어. 내가 여기서 비켜줘야 자네들도 위로 올라갈 거 아니냔 말이야. 나도 내년이면 이제 막차야. 올해가 거의 마지막이라고."

주무 연구위원이 문을 거칠게 열고 나가자, 옆에 있던 어시스턴트가 말한다.

"교수님. 저 인간 저거, 연구비 따내려고 또 안달났네요. 작년에도 물먹더니. 아주 그냥. 실력으로 올라가야지. 참."

"미나야. 나가서 커피 한 잔 하자. 나간 김에 발 마사지라도 받고 오자."

"교수님, 완짜 드셨나보네요."

"완짜?"

"완전 짜증이요."

김제나 교수는 요새 애들 말을 도저히 따라갈 수가 없다는 생각에 고개를 절레절레 흔든다. 스트레스가 쌓일 때는 이 연구소 주변에 있는 테라스 카페가 진리라고 생각하는 김제나 교수이다.

연구소 동에서 나와 무빙워크를 타고 바닷가가 잘 보이는 곳으로 이동한다. 오늘따라 햇빛에 반사된 노을이 아름답다. 미나는 휴대폰으로 사진을 찍기 시작한다. 그리고 SNS에 올리기 시작한다. 김제나 교수는 미나에게 한마디한다.

"연구를 그렇게 했어봐. 미나 너는 정말 그 정신이면 아마 노벨상도 탔을 거야."

"교수님. 교수님처럼 너무 일만 하고 사는 것도 안 좋아요. 사람들하고 소통하는 법도 좀 배우시고요."

"그래. 소통이 문제지. 항상."

김제나 교수는 미나와 함께 전망 좋은 자리에 앉아 아메리카노의 향기를 느낀다. 어떻게 이런 절경에 연구소를 지을 생각을 했을까?

이 연구소는 정확히는 전라남도 남해의 거금도 전체를 개발해서 만든 곳이다. 과거에는, 그러니까 2020년 전까지는 전라남도 고흥군에 속해 있었다. 총 길이 2,028m의 거금교를 2023년부터 일반인은 출입을 통제했고, 정부는 이곳을 독립된 하나의 거대한 바이오 연구 단지로 개발하기 시작했다. 이 연구 단지 개발을 통해서 중국에 산업을 잠식당하던 한국은 동북아 일대에서는 최대 규모의 바이오 연구단지로 거듭나게 되었고, 그나마 지금의 위치를 차지할 수 있었다. 옆에 있던 조그만 섬인 금당도와 금일도를 잇는 건국 이래 최대의 간척 사업을 벌여 만든 곳으로, 한국이 바이오의약 시장에서 선전할 수 있게 한 계기가 된 프로젝트이기도 하다.

A동 17층에 이르러 대형 유리문이 열리자, 마치 식물원에 온 듯한 느낌이다. 진귀한 식물들과 꽃들이 있고, 오아시스와 같은 조그만 호수 옆으로 물길이 흐른다.

식물원 한가운데 원목 책상이 있고, 그 옆에는 커다란 갈색 소파가 놓여 있다. 그 소파에 강제국 회장으로 보이는 노신사가 앉아 있다. TV에서 보던 것보다 눈빛이 더욱 불길하다.

"김제나 교수? 어서 오게나."

"강제국 회장님?"

"향기가 좋지 않나?"

"네. 오렌지 향기가 은은하니 좋네요. 식물들도 그렇고. 저도 이곳에서 근무한 지는 꽤 되지만, 여기에 이런 시설이 있는지 몰랐어요."

"아니, 오렌지 나무에서 나는 향기 말고, 고양이 냄새 말이야. 이 소파에서 나는 것일세. 인위적이지 않고 동물의 유전자가 그대로 느껴지지 않나?"

김제나 교수는 얼마 전 강제국 회장의 인터뷰가 떠올랐다. 그 예의 없는 말투하며, 말하는 습관이 원래 그런 것인지, 도무지 알 수 없는 단어를 먼저 상대방에게 이야기하니 대화하기가 쉽지 않다. 그렇다면 저 소파는 강제국 회장이 30대 초반에 가지고 있었던 것이다. 벌써, 60년 이상은 지난 소파이다. 고양이가 발정을 해서 오줌을 갈겼다는 인터뷰의 그 소파이다.

"그 첫 번째, 러시안 블루 고양이 말씀하시는 거네요."

"오, 그 인터뷰를 봤나 보군. 그 발정 난 리포터보다는 말이 좀 되겠어."

"사실, 저는 동물들을 별로 좋아하지 않아서요. 대화가 잘 통할지는 모르겠는데요."

"아니, 관심 말이야. 나는 관심을 말하는 걸세."

"관심이요?"

"그래, 제일 중요한 것은 관심이네. 관심은 존중과 배려의 또 다른 말이지. 나와 이렇게 대화하기 전에 내가 했던 인터뷰를 보고, 그 고양이에 대해서 기억한다는 것은 관심이지. 딱히 몰라도 되는 내용인데 말이야. 남자와 여자가 만나 첫 눈에 호감을 가지면, 얼마 지나지 않아서 격렬하게 섹스를 하게 되는데 섹스를 해야 서로의 마음을 놓을 수 있는 거지. 같이 식사를 하고 같이 칫솔을 써도 이상하지 않게 된다는 말일세. 오, 이런, 자네는 아직 미혼인가? 자네랑 섹스하자는 것은 아니네."

"네. 미혼이에요. 섹스가 관심이라는 거예요? 저도 섹스를 좋아하긴 하지만 그래도 회장님과 할 마음은 안 드네요."

"그래? 나는 자네가 마음에 드는데 말이야."

"그래서 저를 강간이라도 하겠다는 건가요?"

"당하는 것을 즐기는 것에 대한 역설적인 표현인 줄은 미처 몰라봤구만. 요즘은 결혼보다는 동거가 많지만, 그 결혼이라는 것을 해봐야 인간의 본성을 알 수 있다네. 고양이의 발정이 생물학적으로 당연하듯이, 인간의 본성이라는 것은 섹스가 아닌 결혼이라네. 인간은 섹스 후의 결과물에 대해서 책임을 질 것을 학습 받았고 강요당했지. 결국 그것이 DNA에 녹아들어 본성으로 스며든 것이야. 그 DNA가 어디로 흐르느냐 하는 것이 중요한 본질이지. 다시 본론으로 돌아가면, 섹스를 즐기다 보면 서로가 그 쾌락이 충전되지 않은 느낌을 가질 때가 있어. 마치, 그토록 바라던 상대가 아니었다는 듯이 말이지. 그러면 무기력해지고 관심이 점차 없어지지. 그때 인간은 본능적으로 알게 되지. 그 '배려'라는 것 말이야. 싫은데 좋은 척하는 건 가식이 아니고 '배려'라네. 솔직하게 별로라고 말하는 것이 '무례'한 것이네. 그런데 그 별로라고 생각되는 순간은 인간이 생물학적으로 자신의 후손을 남기기 위해 상대방에게 할 만큼 했다는 것을 의미하네. 이만큼 했는데도 후손이 생기지 않는다면 더 이상 노력을 하지 말고 다른 상대를 찾아야 하는 것을 의미하기도 하지. 때에 따른 관점에서는 말이야."

김제나 교수는 강제국 교수의 괴이함에 대해서 머리가 혼란스럽다. 도대체 무슨 말을 하는 것이란 말인가? 어쨌거나 강제국 교수는 보기 드문 임상실험 대상이다. 강제국 교수의 임상실험이 제대로 잘 되기만 한다면, 김제나 교수는 연구비 지원은 물론이고, 학계에서도 순식간에 인정을 받을 수 있을 것이다. 그것을 이루기 위해서는 먼저, 강제국 교수를 이해해야 한다. 물론, 이것이 하기 싫은 일을 위한 것일지라도 후원금은 끊기지 않고 받을 수 있을 터였다.

"왜 제 임상실험에 지원하셨죠? 일부러 제 임상실험에 지원하지 않아도 어차피 재판에서는 정신과 치료를 받으면 된다고 했으니까, 이렇게까지 할 필요는 없을 거 같은데 말이죠. 이렇게 간혀 있으면 답답하지 않으시겠어요? 회장님 저택은 엄청 넓다고 언론에 나오던데."

"나는 갇혀 있어야 되는 병을 앓고 있지. 내가 앓고 있는 병은 자네의 연구에서 밝힌 그 병이네. 그러니까 그 병을 치료하려면 그 병을 제일 잘 알고 있는 자네한테 치료를 받아야 하지. 난 자네가 무엇을 원하는지도 알고 있고. 나에게 설명하지 않아도 된다는 말일세. 그리고 지금 녹화되는 이 대화와 장면을 잘 보관하고 분석하길 바라네. 그것이 자네 연구에 도움이 될 테니까 말이지. 나는 1979년에 태어났네. 그러니까, 나는 살만큼 산 셈이지. 자네의 임상실험 기준에 딱 맞는 사람이야. 임상실험으로 죽어도 그렇게 억울하지 않을 테니 말이야. 최근에 벌어진 '살인 및 강간' 사건을 빼면 괜찮게 살아 온 사람이기도 하고. 그래서 내가 자원한 것이네. 자네 연구를 돕고 싶어서 말이야. 정확히는 내가 자네 연구에 참여하게 될 영광을 내가 얻은 것이지. 세상의 진실은 보여지는 것과 다르다는 것을 말해주고 싶었거든. 그리고 자네의 연구를 매우 신뢰하기도 하고."

"제 임상실험에 참여하려고 살인했다? 뭐 이런 거예요?"

"자원했다, 지원했다기보다 자네 연구에 나오는 미래 인간 1호를 내가 잘 알아서 가르쳐 주고 싶었을 뿐이야."

"미래 인간 1호를 알고 있다고요?"

"아주 잘 알고 있지."

김제나 교수는 더욱 알 수 없는 이 괴짜 노인의 말에 머리가 아파오기 시작했다. 어쩌면 이 사람은 진짜 정신분열증 환자이거나 과대망상증 환자일 수도 있다는 생각이 들었다. 제발, 이 연구가 시간 낭비가 아니길 바라는 마음뿐이었다.

"자네 논문 속에 '미래 인간'을 이해하는 데 가장 부족한 것은, '본질'이네. 현재의 인간 속에 섞여 있는 과거의 씨앗부터 자라온 이 '미래 인간'을 이해하기 위해서는 단순한 사회적인 변화만 가지고는 이해할 수 없는 것들이 많아. 특히나 그것을 정신과학적 측면에서 접근하는 것은 매우 어리석은 일이네. 그래서 나도 치료제를 만들어서 복용해 봤네만 효과가 없었지."

"제가 논문에서 말한 '미래 인간' 치료제를 이미 만들어서 복용을 해 봤다는 말인가요?"

"그래, 우리 회사 최고의 연구진이 만들어 준 치료제를 복용했지. 그 결과로 살인을 저질렀네만."

"아니, 그럼 그 치료제의 부작용 때문이라는 말인가요?"

"뭐 그런 셈이지."

"회장님이 그 미래 인간이라면 왜 공개하지 않았죠? 그렇다면 좀 더 빨리 관리를 할 수 있었을 텐데요."

"공개했다면 아마 듀엘 그룹 이미지가 안 좋아졌겠지. 그리고 주식가치가 엄청나게 하락했겠지."

"그 치료제가 부작용을 가진 이유는 단순히 신경정신 치료에만 집중했기 때문이야. 사람의 뇌에서 왜 그런 작용들이 일어났는지에만 집중했기 때문에 벌어진 실수란 말이야. 그 병은 일종의 유전병과 같아."

"유전병이라고요? 그 미래 인간은 유전병이 아니에요. 돌연

변이와 같은 DNA의 변이가 일어나서 생기는 그런 종류의 병이라고요."

"그 미래 인간들이 변이에 의해 갑자기 출몰했다고 보는 모양이지? 그건 신종 바이러스나 감염에 의한 것이 아닌 걸 잘 알고 있지 않나? 나는 그 답을 찾기 위해 여기에 온 것이네. '미래 인간'들은 끊임없이 변이할 것이고, 변종될 가능성이 높아. 단순히 이 시점의 해결책만으로는 거기에 대한 답을 할 수 없지. 게다가 사람마다 어떻게 나타나게 될진 아무도 모르지."

"그럼, 회장님은 답을 찾았단 말씀이세요?"

"답을 찾았다고는 말하지 않네. 다만, 답을 찾고 있다고 했지. 몇 가지 가설 중에서 가장 중요한 원인은 찾아냈네."

"그 원인이 뭔데요?"

"그건 사회의 '계급' 구조야."

"계급 구조? 계급이라고 하신 거예요?"

"그래. 미래 인간 병의 근본적인 원인, 계급 구조."

제 2 화

코피노와 슈퍼달러

"안녕하세요? YCB 토론의 사회자 중재환입니다. 최근, 김제나 교수가 발표한 논문이 여러 가지 사회적인 파장을 불러일으키고 있는데 말이죠. 이 논문이 사회에 미치는 영향과 과연 전문가들은 어떻게 생각하는지, 오늘은 그 의견을 들어보도록 하겠습니다.

먼저, 김제나 교수와 같은 정신의학을 연구하고 있는 듀엘 그룹의 모지엔 교수님 모셨고요. 그리고, 현실 공감이라는 책으로 우리에게 더욱 유명한 사회학자 윤기성 교수님, 곤충학과 동물학, 유전학을 동시에 연구해서 주목 받으신 장 바이오 교수님, 세계적인 경제학 권위자이신 배지환 교수님, 마지막으로 역사학자 장보동 교수님을 모셨습니다. 그리고 뒤에는 각계의 연구원님들과 일반 시민들이 함께 자리를 해 주셨습니다. 김제나 교수의 논문 '미래 인간의 출현', 도대체 뭐가 화제일까요? 자, 먼저, 모지엔 교수님. 지금 이슈가 되고 있는 김제나 교수의 논문, 요약하자면 어떤 것인지 알아듣게 설명을 좀 해 주시겠습니까?"

"네. 상당히 다양하고 복잡한 논문입니다. 일반적으로 이해가 잘 안 되죠. 그래서 제가 표를 그려 와 봤습니다. 시청자분들께서 어렵지 않게 이해할 수 있도록이요."

"모지엔 교수님은 언제나 친절하시네요. 그래서 모지엔 교수, 모지엔 교수 하나봅니다. 허허."

"감사합니다. 김제나 교수의 논문을 간략하게 요약하자면요, 보시는 바와 같은데요.

1. 원인

세계적으로 저(低)성장, 고(高)물가 추이가 지속되면서, 한국 사회의 초고령화를 가속시켰다. 이에 따른 여러 가지 사회적 이슈가 대두되었는데, 각 요인들이 어떻게 영향을 미쳤는지는 정확히 결론 내릴 수 없으나, 대략적으로 다음과 같은 사회적 이슈를 유추해 본다.

① 인구학적으로 결혼을 하지 않고, 혼자 사는 1인 가구가 인구의 70% 이상을 넘어섰다.

② 사회적으로 제조업과 건설업 등의 실종으로 인한 실업률이 50% 이상을 넘어섰다.

③ 기술적으로 모바일과 가상, 증강현실을 통한 초 연결사

회가 본격 등장했다.

결과적으로 한국 사회는 생각과 사고보다 검색을, 배려와 인내보다는 분노와 피해의식을 가진 사회로 가고 있다. 이 사회의 환경에 40년 이상 노출된 사람들은 사회가 가르치고 있는 학습이나 관습과는 다른 성향을 보이게 된다.

2. 현상

사회적인 현상에 노출된 일부 인간의 뇌가 스트레스를 견디지 못하고 결국 이를 극복하기 위해 진화론적인 방향을 선택하게 된다. 그것은 자아의 의지와는 상관없이 뇌세포와 DNA가 사회의 스트레스를 극복하고, 주변 환경에 유리하게 살아남기 위해 선택한 방법이다. 이는 DNA 수준에서의 진화론적 관점에 기초한다.

① 증거 제시

이미 1975년 이후에 태어난 한국인의 0.1% 이상에서 문제가 발생했던 것으로 예상되고 있으며, 2060년 이후에는 신생아의 27%가 인격적 결핍 상태로 성장할 가능성을 가지고 태어난다. 부모의 성격이 일부 유전되며, 이 유전된 DNA는 사회적 학습에 의해 더욱 가속화되고 있음에도 의학적인 소견은 정상이다.

이 신생아들이 청년이 되는 2080년 이후 극단적 사회가 오고, 이를 사회가 통제하거나 극복하지 못할 것이다.

② 해결 방안

김제나 교수는 이 새로운 인류를 '미래 인간'이라고 칭하였으며, '미래 인간'의 종류는 크게 네 개의 분류가 있다. 이 네 가지의 분류를 미래 인간 1종, 2종, 3종, 4종이라고 부른다. 이 미래 인간들을 유전적으로 치료하거나 혹은 도움이 되는 바이오 의약품을 개발하기 위해 임상실험 필요성에 대한 설명회를 가지고 임상실험 공개 모집을 발표하였다. 이 임상실험 대상자는 2020년 이후에 태어난 사회적 중산층 이상이다.

　뭐, 요약하자면 대략 이런 것입니다. 그 내용 중 일부가 갑자기 과격해지고 급진적으로 변한 것은 사실인데, 그 중에서도 미래 인간 1종부터 4종까지의 특징이 두드러집니다. 인간에게 혈액형이 A형, B형, AB형, O형이 있듯이 미래 인간들은 1종, 2종 3종, 4종을 가지고 있다는 것입니다. 차이점은 혈액형은 병이 아니지만, 이 미래 인간은 일종의 병이라고 보는 관점입니다. 다만, 많은 논문 중에서 학계에서 잘 알려지지 않았던 김제나 교수가 방대한 연구 자료를 가지고 체계적으로 실험을 해 왔다는 것이 일약 주목받게 된 배경이라고 할 수 있습니다."
　"그러니까, 혈액형처럼 이 미래 인간 병이 유전된다는 것인가요?"
　"김제나 교수의 연구는 진화론을 근거로 하고 있습니다. 그러니까, DNA조차 환경 적응을 위해서 우성에 해당하는 것이 지속 발전하고, 환경에 적합하게 조합된다는 것이죠."
　"그래서 김제나 교수가 사회 환경 변화를 이 연구의 첫 번째 문제제기로 삼은 것이군요?"

"네. 그렇다고 할 수 있습니다."

"김제나 교수가 겨우 이제 30대 후반입니다. 어떻게 이 연구를 해왔을까요?"

"김제나 교수의 어머니가 바로 김승희 교수입니다. 학계에서 유명한 분이시죠. 김제나 교수 연구의 상당 부분이 김승희 교수의 연구를 이어 받아 진행된 것으로 알려져 있습니다."

"그렇다면, 김제나 교수 이전에 김승희 교수가 연구를 시작하고 있었다고 봐도 되겠네요?"

"그렇습니다. 김승희 교수가 상당 부분 연구를 진척시켰고, 김제나 교수는 그 연구를 토대로 미래 인간을 구별해 내는 DNA 과학을 발전시킨 것이라고 할 수 있습니다."

"그럼 미래 인간 1종부터 4종까지의 구분, 어떻게 하는 것입니까?"

"김제나 교수의 연구에 의하면, 아직까지 미래 인간들을 구별하는 방법이 완전하지 않다고 합니다. 혈액형처럼 구별이 간단하지가 않고, DNA를 통한 조사방법으로도 아직 뚜렷하지 않다고 합니다. 정확도가 약 70% 수준에 이른다고 논문에 나와 있습니다."

"그렇다면, 미래 인간들이 종류에 따라서 발병 징후가 좀 있나요?"

"미래 인간들은 특징은 다양하지만, 대략적으로 주요 특징은 다음과 같습니다.

① 1종 : 분노조절 장애. 남녀 구분 없이 가장 많은 비율 차지

② 2종 : 과대망상 증상. 여성에게서 많이 발견

③ 3종 : 가상과 현실 세계의 혼돈. 남성에게서 많이 발견

④ 4종 : 권력 추구. 정보의 소유에 대한 집착.

　　선악의 판단 못함."

"미래 인간 종에 따른 비율이 있다면서요?"

"네. 제일 많이 발병하는 것이 1종이고, 가장 발견하기 어려운 케이스가 4종입니다. 4종은 구분 자체가 어려워 사전에 감별이 어렵고 결과가 발생한 후에나 추정을 통해 알 수 있다는 것이 특징입니다."

"제가 언뜻 듣기에는 일반적인 증후나 증세, 그리고 정신병의 일종처럼 들리는데요?"

"이 미래 인간 병의 가장 큰 특징은 인간의 DNA를 통해 지속적으로 유전된다는 것이고요, 병에 걸리면 의지만으로는 극복할 수 없다는 것입니다. 그러니까, 바이러스나 세균이 아닌 DNA 자체가 변하는 것으로 보면 되는데, 이게 병인 것인지 인간이 미래 사회에 맞게 진화하는 경향인 것인지는 학계에서도 논란의 소지가 있습니다."

"인간이 미래 사회에 적합하게 진화한다는 것이 언뜻 이해가 안가는 말입니다만."

"네. 분명히 현재의 가치와 사고로는 이해하기 힘든 부분이 있습니다. 그러니까 현재 우리의 문화가치관과 부합되지 않는

방향의 행동이 일어나니까 저희는 이것을 병으로 분류하고 있는 것이고요. 또한 그 병에 걸리면 타인에게 반드시 피해를 준다는 주장 때문에 병으로 분류하는 것입니다. 그것이 살인이든지 사기나 강간이든지요. 연쇄 살인으로까지 이어질 수 있어 심각한 문제를 야기한다고 합니다."

"그렇다면, 사이코패스나 소시오패스와는 어떻게 다른 것입니까?"

"사이코패스나 소시오패스는 정신병의 일종입니다. 뇌에 어떤 부분을 담당하는 부분이 제 기능을 하지 못하는 것이죠. 그런데 이 미래 인간 병은 DNA를 통해 널리 확산되어 잠재적인 병이라고 인지를 못하다가 어느 순간 발병된다는 점에서 구별이 됩니다."

"이렇게 과격한 논문, 특이한 연구주제이긴 합니다만, 갑자기 왜 폭발적으로 주목받는 것일까요?"

"여러분도 잘 아시다시피, 듀엘 그룹의 강제국 회장이 최근 강간 및 살인혐의로 호텔에서 체포되었는데요. 배심원들은 강제국 회장이 정신병을 앓고 있다고 판단했습니다. 그런데 문제는 강제국 회장이 본인이 앓고 있는 정신병을 바로 김제나 교수의 논문에 등장하는 '미래 인간' 병이라고 한 것입니다. 그리고 김제나 교수가 진행하는 임상실험에 자원했다는 사실입니다. 강제국 회장은 세계적인 바이오의약품 회사 듀엘 그룹의 상징과 같은 존재이고, 그 듀엘 그룹은 바로 알츠하이머와 같은 뇌와 관련된 신약에 대해 선구적인 역할을 하는 곳입니다. 그래서 더욱 미래 인간에 대한 이슈가 부각되고 있는 것 같습니다."

"그렇군요. 그렇다면, 그 강제국 회장에 대한 이슈를 제외하고 순수하게 논문 자체만 가지고 판단해 보면, 어떠십니까? 논문 내용이 너무 성급한 가설과 결과를 내놓고 있는 것은 아닌가요? 게다가, 신경정신과 전문 교수가 인구과학적인 측면과 사회적, 기술적인 것을 가지고 그런 결과를 이끌어 냈다는 것이 과연 타당한 근거가 있는 것입니까?"

"그 점 때문에 사회적인 파장이 일어나고 있는 것인데요, 이 논문의 파장은 이런 결과를 이끌어 낸 실험 결과에 있습니다. 그러니까, 김제나 교수가 주장하는 1975년 이후에 때어난 한국인의 0.1%가 변이를 일으켰다고 하는 그 결과는 철저하게 사실과 데이터에 기인하고 있다고 주장하고 있습니다. 그래서 다소 황당한 주장이지만, 여러 학계에서도 섣불리 반박하지 못하고 있고, 검증을 위해서는 좀 더 시간이 필요하다는 입장입니다. 그 논문에 가장 크게 인용되고 있는 부분이 바로 저희 듀엘 그룹의 연구입니다. 아시다시피, 듀엘 그룹은 2017년까지만 해도 조그만 바이오시밀러 생산 회사에 지나지 않았습니다. 그런 듀엘 그룹이 세계적인 회사로 성장할 수 있었던 배경은, 선진국들의 급속한 초고령 사회 진입에 있었던 것입니다. 당시만 해도 바이오시밀러는 어느 정도 기술력만 가지고 있으면 가능했지만, 바이오신약 개발은 일부 선진국들에서만 철저히 차단되어 연구된 기술입니다. 그런데…"

"말씀 중에 죄송합니다만, 시청자들의 이해를 돕기 위해 바이오 시밀러의 의미를 좀 설명해 주시겠습니까?"

"네. 그러니까, 일반적으로 의약품은 합성으로 만드는 것입니다. 그런데 부작용이 있을 수 있고, 인체에 적합하다고는 볼 수 없습니다. 이를 대체하기 위해서 세포, 단백질, 유전자 등의 살아 있는 생물체 원료에서 의약품 성분을 추출하여 만든 것이 바이오 의약품인 것입니다. 그 중에서도 바이오시밀러는 특허가 만료된 약을 복제로 생산하는 것을 의미합니다.[1] 그리고 이 바이오시밀러만으로는 생산 공장을 최대한 가동할 수 없기 때문에 바이오의약품의 일부를 선진국에서 위탁 받아 위탁생산하는 것도 병행해야 합니다."

"네, 그렇군요. 그런데 이것이 어떤 관계가 있다는 것이죠?"

"다시 본론으로 돌아가면, 듀엘 그룹이 2019년에 급속히 성장하게 된 배경이, 태국에 있는 바이오의약품 위탁 생산 공장에서 바이오 신약개발에 성공했기 때문입니다."

"그 신약이 어떤 것입니까?"

"성호르몬 관련 신약입니다. 그러니까, 당시에는 태국과 필리핀을 중심으로 트랜스젠더가 되고 싶은 사람들이 많았습니다. 그런데, 경제적으로 어렵다 보니까, 병원에서 제대로 된 처방을 받기보다는, 피임약을 강제로 많이 먹어서 발육을 강제로 늦추게 되는 방법 등이 많이 사용되었죠. 그러다 보니 트랜스젠더는 40살 초반이면 부작용으로 사망하는 일이 빈번했습니다.

그래서 대부분의 트랜스젠더들은 젊었을 때, 돈을 많이 벌기 위해, 트랜스젠더 쇼 등을 통해 관광객들로부터 수입을 벌어

들였는데, 대부분 그 돈은 다시 트랜스젠더 약물 투여에 사용되었습니다. 듀엘 그룹은 이 트랜스젠더들의 호르몬 주사에 사용되는 약을 위탁 생산하다가, 획기적인 신약을 개발하게 되었는데, 그 계기가 동남아 정부들의 임상실험에 대한 제재가 많이 완화되었기 때문이었습니다. 주로 임상실험에 참여하는 사람들은 돈이 없거나 가난한 사람들이 대부분이었습니다. 그 중 상당수가 코피노들이었습니다. 한국인과 필리핀 여성 사이에 태어난 아이들 말입니다. 딱히 저희가 선별했다고 하기보다, 나중에 임상실험 참여 결과를 보니 코피노였다는 것입니다. 그런데 일부 임상실험 도중에 과도한 성도착증이나 자살 등을 보이는 경우가 발생했습니다. 그 대부분이 코피노 임상실험 대상자였구요. 그래서 듀엘 그룹은 원인을 분석하기 시작했습니다. 그 원인을 분석하던 중, 코피노들의 생활 환경뿐만 아니라 유전적인 부분, 그리고 그 코피노 아버지들의 생활 습관 등을 알아보기 위해 일부 코피노 아버지들의 행방을 찾아 한국을 방문했고, 그 사람들의 행태를 관찰하기 시작했습니다. 처음에는 그저 문제점을 보완하기 위한 하나의 과정으로 여겼습니다. 그래야 연구 개발비나 지원금이 끊기지 않을 테니까요. 그런데 연구를 하던 중에 상당한 신빙성이 있는 자료들을 찾게 되었고, 나중에는 한국에 전문 연구소를 설립하였습니다. 그 초대 연구소장으로 있었던 분이 바로 김제나 씨의 양어머니인 김승희 교수입니다. 김승희 교수는 연구에서 일부 부적합 코피노들의 부친들에게서 기형적 변이를 발견했다고 합니다. 당시에는 워낙 조심스러운 일이라서 외부에는 자료가 공개되지 않았고, 다만 저희 바이오 신약개발의 부작용을 방지할 용도로만 사용되었습니다. 그런데 트랜스젠더 호르몬제 개발 이후에도 김승희 교수는 별도로 코피노 아버지들의 연구를 계속했습니다. 그리고 한국 사회에 대한 전반적인 문제들도 연구하기 시작했고요. 그 연구들 중의 일부가 김제나 교수의 논문에 실린 것이고요."

"아, 그렇다면, 김승희 교수가 정확히 언제부터 몇 명을 대상으로 조사를 한 것입니까?"

"논문에 언급된 자료에는, 2016년부터 2036년까지 약 20년에 걸쳐 1만 2천 명을 대상으로 DNA 정보를 축적해 오고 조사를 했다고 알려져 있습니다. 물론 김제나 교수가 그 이후로도 계속 연구를 이어갔다면 훨씬 더 긴 연구결과일 것으로 보입니다만, 언제부터 연구를 시작했는지에 대해서 정확히 알려져 있지 않습니다. 어쨌거나, 통계학적으로 볼 때 이 정도 연구 결과라면 '상당한 인과관계에 있다'라고 볼 수 있습니다. 오차 범위가 굉장히 작습니다."

"하, 이거 참, 이야기를 들으면 들을수록 심각해지는 문제네요. 그렇다면 다른 연구기관들은 왜 진즉에 알지 못했나요?"

"인간의 게놈지도가 완성된 것이 불과 2003년 초의 일입니다. DNA 정보 수집에 대한 기술적인 것이나, 여러 측면에서 부족했던 부분이 있었죠. 그리고 이 연구는 당시에 고비용 저효율 사업이었습니다. 굳이 이 연구가 아니어도 인류가 해결해야 할 질병도 많았고, 그 질병들을 정복하는 것만으로도 많은 수익을 거둘 수 있었습니다."

"그렇다면 뜻하지 않게 동남아시아의 트랜스젠더 호르몬 치료제 개발을 위해 시작했던 연구가 코피노를 거쳐, 코피노 아버지들의 연구에 이르게 된 것이군요. 그리고 그 코피노 아버지들을 수십 년 관찰한 결과가 바로 뇌와 DNA에 안 좋은 변이를 일으키고 있는 '미래 인간'들을 대변하고 있네요. 참 놀라운 일이 아닐 수 없는데요. 현실 공감으로 유명한 사회학자 윤기성 교수의 이야기를 들어 볼 차례인데요. 윤기성 교수님, 어떻게 보십니까?"

"안녕하세요? 현실 공감의 윤기성입니다. 일단, 김제나 교수가 논문 앞에서 제시한 부분들은 다들 알고 있는 내용이에요. 너무나 많이 인용되어 왔고, 이미 수십 년 전부터 지적되어 왔던 사항들이란 말이지요. 다만, 누구도 그것이 인간의 뇌에 심각한 영향을 '미칠 것이다'라고 했지, '실제로 영향을 미쳤다거나 그 결과가 이렇게 임상실험 자료로 나와 있고, 또 그것이 표본 오차 내에 있다'라고 이야기한 학자는 없었습니다. 왜냐? 이거 증명하기 힘든 문제거든요. 이게, 당시 상황을 좀 더 엿보자면, 여기 계신 분들도 그때 이야기 잘 모르실텐데. 그러니까, 김제나 교수가 예로 들고 있는 1975년 이후에 태어난 사람들, 대부분이 남성들인데요. 이때의 사회 분위기에 대해서 이야기를 해보겠습니다. 1975년쯤을 기점으로 한국 경제는 과거에 비해서 고도성장하게 됩니다. 1988년 올림픽 이후에는 더욱 그렇구요. 김제나 교수가 말한 코피노들은 이 1975년에서 1990년 사이에 태어난 한국 남성들이 20~30대 어학연수나 관광 목적으로 동남아로 가서 문제를 발생시킨 경우입니다. 당시에는 글로벌 세계화다 해서, 영어 교육에 한참 열을 올릴 때였습니다. 그런데 캐나다, 영국, 미국, 호주는 물가와 생활비가 너무 많이 드니까 이를 절약해 보려고 영어를 생활어로 쓰는 필리핀으로 많이 어학연수를 간 것이죠. 관광도 많이들 갔고요. 그런데 어떻겠어요? 거기에 간 한국 남성들. 처음엔 아마 성적인 생각은 안 들었을 겁니다. 왜냐하면, 그쪽 여자들이 못생겼거든. 하관도 각지고, 이빨도 벌어지고, 별로였을 거란 말이지."

"아, 윤기성 교수님. 인종차별적인 발언은 삼가…."

"에이, 끝까지 들어봐요. 그러니까, 그렇게 오해를 했을 거란 말이야. 내 이야기는. TV에서 보면 다들 그쪽 원주민들 보여주니까, 그런가 보다 한 거지. 그런데 그 당시에 어땠을까? 미국, 유럽 할 것 없이 많은 사람들이 필리핀, 태국을 갔단 말이에요. 그리고 그 옆에 중국도 엄청 드나들었단 말이지. 그래서 혼혈들이 많아요. 거기가. 그러면 어떻겠어요? 여자들이 예쁘단 말이야. 생각과는 다르단 이야기지. 제가 방금 전에 이야기한 내용을 보면, 거기에 간 사람들이 대부분 잘 사는 사람들이겠어요? 아니면 그냥 그저 그랬겠어요? 그렇게 한국에서 인정받는 지도층은 아니었단 말이야. 그런데 거기 가서 어땠겠어요? 한국과 필리핀의 경제 차이 때문에 한국 돈 조금만 써도 거기서는 한 달 내내 먹고 살았다 이거야. 한국 남자가 백마 탄 왕자라 이 소리지. 그래서 어학 연수하거나 학교 다니면서 거기에 있는 예쁜

아가씨들이랑 사귀고 동거를 한 거지. 왜냐? 만약, 성 접대를 받은 거라면 거기서 콘돔을 끼거나 피임을 했을 거란 말이죠. 근데, 콘돔을 벗고 했다는 것은 이 여자가 성병이 안 걸렸을 거라는 확신이 들어서 그런 거란 말이야. 그거는 뭐냐. 이 여자는 적어도 만났을 때 직업여성들은 아니라는 말이에요, 제 말은. 적어도 거기에서는 진실했다. 그렇게 믿었다. 사랑한다고 믿게 만들었다. 그런 거지요. 그래서 코피노 모친들은 거기 여대생이나 어린 여자들이 많아요. 대부분. 그런데 그 이후에 어떻게 문제가 되냐? 그렇게 믿었던 한국 남자들이 어느 날 가 버린다 이거야. 그러면 먹고 살기 위해서 어쩔 수 없이 돈 많이 버는 방법을 택하게 되어 있어요. 그게 트랜스젠더고 유흥이야. 그런데 트랜스젠더가 더 돈을 많이 법니다. 예쁜 여자보다는."

"제가 듣다 보니, 아까 모지엔 교수님이 말씀하신 부분의 말미에도 나오는 트랜스젠더가 다시 윤기성 교수님 의견에도 등장했는데요, 도대체 그 트랜스젠더가 왜 문제가 되나요? 좀 더 시청자분들이 알아듣기 쉽게 설명해 주시겠습니까?"

"당시에, 필리핀 등의 동남아시아는 경제가 제대로 일어서지 못했습니다. 경제학자이신 배지환 교수가 어떻게 생각할지는 모르겠으나, 필리핀 국민들의 동기부여가 부족했다고 보는 거예요, 저는. 한국은 물자나 자원이 풍부하지 않았기 때문에 산업과 공업을 기반으로 선진국으로 다가간 반면에, 필리핀이나 태국은 먹고 살 수 있는 천연물자가 너무 풍부했던 것이에요. 그러니까, 속된 말로 굶어 죽지는 않는다는 거예요. 바나나, 망고,

물고기만 잡아먹어도. 근데 한국은 아니었다 이거야. 그런데 유흥과 관광문화는 경제속도를 이미 추월했습니다. 당시에. 그러니까, 국민들이 속된 말로 까졌다 이거야. 성에 대해서 눈을 뜨고, 쾌락을 추구하게 된 거지. 처음엔 이뻐야만 경쟁력이 있었어요. 왜? 남자들이 이쁜 여자들 많이 찾으니까. 그런데 필리핀과 태국에 온 남자들이 그냥 이쁜 여자들과 성관계 맺고 섹스하려고 오는 건 아니라는 말이야. 뭔가 판타지가 필요한 것이지. 그래서 발달한 것이, 트랜스젠더 상품이야. 일반 여성과의 성관계보다는 트랜스젠더와의 관계가 더 비싸다. 그러니까, 트랜스 젠더 입장에서는 돈이 더 잘 되더라. 이거죠. 참, 사람 심리가 웃긴 게, 지네들 나라에서는 비정상적인 섹스에 대한 반감이 있으니까, 다른 나라에서 누구는 모를 비밀들을 하나씩 간직하는 거지. 경험해 보고 싶은 거야. 그래서 트랜스젠더인 줄 알면서도 같이 섹스를 하는 겁니다. 처음엔 호기심으로 했다가, 트랜스젠더인데 너무 예쁜 거야. 그리고 성기도 수술해서 느낌도 있고 말이야. 그래서 돈이 된다 싶으니까 필리핀 여자들과 코피노들이 경쟁적으로 호르몬제 처방을 받기 시작하는데, 또 이게 비싸니까, 어릴 때부터 피임약을 먹는 거지. 급기야는 쉬멜(Shemale)이 등장하기 시작하는데, 거세는 안 하고 가슴만 여자고 아래는 남자라는 소리예요. 결론적으로 이 성 문화는 LGBT, 즉 레즈비언(Lesbian), 게이(Gay), 양성애(Bisexual), 트랜스젠더(Transgender)가 모두 참여하게 되는 괴팍한 문화가 생성된다 이거야. 이 문화 속에서 순수한 성 정체성을 추구하는 사람들과 상업적으로 이용하는 사람들이 구분되면서 갈등이 또 깊어져요. 태국은 트랜스젠더보다는 아동 성매매가 유행했던 국가이구요."

"그러니까, 윤기성 교수님과 모지엔 교수님의 의견을 종합해 볼 때, 당시의 한국이 필리핀이나 태국의 성문화에 영향을 일부 미친 것이고, 그 과정 중에서 코피노가 태어난 것은 일부 사실성이 있다고 말할 수 있는 것이네요? 그렇다면, 당시에 왜 그렇게 유독 태국이나 필리핀에서 10대~20대의 원치 않는 출산이 많았던 것인가요? 당시에는 낙태 등의 수술이 불가능한 상황이었나요?"

"네, 그 부분은 문화적인 차이에 있다고 볼 수 있습니다. 태국은 불교국가이기 때문이고, 필리핀은 카톨릭 문화 때문에 대부분 임신하게 되면 출산을 하게 되는 것이 일반화되어 있었다고 보시면 될 듯합니다."

"지금까지 김제나 교수의 논문이 왜 논란이 되고 있는지를 살펴보았는데요, 그러면 이제 김제나 교수의 논문에 나오는 내용에 대해서 앞부분에 언급한, 문제제기부터 다시 역으로 거슬러올라가 보도록 하겠습니다. 배지환 교수님께서 한 번 이 문제를 짚어 주셨으면 하는데요. 배지환 교수님, 어떻게 보십니까?"

"그 트랜스젠더 이야기 참 흥미로운데요, 다시 제가 딱딱한 이야기를 하면 시청자들이 채널을 딴 데로 돌리지 않을까 걱정이 됩니다. 김제나 교수가 논문에서 지적한 부분은 대부분 최근의 사회현상에 맞는 것입니다. 그런데 이게 잘 보면 말입니다.

인구가 줄어들기 때문에, 즉 고령화 사회로 접어들기 때문에 저성장 사회로 가는 것이냐? 아니면 저성장 사회로 접어들기 때문에 고령화 사회가 오는 것인가? 이거 참 어려운 문제입니다. 물론, 일부에서는 이렇게 이야기하기도 합니다. 인편시대와 전화시대에서 인터넷시대를 거쳐 모바일시대로 접어들면서, 시민의식이 변화했다. 그러니까, 과거처럼 결혼을 해서 아이를 낳는 본능적인 문화에서 자기가 중심이 되는 가치 중심의 세대로 사회가 변화했다라고 말하기도 합니다. 이른바 이것을 선진국과 같은 선진화가 되어 간다라고 하면서 일본 사회를 예로 들기도 합니다. 잘 생각해 볼 것은 저성장, 저출산, 고령화, 1인가구의 증가가 선진 사회는 아니라는 것입니다. 그것이 가진 의미의 본질을 잘 고민해 볼 필요가 있습니다."

"배지환 교수님은 이 문제의 본질을 무엇이라고 생각하십니까?"

"환율입니다."

"환율이요? 환율이 이 문제와 어떤 상관관계가 있는지 언뜻 잘 상상이 되지 않는데요. 좀 더 구체적으로 말씀해 주실 수 있나요?"

"정확히는 미국 달러화의 이슈입니다."

"환율과 미국 달러화의 이슈다. 뭔가 저희가 수수께끼를 풀고 있는 것 같습니다만…"

"몇 가지 이슈가 있습니다만, 복잡하지 않게 단도직입적으로 저는 두 가지 정도를 짚고 싶은데요. 첫 번째는, 국제적으로 미국 달러화 거래가 일반화되어 있다는 것입니다. 그러니까, 미국을 포함한 대부분의 국가들이 타국과 거래를 할 때, 달러로 결제하기만 하면 실물 달러는 모두 미국 금융기관으로 다시 돌아오게 됩니다. 각 국가 간의 결제 시스템에서 달러가 광범위하게 사용되고 비축되지만, 실제 남은 것은 계좌 이체 기록뿐이고요. 다른 나라가 비축한 달러나 달러 자산은 단지 소유권과 양도권만 있는 '그림자 계좌'이며 실물 달러 자금이 미국을 빠져나오기는 힘듭니다. 결론적으로, 그 가치를 세계 모든 국가가 인정해 주며 세계 어디를 가든 자산이나 실물과 쉽게 바꿀 수 있는 것이지요.[2] 제 이론은 아니고, 일찍이 2012년~14년에 제가 존경하는 중국의 레이 쓰하이 교수가 말한 내용입니다. 그런데 문제는, 이 달러의 패권, 아, 죄송합니다. 달러의 주도권이라는 표현이 더 적절할 것 같은데요. 달러의 강세를 이어가기 위해서는 당시에 있었던 유로화와 중국 위안화에 대한 견제가 필요했습니다. 그래서 미국은 당시에 미국의 연방준비위원회가 금리를 인상했는데요, 미국의 경제에 영향을 받은 나라들은 자동적으로 금리를 올릴 수밖에 없습니다. 쉽게 말해서 미국 달러를 쓰니까요. 돈 빌려주는 국가가 금리를 올리면 돈 빌려 쓰는 나라들도 금리를 올려야 손해를 안 보겠죠. 그러니까 아무튼, 금리가 올라가면 부동산이나 실물 경제에 거품이 낍니다. 실제 가치가 1억 원인 오피스텔이 극단적으로는 1억 5천만 원이 되는 것이죠. 그러니까 5천만 원의 거품이 끼는 겁니다. 금리가 올라가면 화폐가치가 떨어져서 인플레이션 효과가 나타나거든요. 평소 1천 원이던 껌이 1천 200원이 되는 것이죠. 그런데 한국처럼 수출 중심인 나라는 언뜻 무역수지 흑자가 나타날 수 있습니다. 국가경제가 좋게 보일 수 있다는 말입니다. 부동산이나 빌딩 등에는 거품이 껴서 가치가 올라가는 것처럼 보일 수 있습니다. 마치 경제가 살아나는 것처럼 보일 수 있다는 뜻이죠. 결론적으로, 세계의 기축통화인 미국의 달러화가 미국 자국 경제를 위한 어떠한 제도적인 것들을 시행했을 경우 그것이 타국에는 부정적인 여향을 미칠 수 있다는 말입니다. 일본 역시 과거에 불황의 10년을 가지게 된 게 바로 이 환율과 금리 때문입니다. 당시에 일본은 전자와 자동차를 중심으로 미국에 이은 세계 2위의 경제국으로 세계 경제 패권에 도전을 했습니다. 엔화의 영향력이 확대되고 일본이 미국 달러화의 보유액이 늘어나자 미국이 금리와 환율을 조절했습니다. 그러자 어떻게 되었습니까? 일본의 부동산 거품이 꺼지면서 실물경제가 죽어버린 거죠. 그리고 일본의 뒤를 이어서 중국이 세계 공장으로 부상하게 됩니다. 그런데 중국은 일본과는 상황이 좀 달랐습니다. 시장 자체의 규모와 인구 등을 볼 때, 일본처럼 쉽게 경제가 식지 않았습니다. 그래서 그 유명한 미국과 중국의 '환율 전쟁'이 발발한 것입니다. 그러나 결국 이 환율 전쟁에서 미국이 승리했다고 볼 수 있습니다. 절대적인 승리가 아닌, 약간의 우위를 점할 수 있었던 것입니다. 그것은 '군사력'의 우위 때문이었습니다. 미국이 가진 군사력의 우위야 말로 미국이 세계 경제의 초강대국임을 상기시키는 가장 강력한 무기였으니까요. 과거의 대영제국이 번영했던 이유는 강력한 해군 때문이었고, 미국은 세계 대전 때문에 패권을 쥘 수 있었습니다. 인류의 역사란 결국 침략의 역사이며, 이는 군사력의 우위가 그 나라의 역사를 결정할 수 있음을 의미합니다. 다시 앞으로 돌아가서 짧게 말씀드리죠. 과거 금본위 체제를 무너뜨린 미국은 첫 번째로, 달러를 무제한 찍어낼 수 있는 권력을 가지고 세계 실물 경제를 좌지우지할 수 있었는데, 이에 도전하는 것이 유로화와 위안화였다. 그래서 두 번째로 미국은 이를 방지하기 위해서 금리를 인상함으로써 환율에 개입하였다. 개입이라는 표현은 좀 그렇고, 미국의 자국 내 경제적 이익 실현을 위해 금리와 환율정책을 적극적으로 활용하였다."

"그러면 말이죠, 말씀 중에 죄송합니다만, 배지환 교수님이 말한 미국 달러와의 이슈와 김제나 교수가 제시한 이론이 무슨 관계가 있다는 말이죠? 시청자들이 좀 혼란스러울 거 같은데요."

"허허허, 복잡한 이야기를 짧게 하려니까, 좀 왔다 갔다 하네요. 제가 워낙 쉽게 말하는 재주가 없어서요. 제 의견은 김제나 교수가 앞에서 제시한 한국의 저성장, 고실업률 등의 원인이 바로 이 미국이 자국을 위해 행하는 환율 정책 때문이라는 말입니다. 일본의 침체가 온 것 처럼요."

"아, 이거 또한 시청자분들이 보시기에 굉장히 흥미로운 이야기 같은데요, 어? 저기 방청석에 있는 분이 손을 들었습니다. 네. 질문이 있으신가요? 자기소개 부탁드립니다."

"네. 저는 증권사에 근무하는 브라이언 박이라고 합니다. 배지환 교수님이 말씀하신 부분에 대해서 질문이 있는데요, 결국에 미국 금리가 높아져서 한국이나 일본 등에 투자된 자본이 금리가 높은 미국으로 빠져나가 결국 한국이나 일본 등도 금리를 인상할 수밖에 없지만, 이를 통해서도 국부의 유출을 막을 수 없다는 것으로 해석이 되는데요, 저희가 비교한 바에 의하면 미국의 금리 영향과 해외로의 자본 유출 상관관계는 거의 찾을 수가 없었습니다."

"time-lag와의 상관관계 때문입니다. 시차와 일본, 중국 환율정책의 상관관계 때문이라는 말입니다. 예를 들어 설명하겠습니다. 일본이 환율을 올리면 한국경제에 치명적이라고 하죠? 그런데 일본이 환율을 올리고 한국경제에 영향을 주는 것은 최소 1~2년 후입니다. 왜냐하면 수출과 수입 대금 등에 대해서 기업들이 재무관리를 하기 때문입니다. 풋옵션이나 콜옵션 등과 같은 방법으로요. 그리고 부동산 경기라는 것은 하루아침에 변동되는 것이 아니고, 빈번한 거래가 어느 정도 형성될 때 반영되는 것이기 때문에 상관관계를 당시에는 찾을 수가 없습니다. 게다가 요즘에는 한국과 일본이 바로 원화와 엔화로 결제하는 경우보다는 달러화를 통해서 미국 내 결제 은행을 거치게 되어 있습니다. 그러니까, 미국의 금리와 환율은 한국과 일본에 각각 미치게 됩니다. 저는 이렇게 조언하고 싶습니다. 자본유출과 영향을 파악하기 위해서는 한국과 미국의 상관관계뿐만이 아니라, 한국의 통화에 영향을 많이 미치는 엔화, 유로화, 위안화와의 상관관계도 분석을 해야 정확히 알 수 있다고 말입니다. 그런데 현실적으로 정보가 부족하기 때문에 이를 파악하기 어렵겠죠? 그래서 그들이 선진국으로 불리는 이유입니다.

이미 미국은 과거부터 케인즈학파와 시카고학파의 영향을 받아 환율과 통화에 대해서 상당한 노하우를 축적하고 있었습니다. 특히 통화 이론으로 노벨경제학상을 수상한 밀턴 프리드만의 화폐경제학은 미국 내의 정책을 다시 수정하게 할 정도의 근간이 되었습니다. 비록 미국이 밀턴 프리드만의 통화이론을 다소 다른 방향으로 이용하긴 했지만 어쨌든, 시작은 그때부터였다고 말하고 싶습니다."

"아. 그렇군요. 좋은 의견 감사합니다. 잠시 광고 후에 계속 이어가겠습니다. 여러분은 지금 YCB 토론을 보고 계십니다."

강제국 회장이 물끄러미 바라보며 말한다.

"그래도 생각을 열심히 하는 친구들이네."

"네?"

"저 TV 토론회에 나온 사람들 말이야. 교수들. 본질에 다가가려고 노력하고 있지 않나?"

"제 연구에 대해서 저렇게 추측하는 것이 기분 좋은 일은 아니에요. 결국엔 다들 자신들이 유명해지기 위해서 그러는 거라고요."

"코피노에 대해서도 그렇게 생각하나? 아, 이런 내가 말실수를 했네. 그렇게 얼굴이 붉어질 필요 없다네. 내 말이 듣기 거북했다면 사과하지. 자네는 엄밀히 말해서 코피노라고 불릴 순 없지 않나?"

김제나 교수는 코피노에 대한 강제국 회장의 말에 분노를 느끼기 시작했다.

"그렇게 기분 나빠할 필요 없네. 코피노의 본질은 그게 아니야. 코피노라는 단어에는 매춘과 버려진 아이, 인생의 실패를 담고 있지. 자네는 그 세 가지 조건을 충족하지 못하지. 그리고 코피노와 같은 상징적인 것을 의미하는 말은 어디에나 존재하네. 과거에도 존재했고, 한국에도 존재하지. 인생의 실패자로 낙인 찍혀 태어난 것 말일세. 한국에도 그런 코피노와 같이 버려진 아이가 점차 늘어나고 있지. 피임과 낙태를 그렇게 하는데도 말이야. 그러니까, 내가 하고 싶은 말은…."

"동정이 아니다? 성공했으니까 그쯤 해 둬라, 이건가요?"

"아니, 나의 본질을 이야기하는 거야."

"본질이요?"

"미래 인간을 말하고 싶은 것일세. 자네 양모인 김승희 교수가 발견한 첫 번째 미래 인간 1종."

"제가 아는 미래 인간 1종은."

"최종수."

"네? 그걸 어떻게?"

"지금부터 내가 하려는 이야기 말이네. 최종수에 대한 이야기지. 그러니까, 자네가 가지고 있는 기록 일지에는 없는 그런 이야길 해주고 싶은 거네. 하지만, 결과적으로는 이 강제국이 최종수보다 진화론적으로 더 주변 환경에서 살아남기에 적절했다고 볼 수 있지."

"진화론적으로? 최종수를 직접 보셨다는 것인가요?"

"그저 관찰했을 뿐이지. 왜냐면, 나 역시 최종수와 같았거든. 최종수가 나고, 내가 최종수여도 이상할 게 전혀 없지. 내가 최종수이든 아니든 그게 중요한 것은 아닐세. 다만, 최종수의 삶 속에는 지금의 미래 인간 1종에 해당하는 당시의 문화가 담겨 있지."

강제국 회장은 이마를 두 손으로 짚는다. 이마에 솟은 붉은 혈관들을 억누르며 김제나 교수를 바라본다. 그 눈빛은 회색이다. 검정색도 아니고 흰색도 아닌, 회색이다. 그래서 알 수 없다. 무엇이 진실인지. 흑백론자보다 더 무서운 것이 회색론자이다. 강제국 회장이 갑자기 양복의 안주머니에서 오렌지색 물이 담긴 조그만 플라스틱 병을 꺼낸다. 캡슐보다는 조금 더 큰 모양이다. 그 주둥이를 따서는 입에 오렌지색 물을 짜 넣는다.

"가끔씩 이렇게 순간적으로 힘들어지지. 이 병은."

"방금 먹은 것은 무엇이죠?"

"나에게 잠시나마 위안을 주는 비타민과 같은 것이지. 중요한 건 그게 아니네. 당시에는 모든 것이 힘들었네. 그러니까, 최종수가 살았던 때를 이야기하는 거야. 그 시대는 모든 것이 힘들었어. 최종수는 어쨌든 간에 최초의 미래 인간이면서 미래 인간 1종이 되었네."

"제가 본 자료에 의하면, 최종수는 자수성가한 사람이에요. 갑자기 서울 이태원 자택에서 부인을 살해하기 전까지는요."

"자네는 성선설을 믿는 듯하구만. 평범하고 모범적이던 사람이 갑자기 살인을 저지른다? 최종수는 살인 본능이 누적되어 왔어. 그의 삶 자체에 살인이라는 갈등이 자신도 모르는 무의식 속에서 심어졌지. 그러나 결국에 살해한 동기는 계급이었어. 그건 사회가 그렇게 만든 것이네."

"그럴 리가요. 잠시만요."

김제나 교수는 벽면에 있는 대형 스크린에 최종수에 대한 파일을 띄웠다.

"저는 이 파일을 수십 번도 더 봤어요. 최종수가 살해한 동기가 계급이라니요? 그 사람의 살해 동기는 성도착증 때문이었어요. 성도착증 때문에 죽인 거라고요. 당시 이태원 근처에는 게이나 레즈비언이 자주 모이는 클럽들이 많았으니까요. 게다가 최종수는 태국 출장을 많이 다니면서 어린 여자들과의 성매매를 즐겼어요. 섹스 중독을 넘어서서 성도착증에 걸린 거라고요. 눈이 침침하실 테니까, 제가 최종수 파일에 대해서 좀 읽어 드릴게요."

[최초의 미래 인간 1종 최종수 보고서]

1. 경찰 조사 결과

미래 인간 1종 최종수는 1979년 11월 3일 전남에서 태어나, 지방 국립대 입학 후 학사장교에 지원 입대. 강원도 일대에서 근무. 이라크 파병근무. 전역 후 한국전자에 입사. 필리핀으로 이민. 필리핀에서 택시 회사 설립. 바이오테크에 취직 후 임원으로 오른 후 한국지사장으로 발령. 이태원 일대에서 우발적 살인. 수감 생활 중 같은 죄수를 살인. 무기징역형에 처해짐.

"여기까지가 공식적인 기록이에요. 그런데 저희 모친인 김승희 박사님은 최종수가 교도소 수감 중일 때부터 정신 상담을 담당했어요. 또한 비공식적으로 최종수의 심리검사를 비롯해서 최종수 뇌에 대해 fMRI도 시행했어요. 최종수가 죽기 직전까지 샅샅이 조사했다는 거죠."

"그렇다면 살해 동기도 잘 알고 있지 않나?"

"살해 동기는 회장님과는 견해가 다른데요. 저는."

"그래? 그렇다면 최종수가 왜 관찰 대상으로 선정되었는지도 알겠군."

"폭력적인 성도착증 때문이에요. 내면에 숨어 있는 성에 대한 왜곡된 의식 때문이죠. 미래 인간 1종의 특징은 분노 조절 기관에 문제가 있어서 어떤 특정한 조건이 충족되면 이성을 마비시키죠. 최종수의 경우는 성도착증이 그 원인이라고 봅니다. 어릴 적, 부모 밑에서 자라지 못한 아이의 경우에 발생할 수 있는 행태라고 볼 수 있죠. 정상적인 부모의 사랑을 충족하지 못하면 그 부모의 사랑과 이성과의 사랑에 혼돈을 느끼기 때문에 올 수 있는 현상이에요. 자신이 원하는 방향으로 섹스가 안 되거나 상대방이 거부하면 충동을 이기지 못하는 거죠. 섹스로 만족을 하지 못하면 살인까지 이를 수 있는 그런 상태였다고요."

"그건 본질이 아니네. 자신의 아내를 살해한 것은 결과론적인 것이고, 최종수가 살해한 것은 벗어날 수 없었던 현실에 대한 분노였네. 그러니까, 이 케이스의 경우에 살해 동기는 성도착증이 아니고, '계급'에 대한 것이네. 왜 최종수가 그렇게 행동한 것인지, 그 이유와 이유에 대해서 계속 의문을 가져야 하네. 발생한 현상보다는 그 원인에 대해서 주목해야 진실에 다다를 수 있지. 이제부터 그 사건의 시작을 말해주겠네. 자네는 최종수가 왜 인생에서 그런 선택을 할 수밖에 없었는지에 대해서 알아야 했어. 이상하지 않나? 그 많은 수감자들 중에서 딱히 이상할 것도 없는 최종수와 자네 모친이 만난 것 말이야. 자네 모친이 어떻게 최종수를 미래 인간이 될 것으로 알고 찾아 간 것이지?"

"그야, 멀쩡하게 대기업의 한국 지사장으로 다니던 사람이 갑자기 우발적 살인을 했으니까. 그리고 그 우발적 살인 이후에 계속되는 연속적인 우발적 살인이 특이 케이스로 보였거든요. 물론 특정한 범죄자들 중에서 우발적 살인 이후에 오는 절망감 때문에 분노 조절이 안 되어 계속 동일 범행을 저지르는 경우가 있지만, 최종수의 경우에는 평소에는 매우 정상적이었어요. 교도소에서 우발적인 살인을 저지르기 전에도 매우 안정적인 상태였습니다. 그러다가 우발적으로 살인을 저지른 것이죠. 그 이후에 DNA 검사 등을 통해 축적된 데이터를 기반으로 나중에서야 미래 인간 1종이라는 것을 알았죠."

"그러니까 말야. 전국 교도소에 그런 사람이 많을 텐데 왜 하필 최종수냐고."

"그건…."

"자네 모친인 김승희 교수는 중학교 때부터 최종수에 대해서 알게 되었네. 김승희 교수는 신경정신학에 대한 미래 인간 프로젝트를 추진하기 전에, 전국의 영재 발굴 프로젝트를 추진했었다네. 정부의 의뢰를 받아서 전국의 영재들을 발굴하기 위해 초등학교와 중학교를 돌아다녔단 말이야. 그 중에서 김승희 교수는 중학생들을 담당하게 되었고."

"그럼 최종수가 그 영재 중 한 명이었다는 말이에요?"

제 3 화

최초의 미래 인간, 1종의 탄생

1993년 여름.

매미가 울어댄다. 어디 있는지 찾을 수 없는 매미들이 시끄럽게 울어댄다. 가만히 보니 사슴벌레도 있다. 집게가 제법 커 보이는데, 수놈인가? 김승희 교수는 서울과는 사뭇 다른 낯선 풍경에 마음이 설렌다. 시골 길 옆으로 펼쳐지는 초록은 정말 너무 초록이다 못해 무서움이 느껴질 정도의 짙은 초록이다. 저 깊은 곳에 빨려 들어가면 영영 나오지 못할 정도의 초록이다. 그래도 김승희 교수는 휴가라도 나온 마냥 즐겁기만 하다.

"아, 혹시 서울에서 오신 김승희 교수님이세요? 교장 선생님께서 기다리고 계세요."

"네. 이곳 경치가 너무 좋아서 제가 그만 깜빡했어요. 죄송해요."

2층으로 지어진 낡은 시멘트 구조는 바닥이 나무다. 왁스칠을 양초로 했는지 걸을 때마다 양말에 양초가 묻어난다. 얼마나 닦았는지 복도 전체가 반질거린다.

"이쪽입니다."

"어이쿠, 이거 높은 데서 여기 촌구석까지 방문해 주시고, 정말 감사합니다."

"아니에요, 교장 선생님. 오히려 제가 더 감사하죠. 제가 귀찮게 하는 건 아닌지 모르겠어요."

"무슨 말씀을요. 저희야 영광이죠."

"다행이네요. 옆에 앉은 애가 혹시?"

"네, 맞습니다. 저희가 보낸 보고서에 나와 있는 것처럼, 제 옆에 있는 이 녀석이 전국 모의고사에서 항상 10위 안에 드는 녀석이에요. 전라도에서는 1~2등을 하는 애고요. 영어가 다른 과목에 비해서 좀 처지는데, 영어만 수준이 올라가도 전국 1등은 틀림없는 거겠죠. 특히 수학, 과학은 전국 1등이에요. 미래 꿈이 생물학자라나. 인사해. 이 분은 서울에서 오신 교수님이야. 김승희 교수님."

"안녕하세요? 고민석이라고 합니다."

"그래, 민석이? 반갑네."

얼굴이 까무잡잡하지만, 자세히 보면 남학생치고는 피부가 곱다. 마치 삼국지에 나오는 유비 상이랄까? 귀 모양 하며, 눈빛하며, 참 영롱하게 생겼다.

"아이큐 테스트도 159 나왔네요. 그러니까, 이 친구의 경우는 이미 또래의 학업 능력은 충분히 뛰어넘은 것 같은데요. 이곳에서 따로 과외나 누가 가르쳐 줄 리는 없고. 부모님이 혹시?"

"그럼요. 이런 시골에서 누가 과외를 해요. 전교생이라고 해 봐야 400명 남짓에다가 학교에서 10km 이상 다 떨어져 살아요. 마을버스 없으면 이 읍내에는 나올 수도 없는 촌에 사는 애들이 대부분이고요. 아버지는 농사를 지어요. 어머니는 가정주부고요."

고민석은 집안 이야기가 나오자 수줍은 듯이 얼굴이 귀까지 빨개진다. 김승희 교수는 고민석이라는 학생을 배려해 주고 싶었다.

"농사 지으시면 잘 사시겠네. 여기는 곡창지대니까. 삼국시대부터 대대로 잘 사는 양반들만 있는 곳이잖아. 민석이는 양반 가문이겠네?"

고민석의 귀가 더 빨개진다. 김승희 교수는 더 이상 이야기를 하면 이 친구가 수줍어할 것 같아 말을 딴 데로 돌리기도 마음먹는다.

"그럼 잠시, 선생님하고 민석이하고 잠깐 이야기 좀 할까?"

"먼저, 그 전에 잠깐 선생님이 몇 가지 문제를 내 줄 건데 민석이가 풀어 줬으면 하는데…."

고민석의 눈이 반짝인다. 다행히도 이 친구는 도전을 즐기는 친구인 것 같다.

김승희 교수는 이 영재라 불리는 고민석 학생과 오랜 면담을 마쳤다. 민석이의 부모님도 영재학교에 입학하는 것을 허락했기 때문에, 이제 김승희 교수는 민석이 말고도 다른 영재들을 만나볼 것이다. 이 근처 3개 군청 소재지를 돌고 서울로 가면 된다. 김승희 교수는 어쨌든 기분이 좋다. 민석이를 발견한 것도 그렇지만, 어둠이 깔리는 지금부터 귀뚜라미와 개구리 소리가 들리기 시작했기 때문이다. 여름 소나기가 갑자기 세차게 내린다. 그렇게 시골의 저녁은 아름답다. 김승희 교수의 검정 프린스 세단이 교문을 나가 읍내를 벗어나고 있을 때, 고민석과 같은 교복을 입은 남학생이 터덜터덜 걸어간다. 직선 거리에는 끝없는 논이 펼쳐져 있다. 그러니까 이 남학생은 아마 수 킬로미터는 족히 걸어가야 할 것이다. 벌써 어둠이 깔리고 있는데 저 상태로 계속 걸어가는 것은 무리인 것만 같다. 김승희 교수는 달리는 차를 서서히 멈추고 창문을 연다.

"학생, 혹시 진무 중학교 학생이야?"

남학생이 얼굴을 돌린다. 이 아이 울고 있다. 비를 맞아서 빗물이 아니라, 내리는 빗물보다 더 세차게 울고 있다. 얼마나 울었는지, 눈이 부어 있다.

'누구한테 맞은 건가? 싸운 흔적은 없는데….'

남학생이 고개를 돌려 다시 걸어간다.

'명찰에 이름이… 최·종·수?'

김승희 교수는 내키지 않는 마음이지만, 이 학생을 혼자 놔

뒤야 할 것만 같아 차를 몬다.

'아니야, 어차피 시간도 많이 남았고…'

"이봐, 학생, 나 진무 중학교 교장 선생님과 잘 아는 선생님이야."

남학생이 걸음을 멈춘다.

"어디까지 가니? 내가 가는 데까지 태워줄게."

남학생이 다시 걸어간다.

"최종수. 비 맞으면 감기 걸려. 타!"

남학생은 놀라는 눈치다. 최종수라는 이름을 불렀기 때문이다.

그러나 끝내 타지 않는다. 묵묵히 걸어간다.

'어디까지 걸을 셈이지?'

김승희 교수는 어쩔 수 없이 최종수를 지나친다. 김승희 교수는 집에 가는 도중에도 최종수라는 학생의 생각이 아른거린다. 김승희 교수는 혼자 생각에 잠긴다.

'시골에 어려운 아이들이 많이 산다고 하는데 최종수도 그런 아이인가. 이를테면 혼혈이라든가, 부모님이 이혼했다든가. 다 큰 남자 녀석이 그렇게 울대는 것만큼 마음 아픈 일도 없는 것을 새삼 느끼네. 참. 그놈. 차에 타라니까. 말도 안 듣고 말이야.'

시골길의 아침이란, 햇빛 속을 달리는 기분이다. 특히나, 비 온 뒤의 화창함이란, 더위가 기승을 부렸다가 일시나마 물러가는 듯한 느낌이다. 김승희 교수는, 저 멀리 걸어가는 남학생의 뒷모습을 본다. 사이드 미러에 비친 그 남학생은 어제의 그 최종수다.

김승희 교수는 잠시 진무 중학교에 들른다. 그 최종수의 담임을 만나보고 싶다.

"아, 최종수요. 그런데 종수가 혹시 무슨?"

"아, 그런 게 아니라, 어제 비가 오는데 혼자서 비를 맞고 걸어가더라구요. 태워준다고 해도 말도 없고, 다 큰 남자애가 울어대는데 보기가 안쓰러워서요. 마음에 밟혀서 담임선생님께는 말씀을 드려야 할 것 같아서요."

"종수는 자존심이 센 아이예요. 공부도 나쁘게 하지 않고, 반에서 1~2등 하니까, 전교에서 6등 정도고요. 사고 친 적도 없고, 모범생이죠. 그런데 이번에 수학여행을 가거든요. 저희 학교 2학년 전체가요."

"수학여행이면 좋아할 일 아니예요?"

"그런데 종수 집에서 수학여행 경비 8만 6천 원을 납입을 안 해줬어요. 2학년 중 유일하게 종수만 안 낸 거죠. 그래도 반장도 하고, 키도 크고 하니까 애들이 종수를 많이 따랐는데, 얼마 전부터 이번일로 놀림을 받았나 봐요. 왜 애들 사춘기 때 한참 민감하잖아요. 학교에 오면 친구들이 그걸 가지고 한참 이야기하니까요."

"집안 형편이 안 좋은가 봐요?"

"형편이라고 말하기도 그렇고, 왜 시골에 버려진 아이들 있잖아요. 시골 할머니, 할아버지한테 버려진 손주들. 종수가 그런 경우예요."

"부모님이 버리고 도망간 것인가요?"

"종수는 아버지 얼굴은 한 번도 못 봤다고 하고, 어머니는 6살 때 가출했다고 해요. 그 이후로 외할머니가 키운다고 하긴 하는데… 아니, 가출한 거는 아니고, 그 옷 만드는 공장에 취직했다고 그 전화 온 이후로는 연락이 끊겼대요."

"그럼, 종수는 걸어 다녀요? 집이 먼 거 같은데. 애가 밥은 먹고 다니려나?"

"마을버스 차비가 230원 정도 하거든요. 그 돈이 없나 봐요. 그래서 아침저녁으로 저렇게 걸어 다녀요. 요즘에 정부에서 급식으로 다 바뀌서 애들이 대부분 급식 먹어요. 돈 내고. 근데 종수만 그 돈을 못 내서 매번 굶거나 혼자 먹더라고요. 반찬을 누가 싸주는 사람이 없으니까 김치만 싸오기 뭐했는지. 점심때만 되면 저렇게 운동장 벤치에 가 있어요. 저기 밖에 보이시죠? 앉아 있는 애가 종수예요. 시골에서 못 산다, 못 산다 해도 종수만큼 없이 살지는 않아요. 워낙 없는 거죠. 게다가 종수 어머니가 호적에 살아 있으니까 정부 지원도 못 받아요. 실종 신고를 하거나 그래야 하는데, 또 실종된 건 아니라니까요. 그러니까 정부에서 소년 가장 지원도 못 받고 그래요. 좀 복잡해야 말이죠."

김승희 교수는 달리는 내내 마음이 무겁다. 신문에서는 미싱 공장의 공순이 시대가 이제 간다고 난리고, 아시아의 잠룡에서 승천하는 네 마리 용으로 거듭난 한국은 대만과 우열을 가리기 힘들 정도로 개도국 발전의 표본이 되고 있었다. 그러나 아직은 사회적으로 해결해야 할 문제들이 많다. 그것이 비단 종수뿐만은 아니리라.

점심시간에 종수는 담임선생님으로부터 호출을 받았다. 딱히 잘못한 것도 없는데, 학생주임실로 오라니, 불길한 마음이 든다.

"종수 왔니? 종수가 수학여행 경비를 안 냈잖아."

종수는 얼굴이 붉어진다.

"그런데, 어떤 선생님이 대신 내줬어. 그래서 여기로 부른 거야. 애들 있는 데서 이야기하기 좀 그래서. 며칠 전에 비오는 날, 너 태워 준다고 했던 선생님 말이야. 경비랑 용돈도 줬는데, 여기 편지에 같이 있어. 종수는 좋겠다. 인기도 많고."

최종수는 기분이 날아갈 것만 같다. 이제 그 지긋지긋한 놀림에서 벗어날 수 있다. 수학여행을 혼자만 못 가는 이 창피함에서 벗어날 수 있다. 학교가 파하자마자 종수는 집까지 한걸음에 달려간다. 비오는 날 차를 타라고 했던 여자 선생님이 누군지는 몰라도 이건 하늘이 준 선물이다.

"뭐? 수학여행을 간다고? 야 이놈의 새끼야, 수학여행이고 지랄 염병이고, 삼촌 따라서 고양이나 잡자니까, 니가 공부해서 뭐하게? 학교 때려 치고, 농사나 배우던가, 삼촌 따라다님서 기술이나 배울 것이지. 니 고등학교는 누가 가르친다대?"

집에 오자마자 종수의 둘째 외삼촌의 말이 종수의 마음을 후빈다. 윗마을에 사는 둘째 외삼촌은 초등학교를 중퇴하고, 돈이 되는 건 뭐든지 하면서 살아온 사람이다. 인삼 밭에서 인삼을 재배하기도 하고, 담배를 말려서 팔기도 하고, 고물을 주워서 팔기도 하고, 고양이 덫으로 고양이를 잡아서 고양이탕을 팔기도 한다. 그러니까, 옛날로 치자면 인간 백정 같은 사람이다. 그래도 읍내에서 제일 좋은 차를 타고 다닌다. 쌍용에서 나온 무쏘 휘발유 차다. 경유가 아니고 최고급 휘발유 사륜구동이라고 어디 가든 자랑한다. 그 튀어나온 배를 내밀며 거드름을 피운다. 종수는 자신만 보면 인간 백정의 심부름꾼을 만들려는 그 속셈이 싫다. 종수를 위한 것이 아니고, 본인이 돈을 벌기 위해 인건비라도 아껴보려는 요량으로 종수에게 밤새 일을 시키곤 하는 것이다. 토요일이면 어김없이 찾아와서 일을 시킨다.

오늘은 밤에 고양이를 잡으러 가려는 모양이다. 읍내에는 고양이가 없어서 통 덫에 잡히지 않는다. 고양이는 호랑이마냥 영역동물이라서 공간이 넓을수록 차지하는 활동 구역이 넓다. 산과 들이 즐비한 이 시골에서는 고양이들이 한두 마리밖에 서성이질 않는다. 그런데 사람 많이 사는 광주 시내에는 고양이도 많이 산다. 그래서 항상 밤이 되면 외삼촌은 광주 시내로 나가곤 한다. 오늘도 어김없이 종수를 차에 태운다. 이미 외삼촌이 타고 온 1.5톤 봉고 차 뒤에는 천막으로 덮어 놓은 고양이 덫이 쌓여 있다. 딱히, 고양이가 좋은 건 아니지만 고양이는 요물이라, 사람에게 꼭 복수를 한다는 말을 종수는 믿고 있다. 그래서 종수는 내내 꺼림칙하다.

외삼촌은 고양이를 잡고 나면, 허름한 건강탕 집에서 고양이를 산 채로 양파 망에 넣어서 탕 속에 집어넣는다. 종수는 그 일도 도와야 한다. 그럴 때마다 뒷목에서 엉덩이까지 내려가는 척추가 쭈뼛거린다.

종수는 결국 외삼촌에게 이끌려 도시로 고양이를 잡으러 간다. 차에서는 듣기 싫은 뽕짝이 흘러나온다. 몸을 이리저리 흔들어대며 운전하는 이 외삼촌이 종수는 싫다. 뭐가 저리도 좋을까?

"종수야, 사람은 말여, 밥값을 해야 혀. 그러니께 힘쓰는 일은 뭐든 간에 해야 헌다. 이거여. 운동도 되고 좀 좋아? 지금 이렇게 운동도 내가 시켜주고, 웅? 드라이브도 시켜주고, 니가 언제 한 번 광주 시내 구경해 보겠냐?"

"네."

종수는 광주 시내로 나가는 이 고속도로가 시원해서 좋긴 하지만, 이 차에 타고 있는 것이 백정 같은 외삼촌이 아니고 아버지였으면 좋겠다는 생각을 한다. 아니, 아버지여도 좋겠다고 생각한다. 그런데 아무런 감정도 없는 이 사람과 타고 있는 이 트럭은 정말 지겹다고 생각한다. 지겹다. 이 트럭 소리. 뒤에 실려 있는 고양이 철망도 지겹고 창피하다. 트럭이 한참을 달려 광주 시내의 톨게이트에 진입한다. 톨게이트의 통행료 징수원이 고양이 덫을 보고는 고개를 갸우뚱한다. 최종수는 자신이 이 차에 타 있다는 것이 싫다.

광주 시내 주택가의 어딘가로 트럭이 비집고 들어간다.

"자, 오늘은 여기부터 시작해 보자고. 잉?"

최종수는 차에서 내려 목장갑을 낀다. 오늘은 몇 시까지 일을 해야 할까? 고양이를 몇 마리나 잡아야 할까?

"아, 뭐하고 있냐. 저기 통덫 가져와야지."

종수는 어둠 속에서 희미하게 보이는 고양이 덫을 발견한다. 이미 몇 시간 전에 외삼촌이 한 번 다녀간 모양이다. 고양이 덫에 다가가자 고양이들의 몸부림이 손으로 느껴진다. 종수는 어둠 속에서 반짝이는 고양이의 눈을 본다. 무섭다. 고양이의 눈이 무섭다. 그리고 조만간 뜨거운 탕 속에 들어갈 고양이들을 생각하니, 마음이 무겁다. 고양이도 자기만큼 불쌍하다고 종수는 생각한다. 고양이가 그 좁은 그물 망 안에서 납작 몸을 낮추고 두려움에 떨고 있다. 그 중에는 새끼 고양이도 있다. 종수처럼 버림받은 새끼 고양이이려나? 이 새끼 고양이가 사라지면 어미 고양이는 주변을 울면서 서성일 것이다. 종수는 생각한다. 거기까지 생각이 미치자 이 새끼 고양이가 가여워진다.

"야 이놈아, 한 번에 두 개씩 옮겨야지. 누가 지 애미 안 닮았다고 할까봐. 엄살은."

외삼촌이 늘 하던 말이다. 무심코 하는 말이다. 그러니까 악의는 없는 것이다. 그런데 종수는 그 악의 없는 무의식 속에서 나오는 이 말들이 더 화가 난다. 종수는 어머니를 잘 모른다. 그저 어렴풋이 기억 속에 어머니는 늘 분홍색 요요 카세트를 크게 틀어 놓고 춤을 췄던 것 같다. 종수는 어머니가 놓고 간 그 카세트를 늘어질 때까지 들었던 기억이 있다. '할렘 디자이어'라는 음악을 들으면 어머니의 춤이 생각난다. 종수를 잡고 방 한가운데를 빙글 빙글 돌던 그 때가 생각난다. 어머니는 이 음악의 어떤 점이 좋았던 것일까? 종수는 아직도 그 때 종수를 잡고 춤을 추던 어머니를 이해하지 못한다.

종수를 버리고 가는 것이 좋았던 것일까? 오늘은 종수의 마음이 홱 꺾인다. 마음속에 잠자던 뜨거운 화마가 솟아오른다. 이제 더 이상 참을 수가 없다. 지긋지긋한 애미 이야기. 그리고 지긋지긋한 학교 생활. 나아질 것 없는 이 시골 생활. 시골에서조차 고아 취급 받는 종수는 세상이 싫다.

"야 이 새끼야, 뭐 하는 거야? 이 씨불 놈의 새깽이가."

종수는 고양이 덫을 있는 대로 집어 던진다. 그리고 어둠 속으로 달리기 시작한다. 멀리 서 있는 외삼촌의 모습이 보인다.

'이제 다시 돌아가기는 글렀다.'

얼마나 달렸을까? 종수는 이곳이 어딘지 짐작조차 되지 않는다. 이대로 돌아갈 수도 없다. 멀리 공중전화가 보인다. 종수는 한참을 망설인다. 전화를 할까 말까 망설인다.

"여보세요? 누구세요? 여보세요? 여보세요?"

종수는 전화를 끊는다. 용기가 없다. 밤이 깊어 간다.

"여보세요? 누구세요? 누구시냐니…."

"저 최종수예요. 진무 중학교 2학년 최종수요."

"종수? 그래. 종수야. 이 밤에 왠일이야? 무슨 일 있어?"

"저 여기가 어딘지 잘 모르겠는데, 저 집을 나왔어요."

"집을 나왔다고? 지금 거기가 어딘데?"

"시낸 거 같은데, 잘 모르겠어요."

"주변에 뭐가 보이니?"

"중앙 시장 간판이요. 중앙 약국 앞 공중전화요."

"그래. 어디 가지 말고, 거기 꼼짝 말고 있어. 선생님 집이 근처야. 멀지 않아. 20분만 기다려."

"네."

김승희 교수는 정신이 확 깬다. 밤 12시 30분. 이 시간에 종수가 여기까지 와 있는 것보다, 자신에게 전화를 걸었다는 것이 더 놀라울 따름이다. 그만큼 종수가 절실하다는 증거다.

김승희 교수는 차를 밟는다. 저 멀리 공중전화 불빛으로 종수처럼 보이는 남자애가 보인다. 종수다.

"종수야. 일단 타."

종수는 말이 없다. 김승희 교수는 굳이 말을 하고 싶지 않았다. 일단 지금은 안정을 취하게 하는 게 우선이다.

김승희 교수의 아파트는 낡은 34평이다. 전라도 지역의 영재 교육 프로그램을 마칠 때까지 임시로 얻은 거처이다. 김승희 교수는 빈 방에 이불을 펴주고 불을 끈다.

"내일 이야기하자. 오늘은 피곤할 테니 자고."

날이 밝아진 느낌에 종수는 눈을 뜬다. 꽤 오래 잔 것 같은데 종수는 그제서야 여기가 김승희 교수의 집임을 알고 조용히 문을 열어 거실 쪽을 바라본다. 김승희 교수가 거실 소파에서 TV를 보고 있다. 종수는 김승희 교수에게 뭐라고 이야기해야 할지 모른다.

얼마 후, 종수는 김승희 교수의 차를 타고 집으로 향한다.

"종수 할머니, 좋으시겠어요. 종수가 공부를 잘해서 기숙사에 들어가게 되었어요. 앞으로 차비랑 학비는 전부 국가에서 나오는 거구요. 이제 한시름 놓으셔서 좋겠어요."

"잘 부탁허유. 선생님. 종수가 어릴 적부터 어찌나 착한지 한 번도 말썽부린 적이 없어요. 그래도 지 엄마 돌아올깜시 하루 점드락 전화기 옆에만 붙어 있어요. 엊그날은 지 삼촌이 무슨 일이 있는가 때려죽인다고 난리를 쳐서 무섭기도 하고. 저도 못 말려요. 잘 됐구먼요."

미련이 없어 보이는 외할머니의 말에 김승희 교수는 안심이 된다. 김승희 교수는 간단히 짐을 챙기게 한 후, 종수를 태우고 재빨리 집으로 돌아온다. 혹시나 그 외삼촌을 마주치면 큰일이기 때문이다. 김승희 교수는 아침에는 출근길에 종수를 태워다 주고, 학교가 끝나면 시내버스를 타고 오게 했다. 혼자 사는 것보다 그래도 남학생이라도 있으니 혼자 사는 아파트가 적적하지 않고, 든든하다.

종수도 시간이 갈수록 점차 김승희 선생님이 좋아진다. 김승희 선생님은 시골 사람에게는 느낄 수 없는 세련됨이 있다. 늘 잡지에서만 보아오던 그런 세련됨이 있다. 김승희 선생님에게서는 늘 좋은 향기가 난다. 최종수가 늘 꿈꿔왔던 아름다운 여자의 향기.

　김승희 교수와 함께 생활하면서 자연스레 바쁜 일상에 쫓기는 김승희 교수보다는 최종수가 빨래와 청소 등을 담당하게 되었다. 마치 그것이 최종수의 집인 듯이 종수는 열심히 청소하고, 빨래한다.

　"아니. 그러면 최종수를 김승희 교수가 잘 보살폈다는 것 아니예요? 그래서 잘 성장했던 거 아니예요?"

　"그게, 그렇게 잘 되는 듯했지. 그런데 항상 운명이란 그리고 미래란, 예측하려고 하면 안 된다네. 그 예측하려는 것 자체가 실수지."

　"네? 그게 무슨…"

　"최종수가 자네 양어머니를 많이 따랐던 것은 사실인 듯하네. 그런데 최종수의 문제는 정상적인 가정에서 살아오지 못한 것에 있어. 최종수는 자아가 너무나 나약했지. 항상 버려질 것이라는 두려움에 싸여 있었어. 그런데 어떻게 하면 정상적인 가정이 될 수 있을까에 대한 노력과 고민은 또 다른 문제라네."

　최종수는 세탁기를 돌리려다가 쌓여 있는 김승희 교수의 속옷을 봤다. 다른 옷들은 최종수가 빨게 내버려 둬도 김승희 교수가 팬티를 저렇게 벗어 놓은 것은 처음 보는 종수였다. 처음엔 당황스럽다가 주변에 아무도 없다는 것에 위안을 삼는다. 종수는 팬티를 집어 들고 물끄러미 바라본다. 팬티에 하얗게 묻어 있는 것을 보면서 종수는 팬티를 코로 가져가 냄새를 맡는다. 큼큼한데 싫지가 않다.

종수는 그 이후로 며칠 동안 계속 그때의 일을 떠올린다. 쉽게 잊히지 않는다.

학교 개교기념일인 것을 잊고 버스에 올랐던 종수는 아차 하고 내린다. 마땅히 갈 곳이 없었던 종수는 근처 만화방으로 간다. 새로 나온 〈크레이지 보이〉라는 만화에 심취되어 있다. 일본 만화지만 내용 구성이 탄탄해서 마음에 든다. 2시간 30분이 지났다. 조금 지나면 3천 원을 내야 하기 때문에 종수는 황급히 자리를 일어난다. 김승희 교수도 출근하고 없을 것이라고 생각한 종수는 무심코 아파트 현관문을 열기 위해 열쇠를 꺼낸다.

현관문 밖으로 여자의 신음소리가 들린다. 비명 소리라기보다 교태 섞인 소리다. 얼마 전, 학교 친구들과 함께 본 포르노 비디오가 생각난다. 종수는 조심스레 아파트 문을 연다. 김승희 교수의 방에서 들려오는 소리다. 점점 신음 소리가 절정에 다가간다. 김승희 교수의 목소리가 들린다. 낯선 남자의 신발과 김승희 교수의 신음 소리는 종수에게 또 다른 세계를 느끼게 해주었다. 종수는 조용히 현관문을 닫는다. 종수는 김승희 교수의 낯선 모습에 혼란스럽다. 종수 눈에 섹스는 발라당 까진 여자들만 하는 것으로 느껴졌던 것이다. 종수는 자신이 조만간 버려질 것이라고 생각한다. 왜냐하면 김승희 교수에게는 남자가 생겼기 때문이다.

김제나 교수는 얼굴이 빨개진다. 아무리 양모라고는 하지만, 그런 일을 강제국 회장 입에서 듣는 것이 불편한 것이다. 강제국 회장은 아랑곳 하지 않고 말한다.

"그런데, 과연 최종수가 그때, 어떤 생각을 했을까?"

"그 나이 때의 사춘기 남자애들은 다 그래요. 성에 대해서 환상을 가지고 있다가 결국에는 아무것도 아닌 것을 깨닫게 되죠."

"최종수는 김승희 교수를 어머니처럼 여겼지. 그리고 환상 속에 자신의 이상형으로 여기기도 했지. 어머니처럼 혹은 이성으로서 좋아한 거지. 그런데 말이네. 그것보다 최종수를 억눌렀던 것은 김승희 교수도 자신을 버릴 것이라는 확신이었지. 그러니까, 최종수가 가족으로 여겼던 마지막 한 사람조차도 떠나가 버린 거야. 재레드 다이아몬드 교수의 『제3의 침팬지』라는 책에 이런 말이 나오네. 근친상간의 터부에 대한 구절이야. 메추라기나 쥐와 생쥐는 어른이 될 때까지 양친과 형제자매를 인식하도록 학습되고, 인간 역시 학습에 의해서 이와 같이 프로그램된다는 것이지. 그런데 아이러니한 것은 결혼 상대로는 부모나 형제자매와 유사한 사람을 찾는다는군.[3] 그러니까 최종수는 제대로 근친상간에 대한 암묵적인 교육이나 학습을 못 받았을 거라는 거야. 그래서 성에 대한 개념과 이성에 대한 개념이 헷갈릴 수 있지. 최종수는 김승희 교수를 사랑한 것이네."

"그건 지나친 억측이에요. 만약 그렇게 최종수가 생각했다면 최종수의 정신에 문제가 있는 거라고요."

"그럴 수 있지. 하지만 그때쯤이 아닌가? 김승희 교수가 결혼을 한 것이. 그리고 최종수는 김승희 교수가 신혼여행을 떠난 날, 그 집에서 나오게 되지. 최종수는 고등학교 진학 후, 어머니를 호적에서 실종 신고했지. 아마, 최종수는 그 호적에서 어머니를 지운 날, 마음속에서도 영원히 지웠을 것이네. 그래서 최종수는 드디어 소년소녀 가장에게 주는 정부 지원금을 받을 수 있게 되었네. 그렇게 최종수는 고등학교를 다녔어. 김승희 교수 역시 최종수가 스스로 살아가게 된 것에 대해서 축복해줬지. 그런데, 일반적인 가정에서는 그것을 축복이나 행복이라고 생각하지 않네. 물론 미국에서 공부한 김승희 교수는 자연스럽게 생각할 수도 있었겠지만, 대한민국에서 소년 소녀 가장으로 혼자 학교를 다닌다는 것은 끔찍한 일이야. 어쩌면 김승희 교수는 결혼을 했기 때문에 최종수가 떠나길 내심 바랐는지도 모르지."

"최종수가 그렇게 됐다 해도, 결국에는 잘 된 것이 아닌가요? 최종수는 고등학교를 그 시골 중학교 옆에 있는 곳으로 갔어. 그러니까, 다시 그 외가로 들어간 거지. 당시 그 외삼촌은 교통사고로 사망한 것으로 되어 있네. 그래서 최종수는 다시 원래의 자리로 간 것이지. 사람들이 착각하는 것 중에 하나가, 선의를 베푼 것과 책임을 지는 것에 대한 차이를 모르는 것 같단 말이네."

"선의와 책임이요?"

"예를 들어, 길에서 방황하는 고양이들을 봤다고 가정해보세. 그 길 잃은 고양이들에게 사료를 주고 먹이를 주는 것은 선의라 할 수 있지. 그러나 그 고양이들을 집으로 데려와서 같이 사는 것은 책임이 생긴 것이네. 그런데 대부분 어떤가? 고양이들이 발정을 시작하고 울어대기 시작하면, 결국엔 다시 길거리로 버린단 말이야. 한 번 집 고양이가 되면, 다시 밖에서 살기 힘들지. 적응을 못하거나 자신의 구역을 자리잡지 못해 여기 저기 떠돌다가 다른 고양이들의 공격을 받기도 하고, 그러다가 결국 죽음을 맞이하네. 길고양이들의 수명이 평균 2년이 채 안 된다고 가정하면, 집에서 쫓겨난 고양이들의 수명은 더 짧다는 말이네. 나는 후자를 더 안 좋게 생각하네만. 자네 생각이 궁금하군."

"그러니까, 최종수가 더 실망이 컸을 거라는 건가요?"

"최종수뿐만이 아닌 그 당시의 많은 소년 소녀 가장들이 그런 감정을 느꼈을 거네. 도와주는 척하는 위선적인 사람들이 너무 많은 탓이지. 그것은 감정소비를 일으키지. 최종수를 봐도 그렇지 않나? 친모의 형제들이 많아도 결국 다들 자기 자식이 우선이지. 왜냐하면, 최종수의 친모가 돌아오지 않을 것이니까 자신들을 비난할 사람도 없는 것이지. 그게 사람들의 양심이네. 양심이란 주변 사람들의 시선을 스스로가 먼저 느끼는 것이거든. 결국, 최종수는 평범한 가정생활을 1년간만 한 셈이지. 최종수는 결국 지방 국립대에 진학하고 졸업 후에 장교 생활을 택하게 됐지. 장교 생활을 하면, 대학 장학금을 국가에서 주는 제도가 있기 때문에 최종수는 경제적인 이유로 그 길을 택한 것으로 보이네. 최종수는 평범한 능력을 가진 평범한 사람이었네. 열심히 노력한다고 서울대나 좋은 명문대를 갈 수 없는 사람들 말이야. 지방 국립대를 졸업하고, 거주할 곳도 없어 고시원에서 떠돌다가 결국엔 자신의 의지와도 상관없는 길을 걷게 되는 사람들. 그게 내가 말한 최종수 살인의 잠재된 동기의 본질이네. 계급. 태어날 때의 경제적 계급. 그런 최종수가 계급 사회인 군인이 되기로 결심한 것일세. 계급을 극복하고자 했겠지. 뛰어넘고 싶었을 것이야. 누구보다."

"그런데, 왜 최종수는 군대에서 다시 나오게 되었죠?"

"최종수가 군대에 가기 전에 정확히 알려주는 사람이 없었던 거지. 지금처럼 인터넷이나 모바일이 발달해서 정보를 잘 알 수 있는 시대가 아니었기 때문에 최종수는 그것이 도피처라고 여긴 것이야. 하지만 군대란 계급 사회네. 그런데 계급 사회가 중요하게 생각하는 것이 뭔 줄 아나?"

"계급이라면서요?"

"출신 성분이네."

"출신 성분이요?"

"계급 사회니까 계급 이전에 출신 성분이 있지. 진골, 성골, 육두품, 평민, 천민…."

"좀 자세히 설명해 주세요. 도대체 무슨 말인지?"

"최종수는 태어날 때부터 계급에 울고, 계급이 바뀔 수 없음을 깨닫고 그 계급을 바꿔보기 위해서 군에 들어간 것일세. 그런데 그곳은 절대 바뀔 수 없는 것들이 있었어. 그래서 체념하고 나오게 된 걸세."

제 4 화

페로몬 사회와 계급 사회

"안녕하세요? 시청자 여러분, 다시 YCB의 중재환입니다. 여러분께서는 YCB 토론을 보고 계십니다. 다시, 이야기를 계속 이어가면요, 김제나 교수의 논문이 연일 화제가 되고 있는데요, 이번에는 장 바이오 교수님의 의견을 들어보겠습니다. 장 바이오 교수님, 김제나 교수의 논문, 어떻게 생각하십니까?"

"저는 김제나 교수의 논문에 실린 내용 중에서 다른 측면을 중요하게 봤어요. 실험 결과에 나오는 그 미래 인간이라고 불리는 사람들에 대해서 생각해 보았어요. 저는 그 사람들이 왜 그렇게 변해갔는지에 대한 동기와 과정이 중요하다고 생각했거든요. 결국엔, 그분들이 느꼈던 고통의 근원은 사회의 구조라고 생각해요. 사회에 보이지는 않는 계급들이요. 그리고 그 계급들은 어느 동물이나 곤충에도 있지만, 인간만이 가지는 특이한

특징들이 있는 건 분명해요."

"그렇다면, 장 바이오 교수님은 원인이 무엇이라고 생각하시나요?"

"저는 계급 사회가 원인이라고 말하고 싶습니다."

"계급 사회라…. 좀 더 자세히 설명해 주시겠어요?"

"많은 분들이 아시다시피 저의 주 전공은 곤충학입니다. 동물과 유전학에 대해서도 연구를 하기 때문에 인간사회와 곤충사회가 가지고 있는 계급의 차이점에 대해서 비교해서 설명할 수 있을 것 같아요. 곤충사회의 군집을 이루어 활동하는 대표적인 종인 꿀벌과 개미 중에서 꿀벌사회에 대해서 말씀을 드리고 싶어요. 꿀벌은 여왕벌, 일벌, 수벌들로 사회가 이루어져 있어요. 잘 아시는 것처럼, 여왕벌은 종족을 보존하는 일을 하고, 일벌은 일을 주로 하죠. 수벌이 하는 일은 단지, 처녀 여왕벌과의 교미예요. 교미가 끝난 수벌은 생식기가 절단되어 그대로 죽어요. 그래서 꿀벌 사회에서는 여름철이나 특정한 경우가 아니면 없는 시기도 있어요. 일벌은 좀 특이해요. 여왕벌들은 수정난과 무정란 두 종류의 알을 낳는데, 무정란이 수벌이고, 수정란은 일벌이죠. 그러니까 일벌들은 수정난에서 발생한 암놈들이긴 하지만, 산란기관이 퇴화해서 알을 낳지 못해요. 그런데 이 여왕벌이 죽으면 일벌들 중 일부에서 생식기관이 살아나면서 여왕벌의 역할을 하는 벌이 다시 나타난다는 것이죠. 물론 생식기관이 살아나게끔 누가 지시하거나 명령하는 것도 아닙니다. 더 신기한 것은, 꿀벌 사회에 수많은 일들을 일벌들이 각자 일을 나누어 하는 것이에요. 일과 태어난 계절에 따라서 길게는 6개월, 짧게는 1개월을 사는 벌들도 있습니다.[4] 저는 이런 생각을 해 보았습니다. 꿀벌 사회는 분명히 여왕벌의 중요성이 크지만, 그 계급은 인간이 우리의 기준으로 나눈 것이고, 사실 그 꿀벌 사회를 이끌어 가는 것은 일벌들입니다. 여왕벌과 수벌은 특수한 능력을 지닌 개체로 평생을 고통 받다가 생을 마감하는 것이 아닌가 하는 생각이요. 여왕벌은 끊임없이 산란을 해야 합니다. 그리고 여왕벌이 약해지면, 다른 일벌 중에서 여왕벌이 탄생해요. 일벌들 중에서 몸에 갑자기 변화가 생겨서 알을 낳을 수 있는 여왕벌로 변하는 거죠. 다만, 수정을 해서 낳는 알이 아닌 무정란을 임시로 낳는 겁니다. 그건 여왕벌이 명령을 하거나 지시를 해서 그런 것이 아닙니다. 일벌들 또한 길게 살 수 있는 편한 일이 있음에도 어려운 고역 일을 하죠. 이 업무를 지시하거나 명령하는 것이 여왕벌은 아닙니다. 그리고 일벌들 중에서 어떤 계급이 존재하는 것도 아니고요. 사회의 필요에 의해서 참여가 이루어지는 것입니다. 그것은 인간의 언어로 '자기 희생'이라고 부를 수 있습니다. 놀랍지 않나요? 이 사회에 대한 의지가 꿀벌의 몸조차 순간적으로 변신시킬 수 있는 변이가 일어나게 하는 것이요. 생각해 보세요? 여자들이 모두 사라진 사회에서 종족 번식을 위해 남자들의 일부에 자궁이 생기고 아이를 낳을 수 있도록 변화한다고. 상상만 해도 놀랍지 않나요?"

"그렇다면, 곤충사회의 저변에 깔려 있는 이 자기 희생이 왜 인간에게는 그토록 없는 것일까요? 장 바이오 박사님께서 말씀하신 계급 사회에서의 완벽한 조화를 이루고 있는 곤충 세계와 인간 세계가 닮아가는 방법이 있을까요? 만약, 장 바이오 박사님께서 주장하는 바와 같이 이상적인 사회가 온다면 결국에는 김제나 박사님이 주장한 현대사회의 폐해와 미래 인간과 같은 정신적 돌연변이들이 출현하지 않을 텐데요."

"페로몬이요."

"네? 페로몬이요?"

"현대 사회를 안정화시키고 돌연변이들을 통제할 수 있는 방법을 말씀드린 거예요. 꿀벌과 개미 사회는 페로몬에 의해서 의사소통을 하고, 각 개체들의 행동을 사회 전체의 목적에 맞추어 움직일 수 있게 합니다. 그러니까, 이 페로몬은 뇌가 없는 꿀벌과 개미 사회의 보이지 않는 뇌라고 할 수 있어요. 아니, 건전한 생각을 하는 뇌, 의식 그 자체입니다. 개미 사회 자체라고 할 수 있죠."

"페로몬이 사고할 수 있다고 보시는 것인가요? 페로몬은 일종의 화합물로 알고 있습니다만?"

"인간이 가지고 있는 뇌 속의 사고도 결국엔 화합물의 일종입니다. 그러니까, 이 화합물조차도 본능적으로 생존하기 위한 혹은 결합력을 가지고자 하는 것이에요."

"방금 본능적으로 생존하기 위한 뇌 속의 사고에 대해서 표현하셨는데, 이 사람의 '사고'라는 것은 과연 생명이라는 개념이 존재하는 것이라고 생각하시는 것인가요?"

"제가 좀 더 쉽게 말씀을 드려야겠는데요, 세계적으로 유명한 리처드 도킨스 교수는 '이기적인 유전자'라는 책에서 다음과 같이 이야기하고 있습니다.

'더 이상 나눌 수 없는 입자라는 이상적인 속성에 근접한 단위로 유전자를 정의하는데, 어떤 유전자는 1백만 년 이상을 살기도 하는데, 이 유전자는 안정적이지 않고 정처 없이 떠도는 존재이다. 염색체 또한 섞이고 사라진다. 그러나 섞인 이 유전자 카드 자체는 살아남는다. 유전자는 교차에 의해서 파괴되지 않고, 단지 파트너를 바꾸어 행진을 계속할 따름이다.'5)

저는 여기에서 말하는 이 유전자 카드의 진화가 꿀벌과 개미 사회의 페로몬이라고 말하고 싶습니다. 꿀벌 사회와 개미 사회에서 발생하는 수많은 진화의 역사가 이 페로몬 속에 고스란히 남아서 하나의 의식과 같은 역할을 하는 것이죠."

"그렇다면 다른 방향으로 의견을 여쭈어 보겠습니다. 이 페로몬 사회가 인간 사회보다 좀 더 진일보되었다고 말씀하신 것으로 생각해도 될까요?"

"의식과 문화를 공동의 목표를 가지고 보존했다는 측면에서는 그렇게 생각합니다. 다만, 말씀하신 진일보라는 표현은 인간 사회에서는 과학적이 기술적인 진보를 의미하므로 의식 세계의 진화와는 차별화를 두는 것이 좋겠군요."

"인간 사회가 페로몬 사회처럼 된다면, 좋은 세상이다라고 말할 수 있을까요?"

"호호호. 그건 또 다른 문제인 거 같네요. 꿀벌과 개미는 페로몬 사회에 적합하게 각 개체 속에 있는 유전자가 인간과는 다른 방향으로 진화했습니다. 인간은 페로몬 사회와 달리 군집체가 아닌 각 개체가 선택하고 행동할 수 있는 진화를 선택했구요. 저는 다만, 곤충사회의 자기희생에 대해서 그 본질적인 역할로서의 예로 페로몬을 든 것이고. 인간 사회에서는 페로몬과 같은 역할을 하는 일종의 무엇인가가 있다면 좋겠다는 것이에요. 건강한 비타민제와 같은 역할을 하는 그 무엇인가가 필요하다는 의견입니다. 저는 이것을 뇌 과학과 합성생물학과 같은 측면에서 말씀드리고 싶어요. 김제나 교수의 논문에서 마지막에 주장하고 싶은 것이 바로 이것 아닐까요? 유전적으로 염기체를 사전에 제거하는 방법도 있을 수 있겠지만, 인간의 정신과 사고의 이상을 염기체에서 찾아내는 것은 현실적으로 힘듭니다. 미래 인간의 일부는 후천적인 것에 지배받는 성향이 크기 때문이에요. 그래서 결국엔 뇌 과학이나 합성생물학으로 방법을 찾자는 것이고요. 저는 그것이 완성된 사회를 페로몬 사회라고 부르고 싶어요. 이상적인 사회에 가까워지는 미래 인간들이 치료되는 사회요. 어쩌면 그 연구가 이미 상당 부분 진전되고 있다고 생각해요."

"장 바이오 교수님의 의견은 결국 진화론의 일부라고 생각해도 될까요?"

"현재 우리의 과학 지식으로는 이 모든 것을 설명할 수 없습니다. 따라서 저는 모든 것을 진화론적인 측면으로 접근하고 싶지는 않습니다. 어떤 경우는 진화론에 적합한 것이 있을 것이고, 또 어떤 경우는 도저히 아직은 알 수 없는 미지의 것들이라

할 수 있습니다. 하나의 이론에 기초한 학문은 결국 그 한계성을 지니지 않을까요? 저는 제 학문에 한계를 두고 싶진 않아요."

방청객석이 웅성거린다. 카메라는 장 바이오 교수의 얼굴을 클로즈업해서 잡는다.

"뭐라는 거야? 페로몬 사회라니. 너무 급진적인 생각 아냐. 너무 위험한 생각인데. 인간 존엄성을 해치는 거라고."

"그렇게 급진적으로 볼 게 아니라, 뭐 비타민처럼 좋은 작용을 하는 물질을 연구한다는 것 같은데."

"유전적으로 그런 안 좋은 성향을 지닌 사람들의 염기체를 사전에 제거하면 된다는 의미 같은데…."

"진화론에 입각해서 말하되, 진화론 추종자는 아니라는 것은 모순 아닌가?"

조윤정 검사는 마음이 심란하다. 강제국 회장의 실형 선고가 확실하다고 생각했는데, 배심원 재판 요청을 법원이 받아들이면서 일이 꼬이기 시작하더니, 결국엔 배심원 재판에서조차 범행동기를 정신이상으로 결론 내렸기 때문이다. 정신이상을 치료하는 병원 역시 강제국 회장의 재단의 영향력이 많은 곳으로 지정되면서 조윤정 검사의 완패라고 검찰청 내부에서는 소문이 자자하다. 이대로라면 이번 인사에서는 물먹을 것이 뻔했다.

사무실 문이 벌컥 열리며, 낯익은 얼굴이 웃는다.

"조 검사, 한 잔 할래?"

조윤정 검사의 동기인 윤진호 검사다.

'저 놈의 노크 없이 문 여는 버릇. 언제 고칠라나?'

한마디하려던 조윤정 검사는, 바쁠 텐데 그래도 동기 물먹었다고 위로해주려는 윤진호 검사가 고마워 말을 삼킨다.

초밥과 회를 좋아하는 윤진호 검사는 자주 가는 스시 집으로 조윤정 검사를 떠밀듯이 간다.

자리에 앉자마자 성격 급한 윤진호 검사가 말한다.

"그래서 뭐가 어떻게 된 거야?"

"뭐가 어떻게 되긴? 너 엄청 궁금하구나? 주문부터 해. 배고파. 밥사 준다고 따라왔더니, 풍문이 궁금한 거야? 아니면 내가 물먹은 거 고소해 하는 거야?"

"알잖아. 궁금하면 미치는 내 성격. 내가 촉이 엄청 좋잖아. 이거 딱 이상하다고 직감이 왔어.

그 공판 결과 보고. 딱. 아, 이거 이거 딱이네. 그리고 너 만날라고 며칠 동안이나 니 방에 들렀는데, 그 때마다 국과수에 가서 살았다메? 검사가 왜 국과수에 가나 싶은데, 느낌이 딱. 오는 거지. 아, 이거 이거 뭐가 있구나. 그리고 김인환 검사장이 짱구야? 아니면 박군정 검찰총장이 짱구야? 여론에서 지랄들 할 텐데, 이거를 이렇게 처리하나. 그렇게 된 거면 뭐가 있는 거지. 강제국이가 누구야. 세계 1위 바이오회사 회장이야. 그런 사람 어설프게 감싸다간 다 나가리인데 말이야. 정치권에서도 가만히 안 있을 거고. 그리고 강제국이는 여당 쪽에 가깝잖아. 야당에서 특검 하라고 난리를 칠 건데 말이야. 그런데, 그 리스크를 앉고 정신병자로 결론 냈다 이거야. 근데 여론 의식해서 배심원 재판으로 몰아가고. 이거 이거 딱이야. 딱!"

"너는 니 일은 신경 안 쓰고, 남의 일에 그렇게 관심이 많냐? 너네 요즘 바쁘다며? 데이터 해킹 사건 그거 해결해야 하지 않아?"

그 때, 문이 열리고 기모노를 입은 여인이 들어온다. 한눈에 봐도 미모가 보통이 아니다. 기모노 옆은 옆선이 트여져 허벅지까지 살이 보인다. 요즘은 이렇게 은근히 노출하는 것이 유행인가 보다.

'아, 꼴에 또 남자라고. 이런데 좋아하는 이유가 있고만' 조윤정 검사는 슬며시 웃음이 나온다. 로스쿨에서 겨울에는 코찔찔 흘리며, 두꺼운 안경을 쓰고 다녀서 여자들이 끔찍이 싫어하던 윤진호 검사가 이젠 남자 짓을 하고 있는 것이다.

"아유, 윤 검사님, 연락이라도 주고 오시지. 그러면 제가 좋은 거 준비해 놓을 텐데. 누구? 여자친구?"

"아, 아니에요. 여긴 조윤정 검사라고. 일명 조 박사. 검사가 법은 공부 안 하고, 딴 데 관심이 많아요. 특히 사회경제에 관심이 많아요. 학위도 있고. 그래서 별명이 조 박사."

"아유. 조 검사님. 잘 부탁드립니다. 저는 '리(李)스시' 주인 이지연 이에요."

"네. 앞으로 종종 들를게요."

"아, 오늘은 알아서 주세요. 사케도 좀 주고. 아, 이 친구는 사케보다는 크림맥주 주세요."

이지연이 나가자마자, 조윤정 검사가 웃으며 말한다.

"너, 여기 주인이랑 그렇고 그렇지?"

"어? 아니, 아니야."

"펄쩍 뛰는 게 수상한데? 그리고 여주인이 들어와서 왜 당황해 하면서 내 눈치를 봐? 둘이 한밤에 데이트 좀 하나 보네. 아, 여기서 하냐?"

"야, 하긴 뭘 해. 또. 그건 그렇고…."

"이거 어물쩍 넘어가는 거 봐라."

"아무튼, 아까 하던 이야기 계속하면 그 데이터가 문제였어. 빅 데이터. 그게 문제이면서 답이었어."

윤진호 검사의 눈빛이 반짝인다.

"근데, 근데, 내가 뭐 찾아냈게?"

"강제국이… 연관 있는 자료야?"

"글쎄다. 있을 거 같기도 하고. 내가 이 건에 개입하게 된 건 우리나라 1위 군수업체인 사이버프렉스가 해킹됐다고 국정원에서 합동대응반을 구성하게 되면서야. 3개월 전이지."

"아니, 니네가 맡은 게 SNS 개인정보 해킹 건 아니었어?"

"나도 그런 줄 알았지. 그런데 그건 명목상이었다 이거야. 나는 그 때 딱. 알았어. 'SNS 계정 다 털려서 결제계좌나 신용카드 정보도 노출됐다' 이렇게 잔뜩 이야기하고. 그 다음에 뭘 한 줄 알아? 그거 이슈로 각 은행기관이랑 포털업체들, SNS 업체들

데이터 센터 들여다 볼 합법적 권리를 얻은 거야. 딱."

"그거랑 사이버프렉스랑 뭔 상관이 있대?"

"사이버프렉스 해킹한 놈들이 SNS를 통해서 국제적으로 서로 연락을 주고받았거든. 이메일은 국가에서 들여다보기 쉬우니까. 버마 제도에 센터가 있는 SNS 통해서. 그런데 이 빅데이터 분석이 참 무서워. SNS에 떠도는 사진, 문자, 글, 그리고 은행 계좌, 펀드 계좌, 이메일 등 다 털어서 조합하니까, 결론이 엉뚱하게 나오더라고."

"그러니까, 그게 뭐냐고? 오늘따라 너 되게 비싸다."

"크크크. 듀엘 그룹이 딱 나왔어. 딱."

"듀엘 그룹? 그건 또 무슨 소리야?"

"CP9이 말해 주길⋯."

"CP9?"

"우리 애기. 인공지능 슈퍼컴. 딱."

"아무튼. 꼴값을 해라. 아주 그냥. 그리고 그 딱 소리 좀 하지 마. 확 그냥. 너 지금 나 놀리려고 억지로 그러는 거지? 로스쿨 때도 내가 미끄러지는 일 있으면 넌 꼭 그러더라. 아, 지금 짜증나거든."

"오케이. 딱은 이제 그만. 딱. 크크크. 아무튼 CP9이 분석한 결론은, 사이버프렉스를 통해서 2010년부터 2016년 전후로 대량으로 듀엘 그룹으로 자금이 흘러들어갔고, 듀엘 그룹은 그 당시에 동남아 쪽으로 직원들을 많이 파견한 것 같아. 정확히는 수년 전부터 불법적으로 호르몬제를 유통하다가 어느 정도 성

장기에 올라서 노출된 거지. 그 당시 듀엘 쪽 직원들이 SNS에 올린 글들을 보면. 딱."

"그렇지. 그 당시에 듀엘이 성전환 관련 호르몬제로 성장했으니까."

"그런데, 사이버프렉스에 투자한 은행들과 사모펀드 쪽 자금 출처가 드로니아야."

"드로니아? 그거 글로벌 군수 전문회사 아니냐?"

"그치. 2020년에 드론 관련 군수장비로 큰 회사지. 그럼 결론적으로는 세계적인 군수업체 드로니아가 외국계 은행들과 투자자들에게 투자를 했고, 그 투자금으로 추정되는 금액이 분산되어서 한국에 있는 외국계 금융기관에 들어왔고, 그 금융기관들이 다시 한국 민간 군수업체 1위인 사이버프렉스에 다시 투자했고, 사이버프렉스는 듀엘 그룹에 당시 상당한 투자를 해서 지분을 보유했다? 그런데, 그게 뭐 문제야? 또 강제국이랑 뭔 상관이고?"

"당시 동남아 쪽에서 분석된 SNS 등을 보면, 트랜스젠더나 게이들에게 돈을 주고 성호르몬제를 싸게 주거나 공짜로 나눠준 사람들이 있었다는구만. 그리고 또 특이한 점은, 수억 건의 데이터 중에서 강제국 회장과 관련된 내용이 없어."

"강제국이가 왜?"

"강제국에 대해서 언론에서 말하길 당시에 동남아에 파견되어 듀엘 그룹을 지금에 있게 한 장본인이라고 하지. 그런데 은행, 신용카드, SNS와 그 어떤 기록에도 강제국이가 뭔가를 한 흔적이 없어. 출국 기록과 입국기록밖에는. 그 기간 동안의 행적이 없다고. 그리고 강제국이나 혹은 강제국이 조직원들 일부가 당시에 태국과 필리핀에서 현지 택시 회사를 설립한 것으로 기록이 나와 있어."

"택시 회사? 그럼 국정원 애들은 왜 이거를 쫓는데?"

"지금은 듀엘 그룹 지분의 대부분 주식소유자가 일반 개인들이나 국가 연기금, 대형은행사들 중심으로 되어 있어. 그런데 그건 지금 이야기고. 듀엘 그룹이 주식상장을 하기 전인 당시의 지분 대부분은 사이버프렉스에서 소유하고 있었고, 그 돈은 드로니아에서 나온 거지. 그런데 지금 듀엘 그룹 의사결정권의 대부분자는 드로니아와 사이버프렉스가 자금을 줘서 급성장할 당시에 필드에서 뛰던 사람들이야. 정통 연구원들도 아니고. 한국 경제의 상징인 세계 1위 바이오제약회사가 드로니아에 의해 조종당한다고 해도 과언이 아니라고. 국가 전략 사업이 그들 손에 놀아나는 셈이라고."

"야. 이거 이거 윤진호가 열혈 애국자 되셨네. 너 독립운동가 같다 야. 너 국정원 애들이랑 일하더니 세뇌당한 거 같은데. 그럼 강제국이가 택시 회사 설립한 거는 또 뭔데?"

"당시에 듀엘 그룹은 동남아 일대에서 트랜스젠더 대상 임상실험을 한 것으로 보여. 즉 내가 보는 시나리오는 듀엘 그룹은 강제국이한테 택시 회사를 설립하라고 지시했고, 위장 영업하면서 임상실험을 한 것 같아. 트랜스젠더나 게이들을 유흥업소에 태워다 주면서 말이야. 당시 태국이나 필리핀은 택시 서비스가 형편없었으니까. 택시 회사 서비스를 대폭 강화해서 현지 택시업계 대부분을 소유하게 되었다고. 그때 서비스로 뜬 게 안전하게 모시는 서비스야. 택시 내부에 GPS와 블랙박스 카메라 설치하고. 그러니까 당시에 트랜스젠더나 유흥하는 애들이나 손님 할 거 없이 안전한 이 회사 택시를 이용했다고. 그 덕분에 그 택시기사들과 블랙박스는 모든 행적과 일거수일투족을 기록할 수 있었던 거지. 그런데 결정적으로 내가 이렇게 믿게 된 것은, 강제국이가 세웠던 그 택시 회사 말이야. 시장 점유율은 높아졌어도 계속 적자 상태였어. 그 많은 택시랑 시설 투자해서 본전도 못 뽑고 마이너스 내면서 장사한 거지. 그런데 여기저기서 투자금은 계속 들어왔고.

그 이후에 택시 회사를 듀엘 그룹 현지 계열사 법인이 인수했고, 물류업으로 사업을 확대시켰지. 지금은 드론으로 배달도 하는 필리핀 최대 물류회사가 됐다고. 그리고 그 드론은⋯."

"그럼, 왜 강제국 회장을 배심원 판결로 가게 해서 풀어준 거야? 그 정도 일이면, 국정원에서 법원에 미리 접촉을 했을 텐데."

"그래야⋯."

윤진호 검사는 대답을 망설인다. 사케 몇 잔을 연거푸 마신다.

"아. 답답하다. 뭐? 너도 몰라?"

"아니. 내 생각엔 국가가 강제국이를 합법적으로 납치한 거 같아."

"납치? 그건 또 뭔 소리야. 사이버 합수단 들어가더니 너 소설 많이 쓴다."

"나도 처음엔 좀 과하다고 생각했는데. 강제국이는 스스로 국가와 너한테서 도망쳤다고 생각하겠지. 그리고 듀엘 그룹도 그렇게 생각할 거고. 그 거금도 연구소는 듀엘 그룹이 자금을 많이 투자했거든. 그런데 생각해 보면 그 시설 운영 및 보안은 국가중요시설 1급으로 분류되어서 국가가 관리하지. 국정원하고 거기 해안부대가 방호를 담당해. 내부 보안 시설팀도 시큐탑에서 담당하고. 시큐탑은 한국 연금운영기금이 대주주야."

그때, 조윤정 검사는 얼굴이 달아오른다. 그리고 윤진호 검사를 똑바로 쏘아본다.

"뭐야? 갑자기…"

"졸라 이상하네. 기분 이거. 씨발. 기분이. 김인환 검사장이 이걸로 나 물먹였거든. 지방으로 보낸다고."

"지방?" ·

"어. 그러니까… 여수."

"야. 여수면?"

"그 강제국이 있는 연구소 관할. 전라남도 여수시 지방검찰청."

"야. 이거 이거 재밌구만. 재밌네. 참."

"처음부터 이상했어. 이거. 그때 내가 알아챘어야 하는 건데."

"그 강제국이 살인 사건 말이야? 그건 또 어떻게 된 거야?"

"강제국이는 소문에 의하면, 섹스 중독자야. 난교를 즐긴다고 찌라시에 나와 있더고만. 길거리든 엘리베이터든 쫙 빠진 애들 눈에 딱 걸리면, 돈을 얼마를 주던 간에 불러서 아주 그냥…."

"아주 그냥 뭐?"

"아니 그냥. 뭐 그런 게 있어. 그런데 조사를 하던 중에 이상한 점이 있었어. 그 유명한 호텔에서 버젓이 고급 콜걸을 부른 것도 그렇고. 고급 콜걸의 죽은 사체에서는 강제국이와 성관계한 흔적이 없었어. 정액 흔적도 없었고. 그리고 사인은 과다약물중독. 강제국이가 마약을 줬다고 하기에는 강제국이는 마약을 투여받은 흔적이 없고. CCTV는 지워져 있고. 극단적으로 말하면 그 여자는 이미 죽을 사람이었다 그거야."

"그래서? 뭐 알아낸 게 없어?"

"그래서 내가 강제국이 국과수에 정밀 검사를 의뢰했지. 혈액이랑 신체 전부. 그런데 강제국이 말이야."

"강제국이…"

"고자래. 반 고자."

"아니, 그게 뭔 소리야. 반 고자?"

"선천적인 게 아니고 후천적으로 성호르몬제를 복용해서 그걸 억누르나 봐. 검사할 당시에도 성기 불능 상태였던 거지."

"성호르몬제? 확실해?"

"글쎄, 나야 모르지. 아무튼 성호르몬제인지 뭔지 약물을 복용하는 모양이더라고."

"하, 그 새끼 그거 갈수록 또라이구만. 이 새끼 이거 정체가 뭐야."

"그리고 강제국이 뇌 스캔한 결과가 좀 이상해. 일반 사람들이랑 달라. 실제로 정신 검사지나 대답을 할 때 일반인들 뇌에서 반응이 일어나는 부분과 다르다는 말이야. 좀 과장되게 이야기하면, 강제국이는 생활에서 연기를 하고 있단 말야. 정상인처럼 보이게. 문제지의 정답을 풀 듯이 생활 속에서 정답에 맞는 행동을 하고 있다고."

"그러니까, 정말 또라이, 이거구만."

"그렇지. 또라이 맞아. 국과수 교수님이 그러더고만. 요즘 언론에서 난리 난 그 김제나 교수 논문에 나오는 그 사람들. 미래 인간. 그거랑 비슷하다는데."

"이거 뭔가 감이 온다. 그런데 너 발령이 언제야?"

"다음 달. 그래서 휴가 좀 다녀오려고. 머리 좀 식혀야겠어."

"휴가? 어디로?"

"동물의 왕국. 남아프리카 공화국."

최종수는 마음이 떨린다. 이제 입소식이 끝나면 장교 후보생으로 앞으로 3개월간 교육을 받게 되기 때문이다. 다행인 것은 생각보다 분위기가 부드럽다는 것이다. 생각했던 것과는 다르게 상당히 부드러워서 그나마 위안이 되었다. 후보생들이 마지막으로 부모님들께 큰절을 한다. 부모님들이 안쓰러운 듯 바라보며 차마, 발걸음을 떼지 못한다. 입소식을 준비하고 주관한 장교들이 부모님들에게 안심하라고 손을 붙잡으며 이야기한다. 부모님들은 안심하고 뒤를 돌아보며 마지못해 강당을 떠난다. 입소식이 끝나고 장교후보생들은 앞으로 3개월간 생활하게 될 생활관으로 이동한다. 생활관은 3층의 주황색 지붕을 한 양식 건물이다. 겉에서 보기엔 그럴 듯해 보이는데 막상 내부에는 커다란 내무실과 화장실만 즐비하다.

생활관의 수업교실에 모이자, 대위 계급장을 달고 있는 훈육관이 앞으로의 생활을 소개한다.

"나는 앞으로 귀관들을 이곳에서 무사히 임관하도록 도울 박기수 대위다. 귀관들은 이곳에서 지금 주변의 동료들과 함께 12주간 교육을 받게 될 것이다. 12주간의 교육 일정표는 각자의 침상 위에 필요물품과 함께 놓여 있을 것이다. 지금부터 현관에 집합하여 각 생활관을 확인하기 바란다. 8명이 한 개의 생활관을 사용한다. 지금부터 10분 후에 정확히 생활관에 입실하기 바란다. 이상"

장교 후보생들이 일어나 나간다. 여기저기 의자와 책상 끌리는 소리가 들린다. 그때 갑작스런 고함소리가 들린다.

"앉아! 일어서! 앉아! 일어서! 이 새끼들 이거 정신이 빠졌어. 대가리에 아직 똥이 가득하단 말이야. 니들은 이 시간부터 장교후보생이야. 여기 있는 훈육관이 여러분을 똥으로 대할지, 장교후보생으로 대할지는 여러분에게 달려 있어. 동작은 빠르고 신속하게 움직인다. 내 말 알아듣겠어? 다시 한 번 앉아. 일어나. 생활관으로 나간다. 실시!"

"실시!"

장교 후보생들이 마지못해 소리 지르며 잽싸게 밖으로 뛰어나간다.

역시 최종수는 사회가 자신의 생각을 배신하지 않는다는 생각에 피식 웃음이 나왔다. 아무래도 편할 리가 없다고 생각하고 있었던 참이다. 여기저기 재빠르게 움직이는 소리만이 고요한 생활관을 울린다. 최종수의 생활관은 3층에 있는 311호 생활관이다. 한 생활관에는 8명이 생활하게 되어 있고 4개의 2층 침대가 놓여 있다. 최종수가 생활관에서 같이 생활하게 된 후보생들은 대부분 체육학과 출신들이다. 권투나 합기도, 태권도를 전공했다가 국가대표 상비군이 못 되었거나 소질이 없어서 진로를 바꾼 경우이다. 다들 건장한 체격에 최종수는 압도당한다. 최종수만 태권도 1단이다. 그나마 이 태권도 단증도 어영부영 딴 것이다. 오래 다녀서 준 그런 선물의 느낌이다. 천장에 붙어 있는 스피커에서 대강당에 모이라는 소리가 들린다. 후보생들은 처음과는 달리 재빠르게 모여 대강당으로 이동한다. 육군 소령이 나와서 앞으로의 생활에 대해서 교육을 한다. 교육이 끝나고 각자의 개인 신상을 다시 파악하는 시간이 온다. 2장 정도의 종이 서류를 주고 신상정보부터 다시 적는다. 그때 훈육관이 질문한다.

"후보생들 중에서 자신의 부모님이 공무원 5급 이상이신 분, 손들어. 군인, 경찰, 공무원 다 해당하는 것이다."

여기저기서 손을 든다.

"이쪽에서부터 손든 사람 차례로 이야기해봐."

"네. 소방관이십니다."

"됐고."

"경찰관이십니다."

"계급이 뭐야?"

"경찰서장입니다."

"됐고."

"군인이십니다."

"계급이?"

"소장입니다."

"귀관은 있다가 끝나고 훈육실로 와."

"다음."

"교육 공무원이십니다."

"다음."

조사가 끝나고 생활관으로 돌아온 후보생들이 여기저기서 이야기하기 시작한다.

"야. 너 아까 들었냐? 그 어리바리한 놈 아버지가 투 스타란 다."

"아니, 아버지가 투 스타면 육사 출신일 건데, 육사를 못 가 고 여기 왔으니, 걔네 아버지도 속이 타겠고만."

"속 타건 말건 간에 그 자식은 군 생활 폈네. 발령도 좋은 데로 날 거 아냐? 후방으로 날라나? 우리는 죄다 강원도로 나 고?"

"훈육관도 함부로 못하겠는데?"

최종수는 깨닫기 시작한다. 계급 사회를 피해서 온 모두가 평등할 것만 같은 이곳은 또 다른 계급 사회이다. 첫날이라서 그런지 다들 잠을 이루지 못하고 뒤척이는 소리가 들린다. 장교로 오나 일반 병사로 들어가나 20대 초반의 어린 나이인 것은 모두 똑같다.

얼마의 시간이 흘렀을까? 갑자기 천장에 달려 있는 스피커에서 군가가 크게 흘러나온다. 이곳의 아침 일과가 시작되는 것이다. 정확히 6시에 기상해서 저녁 10시에 끝난다. 기상과 동시에 일어나서 2km를 뛴다. 모든 수업은 주로 야산과 훈련장에서 이루어지는데 2보 이상, 그러니까 두 걸음 이상 이동 간에는 무조건 뛰어서 간다. 최종수는 평소에 운동을 하지 않아서인지 첫날부터 구토를 느낀다.

무엇보다 다른 후보생들은 멀쩡한데 최종수 혼자서 힘들어하는 모습에 스스로 화가 난다. 최종수는 지금껏 살아오면서 태어난 계급이 비참했던 것이지 본인이 경쟁에서 뒤진다고 생각해 본 적은 없었다. 그런데 이곳에서 단순 무식한 달리기에 열등감을 느끼기 시작한 것이다. 그렇게 한 달 정도를 뛰어도 최종수는 항상 구토를 계속했다. 그러나 교실에서 앉아서 하는 군사학 수업이 있음을 알고 최종수는 감사하게 생각했다. 이 부분에서 최종수는 다른 후보생들에 비해서 두각을 나타낸다. 그래서 최종수는 체력에서는 뒤지지만, 이론 과목에서 점수를 잘 받아서 상위권의 성적을 유지하게 된다. 동기 후보생들이 최종수에게 물어본다.

"종수, 니 장기 할 기가?"

"아니, 난 단타로 치고 나갈 건데?"

"글믄 살살해라. 임마. 니 땜시 장기 시험 떨어지는 놈 있겄다."

군대에 말뚝을 박으려면 적어도 종합 성적이 상위 20%에는 포함되어야 하는데 최종수가 그 상위권에 들어서 다른 체육학과 후보생들이 반대로 이제는 최종수에게 열등감을 느끼기 시작한다. 최종수가 이렇게 열등감과 우월감을 맛보고 있을 무렵 사회에서는 2002년 월드컵이 한창이었다. 특히 한국은 16강에 이어 8강에도 진출했다고 한다. 이제 8강을 이기면 4강인데, 이곳에서는 경기를 관람할 수가 없어, 최종수는 사회의 분위기를 잘 느끼지 못한다. 길거리 응원이다 뭐다 해서 사회는 난리라는데, 최종수는 제발 월드컵 시청보다도 단 몇 시간이라도 쉬었으면 하는 것이 바람이다. 월드컵이 다 무슨 소용이란 말인가? 최종수에게 월드컵 시청은 사치였다.

그렇게 정신없이 10주가 지나가고, 이제 2주 후면 정식으로 육군 장교인 소위로의 임관이다. 생활관 출입문에 첫 부임지가 붙었다. 다들 첫 부임지에 대해서 관심이 많다. 제발 강원도나 특공대, 특전사가 아니길 빌며, 최종수는 자신의 첫 부임지를 확인한다.

'강원도 이기자 부대.'

이름부터도 무서운 곳이다. 동기들의 탄성이 여기저기서 들린다.

"종수 후보생, 어디야? 옴메? 이기자 부대네. 거기는 경례도 '충성'이 아니고 '이기자'라고 한다면서 큰일이다. 너."

또 다른 동기 후보생이 말한다.

"거기는 강원도에서 경기도까지 걸어 다닌다는데, 우리 종수 이제 앞으로 못 보겠네?"

"너는 어딘데?"

"나도 죽었어. 특전사. 특전사령부 가서 교육 받고 나면 언제 볼지 모른다네. 확 다리라도 뿌러져 버려라."

"왜 내가 최전방이지?"

"니 몰랐나? 성적 우수자들이 강원도에 먼저 박히는 거? 그게 장기 되는 지름길인 거. 그나마 빽 좋은 놈들은 1~2년 빵이치다가 후방으로 오겠지만. 우리 종수는 까딱하면 6년 내내 빵이 치겠다."

후보생들에게는 전통이 내려온다. 최전방 부대에 가는 동기들에게 군화 컬레씩 선물로 주는 전통이다. 최종수도 군화 한컬레를 받았다. 그런데 이 군화 선물이 마냥 즐겁지만은 않다.

육군 소위로 임관 후, 최종수는 기차를 타고 강원도로 간다. 마음이 점점 답답하다. 이 강원도는 사방이 산이다. 설악산에 놀러 올 때랑은 기분이 천지 차이이다. 이 높은 산들의 절경을 모두 걷거나 뛰어다녀야 하기 때문이다. 최종수와 동기들 6명이

전입 왔다는 소식에 장교숙소에서는 오랜만에 잔치 분위기다. 그것은 자신들이 막내 장교생활에서 벗어난다는 것을 의미하면서 이제 고생길이 훤한 병아리들에게 생존법칙에 대해서 한껏 설명을 해줄 수 있다는 부푼 마음 때문이다. 치킨과 맥주, 과자 등등을 쌓아 놓고, 최종수와 동기 6명이 둘러앉는다. 그리고 중앙에는 학사 출신 장교 3명이 앉는다.

"오느라 고생 많았다. 나는 최진환 중위, 여기는 문관영 중위, 그리고 성길제 중위."

"충성! 소위 최종수, 소위 김제남, 소위…"

"야. 됐어. 편히 해. 아직도 후보생이냐? 각 잡고 있게. 니들은 장교야. 장교. 정신 똑바로 차려. 편히 앉아."

"네. 감사합니다."

그렇게 분위기는 무르익고 있었다. 이 새파란 소위들에게 하늘 같은 중위들이란, 가뭄에 단비 같은 존재들이다. 도대체 휴가는 갈 수 있는 것인지. 연애는 할 수 있는 것인지. 궁금한 것 투성이인 이 병아리들은 그래봤자 1년~2년 선배에게 정보를 의존할 수밖에 없는 것이다.

최진환 중위가 말한다.

"니들이 말야. 현실을 알아야 해. 후보생 때 배운 거 다 잊어버려. 여기는 그런 거 안 통한다. 특히, 우리끼리 잘 뭉쳐야 해."

문관영 중위가 더 자세히 말해준다.

"너네 학사, ROTC, 3사관학교, 육군사관학교 구분 잘해야 해. 여기는 그게 보이지 않게 많이 작용해. ROTC는 원래 소대

장 요원으로 만들어진 제도야. 3사관은 특수사관들, 그러니까 특전사나 특공대 쪽으로 특화하려고 만든 애들이고. 그래서 무식하지. 전문대 이상 오는 거니까. 완전 무식해. 기본적인 대화가 안돼. 근데 요즘 좀 먹어줘. 육사 애들이 엄청 견제하거든. 쪽수가 많아지니까. ROTC 애들도 쪽수가 워낙 많아서 그렇고. 우리 학사야 중대장 요원들이니까 쪽수가 적어. 역사도 짧고. 장군들 중에 1명도 학사 출신은 없을걸. 거의 대부분이 육사 애들이고. 그 미군 웨스트포인트 뽄따서 만든 게 육사야. 그 정도는 알지? 우리는 육사를 성골, ROTC를 진골 3사 애들을 육두품, 학사를 평민이라 부른다.”

옆에 있던 성길제 중위가 혀가 꼬여 말한다.

“아, 씨발, 군대 말뚝 박을라고 왔는데, 말뚝을 못 박게 해. 요즘엔 장기 복무 그거 되고 싶어도 안돼. 911 테러에다가 IMF 때문에 장교들이 인기가 높아. 경쟁률이 올라가서 옛날 군바리, 군바리 할 때랑 다르다. 니들도 아마 6~7년 하다가 전부 나가리 될걸? 그럼 사회 나가서 할 거 없어. 그래서 다 보험사 들어간다. 군대 있을 때 관계라도 잘 쌓아라. 뭐 그마저도 잘 안돼. 못 버티고, 선배들이 단물 쪽 빨고 뱉는 거지. 보험사 들어가면 제일 먼저 하는 게 뭔 줄 알아? 동기들 연명부 터는 것부터 시작해. 그거 못 털면 병신 소리 듣지. 바로 전화 쭉 돌리고 거기서 몇 건 뽑아야 그나마 승산이 있지. 보험사에 들어가면 정착금 주거든. 장교 출신들 적응 못 한다고. 근데 그거 얼마 안 가서 떨어지면 그때부터는 깨갱이다.”

"아, 성 중위가 얼마 전에 장기 지원했는데 떨어졌거든. ROTC 애가 붙었고. 육사야 원래 장기 하는 애들이고. 기본이 중령, 대령까지는 무난히 가지. 학사는 장기 되도 중령 달기도 힘들어. 대부분 소령에서 끝나고, 재수 없으면 대위만 하다가 인생 종친다. 비율이 정해져 있거든."

그래서 대부분 선배들이 대위 때부터는 슬슬 사회 나갈 준비한다. 어떤 사람들은 중위 때부터 준비해. 그냥 군생활은 문제 안 생길 정도만 하고, 나머지는 토익이랑 토플 뭐 이런 거 준비하지. 그렇게 좆빠지게 해도 결국엔 취직이 안돼. 그게 현실이지. 이 중에서 장기 할 놈 있나?"

최종수 동기 중에 한 명이 손을 든다.

"넌 뭐 빽 있나? 아버지가 군인인가?"

"네. 아버지가 ROTC 대령이십니다."

"뭐여, 이거 스파이 아녀?"

다들 박장대소하지만 최종수는 이 현실이 암담하다. 어딜 가나 따라다닌다. 이놈의 계급장. 태어날 때부터 붙더니, 떼어내려고 할수록 더 깊이 박힌다.

안타깝게 최종수는 긍정주의자였다. 그러니까, 실력으로 계급을 극복하는 보기 드문 군인이 되고 싶었다. 누구보다 더 독하게 미친 듯이 충성을 다하는 군인이 되어 가고 있었다. 그리고 최종수는 그 기회를 반드시 잡고 싶었다.

김제나 교수는 강제국 회장의 이야기를 듣다가 뜻밖의 사실을 알게 되었다.

"이라크 파병이요?"

"그래. 당시에 미국은 이라크와 걸프전을 벌였고, 미국의 요청으로 한국은 참전국이 되었지. 물론 위험한 지역에 파병된 것은 아니었네. 군인들이 죽거나 다치는 일은 아니었지. 치안 안정을 위한 경찰과 같은 역할이랄까? 어쨌든 이라크 지역에 파병이 되었지."

"최종수는 왜 이라크에 파병을 갔죠?"

"최종수는 학사장교 출신이야. 일반적인 방법으로는 살아남기 힘들었겠지. 이라크 파병을 다녀오면 군 경력에 가점이 붙어. 군대에서는 가점이 붙으면 진급에 유리하거든. 설령 전역을 해도 경호원이나 민간 군수업체, 민간 경비회사에 취직하기 좋으니까. 그리고 당시에는 이라크전이 위험해서 지원자가 크게 없었다네."

"그래서 몇 년이나 갔다 온 건데요?"

"최종수는 분명히 이라크로 파병을 갔지. 그런데, 현지 부대에서 활동했던 기록이 없네. 현지 부대가 복귀할 때 가져온 파일들에 보면 어디에도 최종수의 서명이나 일지작성 기록이 없네. 최종수는 장교이기 때문에 상황장교나 작전장교를 보좌했다면 기록이 있어야 할 텐데 말이지. 장교들이 돌아가면서 야간 상황장교 근무를 서는데 상황장교들이 일반적으로 일지를 적거든."

"그리고 파병을 다녀와서 군대를 전역한 것인가요? 파병을 다녀왔으나, 진급에서 잘 안 됐다. 현실은 그렇게 쉽지 않았다. 그래서 전역을 한 것인가요? 그리고 전역 후에, 한국전자에 입사했다. 그건가요?"

"아니. 최종수는 파병을 갔지만 다른 곳으로 파병을 갔네."

"다른 곳이라니요?"

최종수는 이라크로 떠날 준비를 한다. 이 지긋지긋한 곳에서 벗어날 것을 생각하니, 마음이 후련하다. 이곳에서는 아무리 훈련 성과가 우수해도 결국 인사고과 때는 육사나 ROTC, 3사관 출신들에게 고과를 뺏기기 일쑤였다. 파병 기간은 기본이 1년인데 추가 1년을 더 연장하면 최대 2년까지 연장할 수 있다. 파병을 갔다 온 장교는 근속연수가 2배수로 쳐지기 때문에 최종수에게 더할 나위 없이 좋은 조건이었다. 파병을 다녀오면 부산이나 전라도 같은 후방지역으로 갈 수도 있기 때문이다. 최종수는 투 스타 사단장에게 파견 신고를 하고 미련 없이 사단 사령부 위병소를 통과한다. 최종수의 누비라2 자동차는 부앙 소리를 지르며 좁은 시골길을 달리기 시작한다. 구불구불거리는 이 지긋지긋한 도로. 이 뻘그죽죽한 단풍들. 이제 안녕이다. 최종수는 이제부터 본인의 미래가 펼쳐질 것으로 기대하고 있다. 대한민국 국민 중에서 전쟁이 한창인 이라크 한복판을 누가 다녀 보겠는가 말이다. 이제 최종수의 장교 자력표에는 당당하게 이라크 파병 기록이 붙을 것이다. 그리고 군복의 오른쪽 가슴

상위에는 이라크에 다녀온 기념으로 공수마크를 멋지게 부착할 것이다. 이제 다음 주부터는 낙하산을 타고 뛰어내리는 공수 훈련을 한다. 이라크에 가려면 이 정도는 해줘야 진짜 남자인 것이다. 최종수는 이런 생각에 마음이 들뜬다. 최종수가 한참을 달리고 있을 때, 휴대폰 전화벨이 울린다.

"이기자! 중위 최종수. 전화 받았습니다. 네? 모레 말입니까? 성남 공군 비행장 말입니까? 네. 네. 알겠습니다."

최종수는 급작스런 호출에 혼란스럽다. 아무리 이라크 전쟁이 급해도 그렇지 적어도 훈련은 받고 보내야지, 내일 모레 출발하라고 하면 어떻게 하나. 그만큼 최종수는 훈련이 잘 되어 있다는 것으로 알면 되는 것일까? 어쨌든 내일 하루는 실컷 자면 될 일이다.

최종수는 성남 모란역 근처의 모텔 촌에 숙소를 얻는다. 일부러 얻으려는 것이 아니었고, 차를 타고 지나가다 보니, 이 일대가 모두 모텔 촌이라서 여기에 들어온 것이다. 주변이 온통 모텔과 술집, 나이트클럽이다. 최종수는 군복을 입어서 나가지도 못하고 모텔에 틀어박혀 밀린 영화를 본다. 새벽 내내 옆방에서 여자 신음소리에 최종수는 뜬 눈으로 밤을 지샌다. 그 신음소리가 어찌나 자극적인지 최종수는 자위행위를 몇 번이나 한다. 밤이 길다는 옛말은 이런 의미였던 것이다.

'이런, 우라질.'

최종수는 새벽 5시에 모텔을 나선다. 경기도 성남의 공군 비행장 입구에 도착해서 시계를 본다. 아직 3시간 정도 여유가 있다. 최종수는 근처 24시간 커피숍에 들어가서, 민간인 행세를 한다. 아메리카노를 마시며 여유를 즐긴다. 언제 이렇게 민간인이 되어 보나. 최종수는 진한 커피 향을 마신다. 이 커피 향이 좋다고 하기보다 커피향에는 민간인의 자유가 담겨 있다. 군복이 아닌 사복의 이미지가 있다. 그 사복의 여유가 부럽다. 이 새벽에도 어제 밤새 부빈 듯한 연인들이 서로 손을 잡고 만지작거린다. 주변에 모텔도 많은데 들어가지도 않고 밤새 저렇게 있었던 듯하다. 어제의 최종수보다 더 불쌍한 남자이지 않은가? 최종수가 커피숍 밖을 보니, 비행장 입구로 여러 차들이 쏜살같이 들어간다. 최종수와 같이 이라크에 파병 가는 사람들인 듯하다. 최종수는 불안한 마음에 위병소로 향한다.

"나, 이라크 파병 가는 최종수 중위인데, 여기 집합장소가 어딘지 아나?"

"잠시만 기다려 주십시오. 위병사관에게 여쭈어보겠습니다."

최종수는 불안한 마음을 부여잡고, 위병이 가리키는 건물 쪽으로 걸어간다. 건물 내부로 들어가니, 조그만 강당에 50명 정도가 모여 있다. 그 앞에는 안내 서류를 배포하고 있다. 최종수가 안내 서류를 집어들고 비어 있는 자리에 앉아 있는데, 옆에 있는 사람들의 목소리가 들린다.

"C130 허큘리스를 타고 간다고? 그거는 항속 거리가 길어야 4시간 정도인데, 이라크는 여기서 10시간 정도 가야 하지 않나?"

"공중급유 할라나 보지."

옆에 있던 공군 부사관이 대화에 끼어든다.

"우리나라 수송기는 아직 공중 급유 안 될 것인데 말입니다. 지난 번 파병 가는 부대도 민간 항공기 대여해서 갔는데 말입니다."

"아, 그럼 뭐여? 미군 허큘리스여?"

옆에서 참다못해 해병대 장교가 말을 한다. 최종수는 그게 보잉이던 에어버스 비행기든 군용 항공기이든 상관없다고 생각한다. 이라크에 도착하기만 하면 됐지 그게 무슨 상관이란 말인가? 스튜어디스도 없을 텐데 말이다.

그때, 계급장이 없는 검정 특공복을 입은 사내가 들어온다. 한눈에 보기에도 건장한 체격에 거친 말투가 특전사와 같은 부류임을 느끼게 한다.

"지금부터 이동합니다. 신속히 이동합니다."

"저 새끼는 계급장도 없는 게 감히 장교들한테 반말을 지껄이네."

특전사 출신의 장교가 혼잣말로 투덜댄다. 그러면서도 감히 크게 대들지는 못한다. 그 눈빛은 영혼이 없는 듯이 시커멓게 어두웠기 때문이다. 커다란 수송기가 여명 속에서 프로펠러 소리를 내고 있다. 수송기 내부는 차가운 공기로 가득 차 있다. 거대한 소음 때문에 불편하지만, 떨리는 마음에 그 거대한 소음은 잘 들리지 않는다. C130 수송기 안에는 약 50명 정도가 타고 있다. 다들 긴장한 표정이 역력하다. 이런 경우에 남자들이 말이 없을 때는 무섭고 두렵다는 징후다. 수송기가 이륙하기 시작한다. 이 육중한 비행기가 잘 날지 못하고 떨어질 것만 같은데, 억지로 하늘로 올라가듯이 바둥거리며 상공으로 올라간다. 그리고 이내 평온해진다. 최종수는 어제 모텔에서 잠을 자지 못해 이내 곯아떨어진다. 차가운 수송기 안이 50명의 입김으로 금세 더워진다. 5시간 정도를 비행한 것 같은데 수송기가 하강하는 듯한 느낌에 최종수는 주변을 살핀다. 분명히 수송기는 하강하고 있다.

'설마, 2시간 전에 공중 급유해서 착륙할 리는 없는데.'

수송기는 어디론가 착륙했다. 잠시 후, 어리둥절해하는 탑승인원들을 비웃듯 거대한 문이 뒤로 열리고, 하차 지시가 내려진다. 최종수는 밤공기를 맞으며 동료들과 함께 내린다. 뒤를 바라보니 전체가 내리는 것이 아니고 50명 중에서 호명된 사람들만 내린다. 그 호명인 중에 최종수도 있다. 이 공기는 찝찝하다. 약간의 더운 냄새와 도룡뇽 비늘에서 나는 비린내가 섞여 있는 것 같다. 한국에서 이 냄새는 딱 한 번 맡아 본 적이 있다. 중학교 때, 같은 반 친구의 집에 놀러 갔을 때다. 비가 억수같이 쏟아지던 날에 놀러 간 친구의 집은 무당 집이었다. 구천을 떠도는 영혼들의 숨결과 습기에 누른 향이 비 사이로 빠져나갈 때 느껴지는 그런 냄새. 너무나 무서웠던 냄새. 어머니가 무당이래도 그 친구가 부러웠던 종수의 기억이다.

수송기 앞에는 검정색 밴과 버스 등이 길게 서 있다. 말없이 고개짓으로 차를 타라는 건방진 그 검정 특공복 군인들이 줄지어 문을 연다. 최종수는 창문에 커튼이 쳐진 검정색 밴을 타고 2시간쯤을 달린 후에야 허름한 공장을 개조한 듯이 보이는 곳에 도착한다. 달리는 내내 누구도 말을 하지 않는다. 일부 중에서는 이곳이 진짜 이라크라고 믿는 사람도 있는 듯하다. 그런데 전쟁 중에 이렇게 화려한 밤 조명이 빛나는 나라는 없다. 길거리에서 유혹하는 짧은 치마의 매춘부들 하며. 이곳은 분명 이라크가 아니다. 공장 정문에는 사설 경비업체로 보이는 직원들의 손에 독일제 HK G36 소총이 들려있다. 일반적으로 이 정도 소총을 든 곳이라면 특수부대나 정보기관쯤 되어야 한다. 독일제 소총은 미국제 소총보다 가격이 비싸기 때문이다. 최종수는 군 생활을 하면서 실제로 저 소총을 처음 본다. 영화에서나 보던 소총이다. 그러니까 여기는 심상치 않은 곳이다. 침을 삼켜도 목이 마르다. 신분 확인 절차를 거치고 안내요원의 안내에 따라서 상황실로 보이는 곳에 들어간다. 상황실에는 최종수와 같은 동료들이 20명쯤 앉아 웅성거리는 사이를 비집고 어떤 거구의 남자가 뒷문에서 앞으로 걸어 나온다. 활배근이 얼마나 발달했는지 그 남자의 팔은 팔자걸음을 걷는 다리마냥 휘어져 있다. 프로 레슬러 헐크 호건을 연상케 하는 몸집이다. 군인임에도 턱수염을 덥수룩하게 기른 남자가 나와서 당당히 입을 연다. 계급장도 없고, 이름도 적혀 있지 않은 검정색 특공복을 입은 남자는 오클리 선글라스를 끼고 있다. 재수 없는 검정색 특공복들.

"웰컴 투 필리핀!"

다들 웅성인다. 최종수는 주변을 바라보며, 처음 보는 사람들과 눈을 마주친다. 저 헐크 호건 같은 새끼가 분명히 뭐라고 한 것이지?

"웰컴 투 필리핀!"

필리핀이라니. 최종수는 분명히 이라크로 가던 중이다. 중간에 유류를 보충하러 왔다고 애써 믿고 싶기도 했다. 그러기엔 거리가 짧다고 생각했는데, 최종수는 순간 아차 싶었다. 설마 수송기를 잘못 탄 것인가. 아니면 우리는 북한으로 납북된 것인가.

"제군들. 당황할 필요 없다. 제군들은 이라크가 아닌 필리핀에 온 것이 맞다. 제군들이 있는 이곳은 육군 소속이 아니다. 공군 소속도 아니고, 해군 소속도 아니다. 그래서 내가 입은 옷은 검정색 군복이다. 어디 소속이 아님을 보여주는 징표지."

누군가 손을 든다. 질문을 하려던 그 손을 외면하고 그 남자는 말을 이어간다.

"여기는 외교통상부 산하에 있는 필리핀 사무실이다. 이제부터 여러분의 신분은 대한민국 대사관에서 일하는 행정직원이다. 수습이나 계약직원 소속이기 때문에 일반 한국 관광객과 유사한 신분이다. 그러니까, 앞으론 군복을 입을 일이 없다는 것이다. 머리를 짧게 해서도 안 된다. 수염을 반드시 자를 필요도 없다. 복장은 자유다. 잠시 후 여러분이 복장을 자유롭게 사 입을 수 있는 경비를 지급할 것이다."

"중위 김도관. 질문 있습니다."

"질문하지 마라. 질문은 나의 허락이 있을 때만 한다. 귓구멍 후비고 똑바로 듣기나 해라. 나는 건방진 행동은 참지 못한다. 방금 질문은 건방졌다. 참고로 여기에서는 이름은 사용하지 않는다. 코드명을 사용한다. 여러분은 몇 호로 칭하게 될 것이다. 1호부터 20호까지 코드 네임이 주어진다. 계속 말을 하겠다."

김도관 중위는 손을 내리고, 할 말을 잃는다.

"제군들은 앞으로 이곳에서 4인 1개조로 행동한다. 즉 4명이 앞으로 생사고락을 함께해야 한다. 방은 2인 1실이다. 4명당 조장이 있는데, 그 조장들은 나와 같은 사람들이다. 그러니까 정확히는 조장 포함해서 5명이 한 조. 그런데 그 조장들은 여러분과 신분이 다르다. 계급이 다르기 때문에 알 필요도 없고, 질문을 해서도 안 된다. 명령에 따라서 움직인다. 이곳에서는 개인 카드나 휴대폰을 쓸 수 없다. 여러분에게 지금부터 지급되는 것은 일반 휴대폰이 아니고, 휴대용 무전기이다. 여러분의 월급은 모두 한국에 있는 현재의 여러분 통장으로 입금된다. 월급은 여러분이 받았던 것의 2배가 입금된다. 그리고 여기서의 경비는 별도로 조장들이 필리핀 페소를 현금으로 줄 것이다. 모두 써도 되고 모아 놓아도 된다. 여기서의 경비는 여러분이 받았던 월급의 3배다. 그러니까 여러분은 월급의 5배를 받는 것이다. 운이 좋은 줄 알아라. 그런데 은행을 통해서 본국에 송금은 안 된다. 현금으로 이곳에 모아 놓아라. 그 밖에 모든 생활 여건은 이 건물 반경 100m 내에 있다. 그리고 이곳을 관할하시는 분을 소개

하겠다. 코드네임 K다."

코드네임 K가 머리를 숙여 가볍게 인사한다. 호리호리해 보이는 여자다. 검정 모자를 쓰고 있어서 잘 보이지 않는다.

"이상. 각 조장들이 인솔해서 자세한 설명을 할 것이다."

맨 앞줄에 앉아 있던 사람들이 일어나 코드명과 이름을 부여해 준다. 최종수의 코드명은 11호다. 방금까지 일어난 이 일들은 채 5분이 걸리지 않았다. 이라크에 파병 가는 최종수 중위가 필리핀 11호로 변신하는 데 걸린 시간이다. 최종수는 이 무식하고 설명 없는 조직에 익숙하지만, 이건 도가 지나치다. 최종수가 용기를 내서 말을 하려는 순간, 최종수 눈에는 그 활배근이 발달한 검정 특공복 남자들의 살벌한 기운들이 여기저기 느껴진다. 다행히 최종수 주변 동료들도 말이 없다. 이럴 때는 같이 침묵해 주는 것이 예의라고 최종수는 스스로 위안을 삼는다. 조장이라고 불리는 사람은 이곳에서의 생활 규칙과 주변 건물들에 대해서 설명을 한다. 주변을 한 바퀴 돌고 나니, 과연 이곳의 공기는 습하고 비리다. 기분 나쁘게 달라붙는 공기가 코로 들이마셔진다는 것이 불쾌하다. 건물 주변에는 담장과 담장 위에 철조망이 둘려 있다. 그리고 각 담장에는 감시 카메라가 돌고 있다. 이곳의 이름은 '마닐라 선박회사'이다.

각자의 방으로 이동 후, 최종수는 룸 메이트 12호에게 물어본다.

"이름이 뭐예요? 우리끼리 통성명 정도는 괜찮겠죠?"

"박기태입니다. 79년생이고 경찰대학 나왔습니다. 해외 정보과에서 일한다고 지원했는데 여기로 왔습니다."

"네. 저는 최종수입니다. 79년생이고 학사장교로 강원도에서 소대장 2년 하다가, 이라크 파병 있다고 해서 지원했는데, 여기로 왔습니다."

"오, 나이가 동갑인데 말 놓는 게 어때요? 앞으로 여기서 2년은 지내야 할 거 같은데."

"좋습니다. 아니, 좋다."

박기태와 최종수는 옆 방의 같은 조원들을 만나본다.

최종수의 조는 3조다. 각자의 통성명을 듣고는 공통점을 찾아본다.

9호 최요식. 미혼. 일본인 혼혈로 부모 미상. 가라테 사범. 보안회사 취직 후 해외 연수 지원.

10호 노중원. 미혼. 고아원 출신. 국정원 신입 요원. 해외 연수 강제 입교.

11호 최종수. 미혼. 부모에게 버려짐. 육군 중위. 이라크 파병 지원.

12호 박기태. 미혼. 부모 어릴 적 사망. 경찰대 출신 경찰. 해외 정보과 지원.

그나마, 이런 일에 대해서 많은 들었던 국정원 신입 요원 노중원이 말한다.

"그런데 공교롭게 모두 미혼에다가 부모나 가족이 없는 사람들인데. 이거 아무리 봐도 위험한 일 같은데. 게다가 해외고, 그런데 필리핀이면 우리나라랑 엮인 일이 없는데. 국정원에서도 비밀 작전이 있긴 한데, 이력을 보면 모두 초보자이고, 훈련이 안 된 것으로 봐서는 무력이나 뭔가 격투를 수반하는 일 같지는 않아."

박기태가 덧붙인다.

"경찰들의 경우 해외 정보과에서 하는 일은 대부분 감시나 해외 소식을 업데이트하는 정도인데 위험한 일이 크게 없고, 그런데 이렇게 비공식적으로 할 이유는 없는 거 같은데. 좀 위험해 보여."

그때, 문이 열리고 조장이 다시 들어선다.

"너희들. 말이 많다. 궁금한 것이 많아도 입 다물어. 내일 새벽 5시부터 훈련이 있을 것이다. 사내 새끼들이 참새마냥 짹짹."

조장이 나가자, 네 명의 조원들은 불안감에 휩싸인다. 훈련이라니.

최종수는 억지로 잠을 자기 위해 침대에 누웠지만, 잠이 오지 않는다. 시간이 몇 시간이 흘러가지만, 좀처럼 잠을 잘 수가 없다. 다시 뜬눈으로 밤을 보낸다.

"기상!"

문이 벌컥 열리고, 조장이 들어온다. 모두가 분주하게 일어나 나간다. 체육관 같은 곳에는 20명의 훈련 대원들이 모여 있다.

"오늘은 기초적으로 몸을 지킬 수 있는 호신술을 교육하겠다. 여기 있는 너희들은 아마추어가 아니야. 전쟁 프로야. 따라서 다 배웠겠지만 실제로 현장에서 발생할 수 있는 일들에 대해서 방어하는 방법을 간단히 보여 줄 테니 숙지하도록."

최종수와 조원들은 다행이라고 생각했다. 생각보다 엄격한 훈련이 아니고 일반적으로 군 특수부대에서 배울 수 있는 방어술이었기 때문이다. 최종수와 조원들은 약 4주에 걸쳐 기초 방어법, 필리핀에서의 운전 방어법, 권총 사격술 등에 대해서 교육을 받았다. 한국 K5 권총은 반동이 커서 잘 맞지 않는데, 여기서는 글락 권총을 사용하기 때문에 생각보다 권총이 잘 맞았다. 이미 최종수와 조원들은 군에서나 경찰대학에서 배웠던 것이기 때문에 큰 무리 없이 교육을 받는다. 지금까지는 여느 군사 교육과 다를 바가 없어 보인다.

5주째, 월요일 새벽 문이 열리고, 조장이 들어온다.

"기상. 오늘 수업은 밤 9시부에 진행한다. 낮에는 개인 시간 가질 수 있도록."

최종수가 일어나서 조장을 바라본다.

"너무 겁먹지 말고, 개인 시간 가져."

최종수와 박기태는 불안함이 엄습해 온다.

"궁금한 부분이 많을 텐데, 겁먹지 말고 일단 무슨 일을 하는지 보여줄 테니까, 침대 위에 놓여 있는 옷 입고 따라와."

침대 위에 놓여 있는 옷들은 흔히 구할 수 있는 사복이다. 제복이 아닌 일반인이 입는 옷이다. 색상이 다소 화려한 것이 필리핀에 관광 온 사람들 복장이다. 심지어 신발은 슬리퍼도 있다.

도요타 SUV 차량을 타고 어디론가 달리는 차는 필리핀 시내의 유흥가로 들어선다.

"이곳은 필리핀 마닐라의 말라테 지역이다. 대표적인 유흥가

이기도 하고, 한인들이 비교적 많아서 한인 타운까지는 아니더라도 한국인들이 있는 게 전혀 이상할 게 없는 곳이기도 하지. 대부분 한인 음식점이나, 한국인 관광객들이 많다. 이제부터 여러분이 해야 할 일을 알려 줄 테니 잘 보고 배우도록."

조장은 휴대폰 네 대를 각자에게 나눠주며 말한다.

"이것은 휴대폰인 것처럼 보이지만, 오른쪽 상단에 있는 버튼을 누르면 무전기 기능도 하는 장치이다. 네 명이 항상 무슨 말을 해도 모두에게 들리고, 문자도 전송되지. 우리 조가 그룹핑되어 있다는 말이야. 우리가 먼저 해야 할 일은, 저기에 보이는 나이트클럽에서 흥청망청 노는 거야."

"그럼 이곳에서 그냥 노는 게 저희 임무라는 말씀이십니까?"

"일단은 그렇지. 현지에 익숙해지고, 친해지라는 의미이다. 그리고 그 이후에는 차츰 알게 되겠지. 여성들과 관계를 하거나 데이트를 할 경우에는 무조건 현지 택시를 타라. 그리고 데이트가 끝나거나 사람이 안 보일 경우에는 내가 나눠 준 휴대폰으로 문자를 보내도록. 그럼 내가 여러분을 데리러 올 것이다. 이곳은 한인들이 많으니까 한국말 쓸 때는 각별히 주의하고. 한국 유학생들하고 데이트도 상관없다. 그리고 군대처럼 말끝에 '다, 나, 까'로 끝나지 않도록 주의해라. 자연스럽게 행동하란 말이야. 자, 그럼 나이트클럽으로 들어가서 즐기도록."

조장은 최종수 조를 내려 주고 다시 어디론가 간다.

9호 최요식이 말한다.

"이거 뭐야. 갑자기. 놀라니?. 그냥 놀아도 되는 거야?"

10호 노중원이 말한다.

"무슨 이유가 있을 겁니다. 일단 시키는 대로 들어가서 신나게 놀죠."

모두가 떨리는 마음과 두려운 마음으로 나이크 클럽 안으로 향한다.

나이트클럽 안에 들어서자 젊은이들의 열기가 그득하다. 최종수는 이 나이트클럽의 땀 냄새마저 행복하다고 느낀다. 그런데 한국 여자들의 땀 냄새와는 다르다. 한국 여자들의 땀 냄새가 좀 더 상쾌하다면 여기의 땀 냄새는 겨드랑이 암내에 가깝다. 남자들처럼 여자들이 암내가 난다니 최종수는 고개를 절레절레 흔든다.

웨이터가 한눈에 한국인임을 알아보고, 룸으로 안내한다.

"꼬리아? 여자 있어. 이뻐. 오케이?"

최종수 일행이 다들 놀란 눈으로 서로의 눈빛을 마주친다. 웨이터가 한국말을 더듬더듬 하고 있었기 때문이다.

최종수가 고개를 끄덕이자, 웨이터가 손으로 세는 시늉을 한다.

최종수는 현금을 꺼내 웨이터에게 건넨다. 웨이터는 뜻밖의 거금에 놀라 웃으며 나간다. 얼마 있지 않아 문이 열리고, 한눈에 봐도 몸매가 좋은 여자들이 들어온다. 좀 놀아본 듯 9호 최요식이 말한다.

"내가 사실, 여기에 몇 번 와 봤거든."

"니가 여길 와 봤다고?"

"아, 관광하러 몇 번 와 봤다고."

그러자, 10호 노중원이 말한다.

"나도 여기 와 봤는데. 나는 대학생 때 와 봤는데."

9호 최요식이 말한다.

"아니, 필리핀에 처음 와 보는 거야?"

최종수와 박기태는 필리핀이 처음이기 때문에 고개를 끄덕인다.

9호 최요식이 웃으며 말한다.

"오늘은 내가 가이드해야겠고만. 크크크. 아무튼 여기 여자애들 앉히고, 참고로 얘네들 여기 놀러 온 애들 아니고, 여기 나이트클럽에서 고용한 애들이고. 좀 있다가 2차 나가면 돈 줘야 하고. 알겠지?"

9호 최요식은 말을 끝내자마자, 여자들에게 양주를 한 잔씩 돌린다. 그리고는 여자들에게 노래를 시킨다. 여자들이 부른 노래는 한국 가수 쿨의 '슬퍼지려 하기 전에'라는 노래다. 춤까지 추면서 한국말로 노래하는 모습에 최종수와 박기태는 놀랜다. 9호 최요식과 10호 노중원은 그 모습이 웃긴지 싱글벙글이다.

1시간쯤 지나자, 9호 최요식의 파트너가 최요식에게 귓속말을 건넨다. 9호 최요식의 눈빛이 반짝인다. 9호 최요식이 10호 노중원에게 귓속말을 한다. 10호 노중원이 12호 박기태와 최종수에게 말한다.

"여자애들이 나가자는데."

"어디로 나가?"

"여기서는 나가자고 하면, 건너편 호텔이나 각자 2차 하러 가는 거야. 알아서. 그런데 우리는 처음이고 위험하니까, 같이 움직이는 게 좋을 거 같은데. 최요식이 지난 번에 왔을 때, 웨이터가 소개해준 호텔로 갔다는데. 알아서 봉고차로 태워서 가준단다."

최종수 일행은 웨이터의 안내로 봉고차에 오른다. 20분쯤 달려서 간 곳은 근처의 한 호텔이다. 호텔 벨보이는 눈짓으로 봉고차 기사에게 인사를 한다. 마치 잘 알고 있다는 말투다.

최종수와 여자들은 각자의 방으로 들어간다. 2시간쯤 지나서 여자들은 급하게 다시 화장을 고치고 최종수가 올려놓은 100달러 돈을 보고, 다 가져가도 되냐는 듯이 물어본다. 최종수는 고개를 끄덕인다. 여자는 황급히 방을 나간다. 휴대폰 문자로 12호 박기태의 문자가 와 있다.

'호텔 1층의 바에서 보자.'

최종수가 내려가니, 12호 박기태와 10호 노중원이 도착해 있다. 이어서 9호 최요식이 도착한다. 9호 최요식이 먼저 말을 한다.

"젠더야? 일반이야?"

최종수는 무슨 말인지 몰라 잠시 당황한다.

"트랜스젠더야? 아니면 일반 여자야?"

"아니, 트랜스젠더도 있단 말야?"

"아, 이런, 우리 종수가 잘 모르네. 여기는 트랜스젠더가 더 유명해. 물론 아랫도리 수술 안 한 애들이 가끔 있지만, 대부분 2차 나오는 애들은 트랜스젠더 수술한 애들이야. 그런데 잘 모르고 있으면 느낌으로 구별하기 힘들지."

10호 노중원이 말한다. 그래서 나이트클럽에서 암내가 난 것인가? 최종수가 방금 전의 일을 회상하는 순간, 12호 박기태가 말한다.

"그런데 우리 이제 조장한테 문자 보내야 하지 않나?"

"지금이 새벽 3시인데, 깨어 있을까? 일단 보내보자."

30분 후쯤에 조장의 SUV가 도착하고, 최종수 일행은 차에 오른다. 조장은 말이 없다. 숙소에 도착하자 바로 소회의실에 집합하라는 지시가 떨어진다. 군에서 집합은 좋은 의미가 아니다.

"이거 우리가 첫날부터 실수한 것은 아니지?"

그때, 회의실 문이 열리고 조장과 함께 코드네임 K와 노트북 등을 가지고 또 다른 여직원이 들어온다.

최종수는 코드네임 K의 얼굴을 유심히 보다가 놀란다. 코드네임 K는? 중학교 때 봤던 김승희 교수다. 최종수를 버리고 결혼한 여자.

'이거, 뭐야. 김승희 교수가 왜 여기에?'

코드네임 K는 분명히 최종수를 바라보았다. 그런데 K는 태연한 척한다. 최종수는 순간 헷갈린다. 아닌가? 김승희 교수가 아닌가?

조장이 질문을 시작한다.

"우리는 매일 저녁 9시에 활동을 시작해서 그날 일이 마무리

되면 바로 이 미팅 룸에 모여서 복기를 한다. 그 날 있었던 일들에 대해서 빠짐없이 기록한다. K는 여러분이 봐서 알 것이고, K 옆에 있는 사람은 우리 조의 조사 기록관 '옵저버'이다. 이제부터 나이트클럽에서 들어가서부터의 일들에 대해서 말한다. 질문은 조장인 내가 하고, K는 참관하니, 긴장할 필요 없다."

최종수는 머리가 혼란스럽다. 이라크 파병 가는 수송기에 몸을 실었는데 필리핀에 도착하자마자 영문도 모르고 바로 작전에 투입되다니. 그런데 그 작전이란 게 나이트클럽에서 유흥을 하는 것이라니.

나이트클럽에 들어간 이후의 처음부터 상황을 듣던 조장이 말을 이어간다.

"여러분은 앞으로 그 나이트클럽에 일곱 번 정도를 더 갈 것이다. 그리고 그 웨이터와 친해지도록 해라. 웨이터와 친해진 후에는, 마음에 드는 여자와 친해지도록 해라. 이왕이면 한국 여자 유학생이나 한국인 접대 여성은 소개받을 수 없는지 물어보도록 해라. 여러분은 그렇게만 하면 된다. 그리고 만약, 그 웨이터가 여러분에게 금지약물이나 마약을 권하거나 접대 여성이 마약을 권할 경우에는 마약을 하지 말고, 일단 돈을 주고 그 마약을 사서 이곳으로 가져온다. 그게 첫 번째, 여러분의 임무이다. 낮에는 무엇을 해도 상관이 없지만, 절대로 한국에 연락을 하거나 친구들과 접촉을 시도해서는 안 된다. 굉장히 간단한 규칙이다. 무슨 일이든지 해도 되지만. 아는 사람과 연락을 하거나 인터넷에 접속하는 등의 흔적을 남기는 행위를 하면 안 된다. 그 규칙을 어길 시에는 상상하지 못할 처벌이 여러분을 기다릴 것이다."

군대의 문제점은 바로 이것이다. 속사포처럼 지들이 할 말만 하고 다시 질문을 허용하지 않는다. 왜냐하면 지들도 외운 것이기 때문이다. 최종수는 코드네임 K인 김승희 교수에 대해서 생각한다. 최종수가 중학교 3학년 때를 마지막으로 헤어졌으니, 벌써 10년도 더 지난 시간이다. 김승희 교수는 최종수를 어떻게 기억하고 있을지 궁금했다. 최종수는 김승희 교수를 마주치기 위해 여기저기 돌아다녀 봤지만, 김승희 교수가 있는 건물은 이곳이 아닌 반대쪽 건물임을 알게 되었다. 그나마 그곳은 보안 출입 절차 없이는 들어갈 수조차 없다. 마치 학생 교실과 선생님들이 모여 있는 교사실의 느낌이다. 김승희 교수가 연락하길 기다렸지만, 김승희 교수는 끝내 연락하지 않았다. 김승희 교수의 이런 태도로 봐서 최종수는 그때의 결심이 틀리지 않았다고 확신한다. 그때 김승희 교수를 떠난 것은 참으로 잘했던 행동이다.

최종수 조는 5개월간 비슷한 작전을 이어갔다. 크게 어려운 일도 없고, 위험한 일도 없는 일이었다. 이렇게 쉬운 일이 있을까 할 정도로 최종수는 이 일이 재미있다고 느꼈다. 이곳에 있으면 과거도 현재도 미래도 모두 잊을 수 있다. 그저 그날의 파트너와 언제일지 모르는 달콤한 미래에 대한 이야기를 실없이 하면 그만인 것이다. 다음 날이 되면 어차피 파트너는 바뀔 것이므로. 작전을 수행하면서 최종수 조원들은 여러 가지 사실들을 알아냈다. 12호 박기태가 말한다.

"내 생각에 여기는 외교통상부 소속의 해외 정보부나 국정원 소속의 필리핀 지부 같아. 어려운 작전은 아닌 것 같고, 한국으로 유입되는 마약 운반책이나 경로를 파악하는 정도 임무 같은데. 감시와 정보 확인 정도의 역할 같은 것이지. 필리핀의 마약 조직을 뿌리 뽑을 순 없을 테고, 한국인이 연루된 조직 정도를 한국 내에서 알아내려고 하는 것일 테고. 정부 요원들을 썼다가는 얼굴이 알려져 들킬 테니까, 우리 같은 하부 조직을 운영하는 것 같은데. 인사고과나 해외 파견 근무 경력 쳐주고 말이야. 그런데 9호 최요식은 뭘 보장 받았지?"

"나는 일본 혼혈에다가 가방끈도 짧아서 취직이 잘 안 돼. 그나마 가라테 도장도 일본 무술이라고 사람들이 기피하고 있고. 회사에서 여기 다녀오면 보안업체 정규직 직원으로 채용해서 관할 지역 경비 과장으로 승진된다고 들었는데."

"경비회사 어디?"

"응. 시큐원이라고 아직은 신생기업이라 조그만 중소기업이야. 거기 인사담당자가 어느 날 나를 부르더니, 해외 연수 좀 다녀오라고 그러더라고. 해외에 가서 선진 보안 시스템 좀 보고 오라고."

"선진 성 문화 체험이지. 크크크."

김제나 교수는 놀라서 강제국 회장에게 질문한다.

"아니, 어머니가 그곳에서 마약 밀수입 단속 관련 정부 일을 진행했다고요?"

"그랬지. 처음 시작은 마약 관련된 자문 역할이었어. 그런데 점차 마약이 아닌 다른 방향으로 일이 흘러갔지."

"다른 방향이면? 그래서 최종수도 연관이 된 것인가요?"

"다시 이야기로 돌아가면, 그곳에서 요원들은 처음 다섯 달 정도는 천국과 같은 꿀맛을 느끼게 되지. 그냥 즐기면 되는 일이니까. 그런데 말이야. 수도 없이 반복되는 환락가에서의 생활. 트랜스젠더와 게이의 천국. 게다가 마약까지. 정상인이라면 견디기 힘든 곳이지. 자아가 붕괴되고 점차 자신을 잃어가게 돼. 그러니까, 2년간 그곳에서 일하면 정신 이상이 온다는 말이야. 일상생활로 돌아온다 해도 감각이 무뎌지거나 정상인들과는 섞일 수 없단 말일세."

"일종의 섹스 중독이나 마약 중독과 같은 것인가요?"

"그렇네. 좀 예쁜 여자들만 있으면 돈을 주고 섹스를 했지. 섹스에 중독되었거나 그 여자가 마음에 들어서 그런 것이 아니야. 사람이라는 동물은 습관이 들면 그 습관을 고치는데 몇 배의 노력이 들지. 그러니까 대원들은 습관이 된 거야. 사람에게 습관만큼 무서운 게 없지. 그건 뇌가 사고하지 않고 무의식적으로 처리하는 일이거든. 우리가 숨을 쉬듯이 말이야. 그래서 일부 대원들은 그곳에서 떠나지 못해서 정착한 경우도 있네. 현지 사람들과 동거나 결혼을 하게 된 거지. 따라서, 처음엔 2년만 근무하기로 했던 대원들은 사실상 그 바닥을 떠날 수 없지. 평생을 그쪽 일을 할 수밖에 없다는 말이야. 게다가 성공 후에 주어지는 보상이 달콤했거든. 한국에서는 다가갈 수 없는 계급을 뛰어넘어 무엇이든지 할 수 있었으니까 말이야. 그곳에서 일한다는 것은 결국 자신과의 싸움이야. 인간성을 잃지 않는 것 말이야. 김승희 교수는 그곳에서 요원들의 정신건강을 관리했지. 정신건강 관련 연구도 하면서 말이야. 그리고 그곳은 단순히 마약 관련 유통 경로를 파악하는 곳이 아니네. 내가 처음에 말한 것과 같이 그곳 지부는 4개의 팀이 구성되어 있지. 어쩌면 내가 아는 게 4개의 팀이라서 그렇게만 알고 있는 것인지도 모르지만. 각 팀의 인원과 규모는 아무도 모르고 각 조는 매우 독립적이었지. 다만, 요원들의 정신건강과 건강을 담당하는 김승희 교수만이 예외적으로 각 조의 세부적인 사항을 알 수 있었다네. 1조는 정치, 경제 동향 파악, 2조는 북한 공작 등 사회세력 감시, 3조는 최종수가 있던 팀으로 마약 및 불법유통 관련 한국 내 반입 차단, 4조의 임무는 비공개 임무였네."

"그렇다면 최종수는 보기 드물게 그곳에서 무사히 정신 이상자가 되지 않고 귀국해서 한국전자에 입사한 것이네요?"

"아니, 최종수가 그곳에서 나와 귀국을 결심한 것은 어떤 사건 때문이었어. 최종수는 그때까진 아직 나약한 현재 인간이었거든."

"사건이요? 현재 인간?"

여느 때와 다름없던 어느 날, 조장이 문을 박차고 들어온다.

"11호, 12호. 옷 입고 소회의실로 모여."

최종수와 박기태는 알 수 없는 두려움이 온몸을 감싼다. 지금까지 조장이 문을 박차고 들어온 날은 없었다. 어떤 실수가 있어도 문을 박차고 들어오지는 않았다. 소회의실엔 이미 K 김승희 교수와 옵저버, 9호 최요식이 모여 있다. 그리고 검정색 특공복을 한 날카로운 눈매의 건강한 사내들 3명이 있다. 9호 최요식이 말문을 연다.

"그러니까, 오늘 새벽 4시경에 10호와 함께 숙소에 들어왔습니다. 그런데 아침 8시경에 10호가 할 일이 있다며 나갔습니다. 그저 아무 일이 아닐 거라고 생각했습니다. 그래서 오후 13시경에 점심 식사 때문에 휴대폰으로 문자도 보내봤지만, 연락이 없습니다."

이때 검은색 옷을 입은 사내가 입을 연다.

"10호는 8시에 택시를 타고 나가서 9시경에 마닐라 시내의 그린벨트 백화점에서 매춘부로 보이는 여성과 만났습니다. 쇼핑을 하고 12시경에 패스트푸드점인 졸리비에서 점심을 먹고, 여성이 사는 것으로 보이는 외곽의 집에 들어갔습니다. 잠시 후, 총성이 들렸고 경찰차가 출동했습니다. 구급대가 와서 시신으로 보이는 남성을 싣고 갔습니다. 10호는 현장 사망한 것으로 보입니다."

또 다른 사내가 입을 연다.

"10호가 만난 여성은 25살의 한국계 필리핀인입니다. 코피노라고 부르죠. 게다가 여성이 아닌 남성입니다. 그러니까, 트랜스젠더입니다. 지금까지 10호와 이 트랜스젠더의 음성녹화를 분석한 결과 트랜스젠더는 10호에게 거액의 돈을 빌려달라고 요청했고, 10호는 그것이 마약 조직과 연루된 것이라고 믿었던 것 같습니다."

김승희 교수가 답답해하며 질문을 한다.

"그럼 그 거액의 돈은? 주긴 준 거야?"

"아니요, 10호는 백화점의 명품 샵에서 트랜스젠더에게 가방을 선물해 줬습니다. 며칠 전 10호가 인출 요청한 금액은 400만 페소, 우리 돈으로 1억 원 정도 되는데, 이 인출 금액이 거절당하자, 10호 개인 돈으로 가방을 선물한 것으로 보입니다."

"그런데 10호는 400만 페소 인출 요청할 때, 보고서에는 뭐라고 쓴거야?"

"대량의 마약을 구입할 금액이라고 했습니다."

"우리 쪽에서 거절한 이유는?"

"10호가 접촉했던 사람들은 지금까지 마약이 아닌 호르몬제를 복용했던 트랜스젠더이고, 그나마 만났던 여자들도 마약과는 무관해 보였습니다."

"그러면 10호가 왜?"

그때, 조장이 입을 연다.

"10호가 8시경에 나갈 때, 감시요원 3명이 따라붙었고, 휴대폰을 통해 도청도 진행했습니다. 그런데 10호가 사망하기 전에, 10호는 그 트랜스젠더와 필담을 나눈 것으로 보입니다. 그러니까, 우리에게 도청당하지 않기 위해서 무엇인가 이야기를 한 것으로 보이고, 10호가 그 트랜스젠더를 만나기 시작한 것이 약 4개월 정도 되었고, 트랜스젠더의 집에서 자주 만난 것으로 보아 도피 목적인 것 같습니다. 그래서 거액의 돈이 필요하게 것으로 추정됩니다."

"그러면 도망갈 자금이라 이거야?"

"아닙니다. 그 트랜스젠더가 처음과 달리 외모가 여자와 흡사해지는 것으로 보아 특수한 호르몬제를 투여받는 것 같습니다. 따라서, 그 거액의 자금은 도피하는 동안에 그 호르몬제를 안정적으로 공급받기 위한 목적으로 보입니다."

"호르몬제를 대량으로 구입하기 위해서라는 건가?"

"네 현재까지는 그렇게 보입니다."

최종수는 10호의 사망보다는 사건에 집착하는 김승희 교수와 일행들에게 불만이 생긴다. 참다못한 최종수가 질문을 한다.

"그래서 이제, 이렇게 10호 건은 끝내는 건가요?"

"그럼, 총 들고 가서 복수라도 할 텐가? 자네가 혼자? 우린 못 가네. 혼자 가게나."

특공복의 사내가 퉁명스럽게 내뱉는다.

"아니. 그 트랜스젠더는 어차피 감옥에 들어가면 못 견딜 거야. 남자이기 때문에 트랜스젠더라 하더라도 남성 감옥에 들어가게 될 거다. 그러면 그 트랜스젠더는 평생을 강간당하면서 살겠지. 매일 밤 항문이 찢어지는 고통을 받게 될 거야. 재수가 없으면 파열되어 과다출혈로 죽을 수도 있고. 그러면서 호르몬

제를 맞지 못해 점차 남자로 변해가는 모습에 고통스러워하다
가 운 좋으면 용기 있게 자살할 수도 있지. 그래서 우리는 그 트
랜스젠더에게 제안을 할 것이다. 여기로 데려올 것이라는 말이
지."

김승희 교수의 말에 최종수가 놀라서 되묻는다.

"빼온다고요? 이미 필리핀 경찰서에 연행되어 있지 않나요?"

"그래. 탈옥을 시키거나 경찰서에서 불법으로 빼오는 건 힘
들겠지. 그래서 합법적으로 돈을 주고 꺼내올 것이다. 필리핀 경
찰에게 보석금을 주고 살 거란 말이야. 필리핀 현지 경찰 입장에
서나 트랜스젠더 입장에서나 둘 다에게 모두 좋은 거래이지."

"그런데 왜 그 트랜스젠더를 데려오려고 하죠?"

"우린 아직 확신이 없어. 그 호르몬제가 마약성분이 많아서
그렇게 중독성과 환각을 일으키는 것인지. 그러기엔 효과가 너
무 뛰어나. 기존 호르몬제와는 비교가 되지 않아. 그래서 트랜
스젠더들이 요즘 그 호르몬제 사려고 간이고 쓸개고 다 내줄 것
처럼 그런단 말이야. 이번 10호를 죽인 것만 봐도 알고. 돈이 목
적이 아니라 그 호르몬제를 사기 위해 돈이 필요한 거야. 단순
히. 게다가 이번 사건 말이야. 호르몬제를 유통시키는 놈이 한
국계야. 필리핀 외곽 지역에 화물 유통회사로 위장되어 있어서
쉽사리 우리도 어쩔 못해. 필리핀 현지 경찰들을 그 유통 회
사가 꽤나 잘 구워삶은 모양이야. 아무리 수색 요청을 해도 말
이 안 먹혀. 오히려 주변에 경찰차가 순찰을 돌아줄 정도니까 말
이야."

조장이 말을 이어간다.

"그러니까, 그 호르몬제가 마약성분이 높은 호르몬제인지, 호르몬제를 가장한 진짜 마약인지 확실치 않다는 말이다. 그리고 그 보스가 한국계이면, 한국으로 유통될 가능성이 굉장히 높지. 그런데 현재 우리 조만으로는 그 임무를 수행할 수 없다. 그래서 4조에게 지원 요청을 했고 앞으로는 4조와 함께 공동으로 임무를 수행할 것이다."

"4조라면?"

"아직 잘 알려지지 않았지만, 우리 지부 내 최고의 요원들이다."

김승희 교수가 11호 최종수에게 말한다.

"11호, 너도 알지? 고민석."

뜬금없는 이름이다.

"고민석?"

"너랑 같은 진무중학교 출신. 전교 1등 했던 고민석."

"아. 그 고민석. 네. 기억납니다."

"그 호르몬제 유통하는 한국계 이름이 고민석이라고."

"네? 고민석이요? 고민석이 왜 이런 곳에서 호르몬제를?"

"고민석이 어머니가 필리핀인이야. 코피노는 아니지만 혼혈이라고. 한국 농촌 총각들이 동남아 여자들이랑 많이 결혼하잖아. 고민석이 그 1세대 베이비야. 어머니의 고향으로 온 거지. 몰랐던 눈치네."

제 5 화

슈퍼 제국

　"자, 흥미로운 주제를 가지고 토론을 이어 가고 있는 YCB의 사회자 중재환입니다. 오늘 아마 저희가 시청률 최고 기록을 갱신할 것 같은데요. 그만큼 김제나 교수의 논문이 화제가 되고 있다는 의미도 되지만, 여기에 오늘 참석해 주신 각계의 전문가분들께서 수준 높은 토론을 이어가고 있다는 의미도 됩니다. 이제, 오래 기다리셨는데요, 역사학자이시면서 미래학자로 유명한 장보동 교수님의 의견을 들어보도록 하겠습니다. 장보동 교수님, 김제나 교수의 연구, 어떻게 생각하십니까?"

　"김제나 교수가 논문의 앞에서 제시한 제조업과 건설업 등의 실종은 2014년도부터 급속히 진행되었다고 할 수 있습니다. 특히, 중국의 약진은 한국 기업의 경쟁력을 빠르게 빼앗아 갔다고 할 수 있죠. 일부에서는 인도나 브라질 등의 신흥국들의 성장을 예측하기도 했지만 보기 좋게 빗나갔습니다. 그 당시 세계 경제는 중국의 독주였다고 해도 과언이 아닙니다."

"그런데 일부에서는 이런 의견이 있습니다. '중국 경제 발전 이 한국 사회의 저성장 시대의 진입을 늦추었다'라고 말하기도 합니다. 미국과 유럽에 대한 수출 의존도를 중국으로 대체하면 서 한국은 당시에 지속적으로 무역수지 흑자를 이어나갔기 때 문입니다. 그런 측면에서 볼 때 오히려 중국 경제의 약진이 한국 경제에도 도움을 준 것이 아닐까요?"

"뭐 그럴 수도 있지만. 제가 말씀드리고자 하는 것은, 단순 히 중국이 가지고 있는 제조 공장으로서의 역할 때문만이 아닙 니다. 중국이 저임금 제조업의 역할을 하지 않았어도 한국은 이 미 동남아나 인도 등에서 충분히 저임금 제조업을 대체할 만한 생산기지를 구축하고 있었으니까요. 다만, 저는 중국의 무서운 계획적 준비를 말씀드리는 것입니다."

"계획적 준비요?"

"네. 때는 2013년으로 거슬러 올라갑니다. 중국은 당시에 후진타오 주석을 이어서 시진핑이라는 인물이 뒤를 이었습니 다. 시진핑이 내건 새로운 슬로건은 '차이나 드림'인데, 이 차이 나 드림은 표면적으로는 당시에 이렇게 평가 받았습니다. '차이 나 드림'은 또 다른 '아메리칸 드림'과 같은 것으로 국가주의와 군사력 팽창, 소비주의를 포함한다.[6] 그런데 저는 이렇게 의견 을 내리고 싶습니다. 당시에 많은 학자들은 중국이 미국에 이어 두 번째로 큰 내수시장을 기반으로 하드웨어를 급속히 발전시켜, 휴대폰과 자동차뿐만 아니라 각종 제조업을 빨아들일 것이라고 생각했습니다. 하지만, 중국은 단순히 이런 전략이 영구적으로 될 것으로 믿을 만큼 어리석지 않았습니다. 일본이나 한국의 경제 모델에서 이미 역사적으로 그 끝이 어디인지를 분명히 봤으니까요. 언젠가는 인도나 아프리카와 같은 중국보다 인건비가 저렴한 시장에 결국 그 자리를 내주어야 한다는 것을 알고 있었습니다. 그래서 시진핑 주석이 내건 '차이나 드림'에는 공개되지 않는 내부 자료가 있었습니다. 그 '차이나 드림'의 근간은 '플랫폼 기반의 경쟁력'을 갖추는 것이었는데 그 근간이 결국엔 전 세계 소비자들의 데이터와 정보를 수집하고 연결하는 것이었습니다. 그 전초 기지가 알리바바, 텐센트, 바이두, 샤오미였습니다. 중국은 그 전초기지들을 바탕으로 세계 경제를 재패할 수 있었던 것입니다. 중국은 이 데이터를 바탕으로 미국을 완전히 제압할 수 있었습니다."

"그런데 앞전에 의견을 내주신 경제학자 배지환 교수가 말한 바에 의하면, 미국과 중국의 패권은 결국 '환율 전쟁'으로 인해 미국이 약간의 우위를 점하게 되었다고 말씀했습니다. 군사력 우위에 의한 세계 국제 정치의 힘이 이 환율 우위의 강력한 지지대가 아니었을까요? 그러니까, 미국이 군사력을 바탕으로 환율 우위를 계속하는 한 중국은 미국을 넘어설 수 없을 것이라는 의견, 어떻게 생각하십니까?"

"미국은 결국 중국이 파운드화, 달러, 엔화, 유로화에 이어 다섯 번째 기축통화가 되는 것을 막지 못했습니다. 그것을 승리라고 표현할 수 있을지는 모르겠지만, 미국 역시 당시에 경제가 하강 국면에 있었습니다. 다만, 중요한 것은 세계 소비와 제조 공장을 담당하게 된 중국의 성장으로 미국 경제 역시 많은 부를 축적할 수 있었습니다. 미국 기업들은 소프트웨어와 플랫폼은 미국이, 하드웨어는 중국이 담당하는 방식으로 이원화 전략을 사용했습니다. 그런데, 이것은 중국도 잘 알고 있었습니다. 당시에 미국은 중국을 압박할 근본적인 제도적 장치를 준비해 놓고 있었습니다. 1988년 무역보복협상을 목적으로 하는 슈퍼301조 발동이 일본에 잃어버린 20년을 안겨 주었듯이, 지적 재산권 침해 관련 보복협상 목적의 스페셜 301조와 멸종위기에 처한 야생 동·식물의 국제거래에 관한 협약(CITES, 워싱턴협약)의 이행조치를 따르게 하는 슈퍼그린301조가 그것입니다. 이것은 실제로는 상대국에게 적용하기 전에 미국 자국민들의 동의를 구하는 일종의 정치적인 선언입니다. 결국 이러한 것들은 모두 중국의 위안화 절상을 유도하기 위한 것이라고 볼 수 있습니다. 그러나, 실제 중국을 상대로 이러한 보복조치가 행해진 사례는 거의 없습니다."

"그러니까, 중국의 무역보복을 두려워했기 때문 아닐까요?"

"중국의 무역보복보다는, 중국 내에서 사업하는 미국과 연계된 기업들을 보호하기 위한 것 때문에 실제로 행해지지 않았다고 보는 것이 맞을 거 같은데, 결국에 미국은 자국의 이익을 위해서 행하지 않은 것일 뿐입니다. 중국 경제가 하락하는 것은 미국 경제에도 부정적인 영향을 줄 것이기 때문입니다. 과거 구소련과의 양강 체제의 경쟁으로 인한 반사이익을 공화당과 민주당이 십분 활용했듯이 이 역시 중국과의 가상의 경제 전쟁을 통해 미국 정치권들이 충분히 반사 이익을 얻고 있었던 것 같습니다."

"당시 중국은 미국과 치열한 군비 경쟁을 벌이지 않았습니까? 미국 역시 이를 견제하기 위해 태평양 쪽에 군사 전력을 강화시켰고요. 그래서 제가 군사력을 바탕으로 한 환율 이론을 질문 드린 것입니다."

"당시 미국은 항모전단을 10척 이상 보유하고 있었습니다. 중국은 구소련의 낡은 항모를 개조하여 연습용으로 막 건조하고 있었고요. 정확히는 제대로 된 항모라고는 할 수 없었습니다. 그런데 중요한 것은 미국은 걸프전이나 아프가니스탄과 같은 대규모 전쟁 이외에는 추가적으로 개발된 전투 전력에 대해서 극도로 노출을 꺼렸다는 것입니다. 언론에 공개된 것들은 이미 십 년 전에 개발이 완료된 전투 전력뿐이었습니다. 그러니까, 미국과 중국은 전력에서 큰 차이를 보였다고 할 수 있습니다. 그것을 인정하지 않는 것은 중국의 언론이었을 뿐입니다. 양국을 경쟁 상대로 몰아갔습니다만, 그것은 엄밀하게는 경쟁이 아니었습니다."

"경쟁이 아니었다? 그 의미는 무엇인가요?"

"미국의 입장에서는 미국과 동등하게 경쟁해야 하는 강력한 경쟁자가 필요했습니다. 그 경쟁자를 구심점으로 군사개발에 많은 돈을 쏟아 부으면서 경제 활성화를 시킬 수 있으니까요. 군사개발에 소요되는 비용들은 정확히 통계로 나오지 않아 달러를 얼마나 찍어냈는지 알 수가 없습니다. 관련 산업의 측정도 마찬가지이고요. 게다가 그렇게 만들어진 무기들은 중동 지역에 사용되면서 전 세계에 수출할 수 있는 가치 사슬까지 만들어내니 그보다 더 좋은 것이 어디 있겠습니까? 반대로 중국 내부에서는 농업 중심의 사회에서 강력한 공산주의의 사회로의 전환이 필요했습니다. 그런데 그 전환에는 상징이 필요하지요. 상징은 경제력이 아닌 군사력과 같은 강력한 힘을 가질 때 더욱 선동적일 수 있습니다."

"그렇다면, 다시 본론으로 돌아가서 질문 드리겠습니다. 아까 말씀하신 그 전초기지인 알리바바, 텐센트, 바이두, 샤오미는 어떤 역할을 한 것인가요?"

"잘 아시다시피, 중국 경제의 모든 시작은 국가의 개입에서 비롯됩니다. 국가의 개입이 없이는 대기업으로 성장하기 힘든 구조로 되어 있습니다. 당연히 이 대기업들의 근본적인 주식도 공산당 소속으로 대부분 되어 있고요."

"제가 질문한 것은 그 기업들의 본질적인 목적이 무엇이냐는 것입니다."

"전 세계인들의 정보, 데이터의 축적입니다. 미래 사회는 데이터와 정보 사회니까요. 그 수십조 건의 정보는 모든 것을 말해줍니다. 중국은 처음부터 그 데이터 수집이 핵심이고 본질이라는 것을 알고 있었습니다. 알리바바는 전 세계의 전자상거래를 장악했습니다. 알리바바가 미국의 아마존과 다른 점은 중국인들에 적합하게 모바일 거래에 많은 핵심 역량을 쏟았다는 것입니다. 중국에서는 은행에서 신용카드나 체크카드를 만들기가 번거롭고, 택시에서 신용카드로 거래하기 힘든 점이 있는데 이를 잘 이용했습니다. 이 알리바바가 만든 온라인 페이먼트 시스템인 알리페이를 통해 각 개인이 저축해 놓은 소액들을 재투자해서 이자를 붙여주는 그런 훌륭한 가치사슬이었죠. 텐센트는 미국의 페이스북과 비견됩니다. 다만, 중국인의 사용인구가 절대적으로 많다는 점에서 잠재력이 엄청났다고 할 수 있습니다. 중국의 경제가 성장할수록 이 텐센트의 가치와 활용도 많아졌으니까요. 바이두는 미국의 구글과 유사합니다. 다만, 구글의 이미 안드로이드 마켓이라는 플랫폼 사업자로 도약한 반면, 바이두는 모바일에 플랫폼 탑재를 하지 못해 힘들었습니다. 세계 최고의 휴대폰 제조사인 샤오미와 결합한다면 애플처럼 하드웨어와 소프트웨어를 다 가진 절대적인 권력기관이 될 것입니다. 제가 말씀드리고 싶은 것은 결국 이 모든 것의 요체는 각 개인의 정보라는 것이죠. 미국의 군사력도, 환율도 결국 이 데이터의 정보에 의해 백기를 들었고, 최후의 슈퍼 제국은 지금 중국이라는 이야기입니다."

조윤정 검사는 남아프리카공화국을 가기 위해 인천공항으로 차를 몬다. 빠르게 달리는 조검사의 차량 뒤로 검정색 SUV가 뒤따라온다. 조검사가 인천 공항 지하 주차장에 주차를 하자, 뒤따라온 검정색 SUV에서 네 명의 남자들이 내린다. 그 중한 명은 조검사가 잘 아는 김인환 검사장이다.

"얌마, 너 자숙하고 있으라니까, 어디 가는 거야?"

"바람 좀 쐬려고요. 그러는 검사장님은 왜 따라오셨는데
요?"

"바람 같은 소리 하고 자빠졌네. 누가 널 따라와? 잡으러 온
거지."

김인환 검사장은 조 검사를 인천공항 옆의 공항 호텔로 데
려간다. 이 인간이 호텔 뷔페를 사줄 사람도 아니고, 무슨 꿍꿍
이인지 내심 불안하다. 공항 호텔의 스위트룸으로 들어가자, 넓
은 전망과 함께 각종 장비가 설치되어 있다. 그곳에는 이미 사람
들이 기계적으로 모니터로 무엇인가를 분석 중이다.

"이게 다 뭐예요? 누구 도청 중?"

김인환 검사장이 말한다.

"도청 같은 소리 하고 있네. 너 정신 똑바로 차리고 들어."

"아니, 그게 무슨, 저 물먹인 건 검사장님인데요. 왜 저한테
화를 내세요?"

"왜? 물먹으면 안 되냐? 너 남아공 왜 가는 거야?"

"그야, 거기가 공기도 좋고, 옛날에 가 봤을 때, 동물들도 있
고 하니…"

"너, 며칠 전에 윤진호 만났지?"

"아, 네."

"윤진호가 이야기 안 했어?"

"네? 별로."

"이제 너랑 윤진호는 검사 아니야."

"네? 검사가 아니라는 게 무슨?"

"외교통상부 밀수단속반 파견이야."

"외교통상부라면?"

"맞아. 국가기관이랑 같이 일해야 해. VIP한테 직보하는 일이고."

"VIP면, 대통령이요?"

"그럼 우리한테 VIP가 대통령 말고 또 있어?"

"그런데 왜?"

"왜 너냐고? 왜 너 물먹였냐고? 니 족보가 제일 핫바리잖아. 집안 빽도 없고, 돈도 없고. 게다가 고아 출신이고."

"근데 왜 저한테 중요한 일을 맡기냐구요. 그렇게 개족보인데."

"이것 봐라. 눈에 힘 풀어. 누가 개족보래? 그냥 핫바리라는 것지. 개족보랑 핫바리는 다르다. 개족보는 집안 대대로 안 좋은 일을 많이 해서 꺼림직하다는 것이고, 핫바리는 그냥 힘이 없다는 것이지. 개족보는 아니야. 니가. 너네 모친이 뭐랄까? 국가를 위해 일했으니까. 좋은 집안이지."

"제 어머니를 아세요?"

"그치. 알지. 내가 안다기보다 그냥 기록에 그렇게 나와 있어. 외교통상부 소속으로 일한 걸로. 그러니까, 니가 이 일에 적임자란 말이야. 내 말은. 얼마 전에 강제국이 건으로 물먹은 걸로 알 거 아냐. 일반적으로 사람들이. 그런데 밀수단속반으로 파견됐다고 하면 이제 너는 그냥 인생 좀 났다고 생각하겠지? 그게 우리의 전략이다."

"저희 어머니에 대해서 더 이야기해 보세요. 그 자료라는 것도 좀 주고."

"여기 자료는 비행기 안에서 읽어 보고. 니가 해야 하는 일이 사이버프렉스랑 드로니아 후다 까는 거야."

"왜 거길?"

"윤진호가 이야기했다메?"

"네. 그 듀엘 그룹 수장들이 드로니아와 사이버프렉스 사람들이라고."

"봐. 들었네. 그럼 이제부터 일하는 거다."

"저는 아직 잘 이해가…?"

"차츰 알아가기로 하고. 너 남아공 가기로 했지? 드로니아 본사가 거기 있다. 남아공. 뭐 가서 조사할 수는 없겠지만, 그래도 모르니까 여기 3명이랑 같이 가. 시큐원 소속 직원들이야."

"시큐원이요? 왜 국내 보안업체 사람들이랑?"

"그러니까, 국내 보안업체지만 국가랑 밀접한 일 하는 분들이야. 이제 우리 팀원이기도 하고. 그리고 윤진호는 아마 지금쯤 니가 탈 비행기에 타 있을 거다. 그 새끼 그거 비즈니스석 끊었대. 그 새끼 만나면 경비 처리 안 된다고 꼭 이야기해 주고."

"저도 비즈니스석인데요."

"이 새끼들이 진짜."

"국적기가 좋은 이유는, 업그레이드를 잘해준다는 거예요.

국가 일하는 사람들한테도."

조윤정 검사는 비즈니스석에 앉아 창밖으로 휴대폰 카메라
를 눌러 대는 윤진호 검사를 발견하고 화가 치밀어 오른다.
"야, 윤진호. 오랜만이다. 할 말 없냐?"
"오. 조 검사. 검사장님은 잘 만났고?"
"이 새끼. 이거 너 처음부터 알고 있었지?"
"딱. 하고 니가 딱. 알아챌 줄 알았는데."
"인사해라. 여기는 시큐원 소속으로 앞으로 우리 한 팀이 될
분들이야."
"반나서 반갑습니다. 저는 홍채빈 실장입니다. 이쪽은 최영
선 과장, 이쪽은 최성공 과장입니다."
홍채빈 실장의 외모가 생각보다 뛰어나자, 윤진호 검사는 홍
채빈 과장을 아래 위로 훑어본다. 얼굴이 벌개진 윤진호 검사를
조윤정 검사가 툭 쳐서 정신을 일깨운다.
"네. 반갑습니다. 그런데, 홍채빈 실장님은 미모가 엄청나네
요. 딱 보면 그냥 딱 미스코리아 같아요."
"호호호, 별말씀을. 감사해요."
조 검사는 통로 옆자리에 앉는 홍채빈 실장의 청바지 위로
살짝 드러나는 복근이 눈에 들어온다. 상당한 양의 운동을 한
사람임에 틀림없다고 생각한다.
비행기가 이륙하고, 주변이 조용해지자 조윤정 검사가 윤진
호 검사에게 물어본다.

"그런데 너 언제부터 알았어?"

"나도 처음부터 알았던 건 아니고, 그날 너랑 리스시에서 헤어지고 나서, 집앞까지 대리운전해서 갔거든. 근데 이 대리운전 기사가 갑자기 나를 우리 집이 아닌 곳으로 데려가는 거야. 그래서 내가 소리쳤지. 지금 뭐하는 거냐고. 그런데 김인환 검사장이 시켰다고 하대. 그 대리운전 기사가 저기 앉아 있는 최성공 과장이야. 그리고 나서는 김인환 검사장이 나 데리고 한참 설교했지. 이거 갑자기 진행된 건은 아닌 거 같고, 한참 전에 설계된 것 같은데, 돌아가는 상황을 보니, 윗쪽에서 내려온 것 같은데. 기관 애들도 개입된 거 같고."

"니 주특기가 데이터 수집 아니야? 그걸로 쫙쫙 못 뽑아?"

"김인환 검사장이 그러더라고 그날."

"뭐라고?"

"이거 까닥하면 죽을 수 있으니까, 깝치지 말고 그냥 있으라고. 조만간 연락한다고. 그리고 나서 지금 여기 앉아 있는 거야. 도청 당할까봐 엄청 조심하는 눈치야. 그래서 우리가 다른 쪽 쑤시는 것처럼 보이려고 하는 것도 있는 거 같고. 이거 이거 딱 나오는데."

"그런데 내가 남아공 가는 거 왜 마킹해?"

"마킹은… 무슨… 거기가 드로니아 본사가 있으니까, 그냥 둘러보라는 거지. 그리고 감 좀 익히라고 하는 거지. 딴 의도가 있는 건 아닌 거 같고."

"그럼 저쪽 친구들은 왜 같이 가는데?"

"위험하니까. 혹시나 해서 보내는 거지. 안전을 위해서."

"그런데 왜 나만 마킹하는 거 같냐고. 위험하면 김인환 검사장님이 더 위험하지 않아? 나 같은 조무래기들보다는."

"김인환 검사장님은 기관에서 요인경호팀 붙였다고 하는데."

"누구한테 위험한 건데? 윗선의 의지가 뭐야?"

"드로니아 아닐까? 모든 시작은 드로니아에서 비롯됐어. 위에서는 국가 전략 사업인 바이오제약사업의 수장인 강제국을 비롯해서 그쪽 이사진 교체를 생각하는 거 같고."

"강제국이는 이미 물러났잖아. 그 사건으로."

"듀엘에서 강제국이 실질 지분은 적어. 나머지 강제국이한테 우호 지분들이 강제국이한테 의결권을 몰아줘서 그렇지 실제로 강제국이 소유는 아니라는 말이지."

"그건 나도 알고 있고. 듀엘 지분의 나머지는 외국 투자 자금 쪽이 많잖아? 그것도 유럽이나 미주 쪽 은행들이고."

"실제 그 다음 대주주는 연기금이고. 나머지 외국 투자 자금을 규합하는 역할을 하는 사람이 중간에 있는 거 같은데, 그 구심점이 국내에 있는 사이버프렉스와 남아공에 있는 드로니아라 이거야. 특히 사이버프렉스는 주주 의결권이 높은 황금주를 가지고 있어서 실제 의결권으로만 보자면 사이버프렉스가 연기금보다 의결순위에서는 높다고 볼 수 있어."

"그런데 왜 사이버프렉스를 먼저 족치지 않고, 드로니아까지 와서 그러는 거야?"

"사이버프렉스는 국내 대부분의 규제기관의 감시를 받아. 특히 방산업체인데 민간소유라서 더 규제가 심하지. 그러니까 우리가 사이버프렉스를 족쳐봐야 건질 게 없다는 말이야. 이미 내성이 생겨서 꽁꽁 숨겨 놓았을 거고."

"그래서 남아공이 본사인 이 드로니아쪽 정보를 수집한다?"

"그렇지."

"그렇다 해도 남아공에서의 수집은 한계가 있어. 게다가 한국에서는 허용하지 않는 법이 남아공에서 허용된다 해도 그걸 위법이라고 볼 만한 협약도 없고."

"그건 그렇지만, 관습이라는 게 있지."

"그러니까, 관습이 뭐냐고. 딸랑 이 다섯 명이서 거기 가서 뭘 하냐고. 가만, 너랑 김인환 검사장이 뭔 냄새 맡았지? 그거 가지고 언론에 깔라고 하는 거지?"

"냄새야 진즉에 맡았지. 그런데 한국에서 판매하는 드론들은 전부다 사이버프렉스 이름으로 판매되니까. 원산지도 한국으로 되어 있다고. 그래서 사이버프렉스 건들면 좋을 게 없어요. 그래서 또 다른 이름인 드로니아의 배경을 들쑤시는 거지."

"드로니아 배경? 그게 뭔데? 답답해 미쳐 버리겠네."

"임상실험. 남아공 근처 나미비아에 실험실이 있대."

"임상실험? 막 사람 배에다가 뭐 쑤셔 넣고 그런 거? 그러면 거기는 요새일 거 아냐? 우리가 뭘 어떻게 하냐?"

"저기 세 명 있잖아. 시큐원들. 이쪽에서 용병 생활한 적이 있다는데. 한 달 정도면 된다는데."

"용병? 한 달? 이 미친…."

"함경도 출신이라는구만. 저 친구들. 그리고 귀국하면 우리 다시는 여기 못 나와. 딱. 지금이어야 해. 딱. 지금. 손자병법에 '주도권은 선제공격에 나온다' 했거든"

"그게 아마 6장에 나온 말일 건데, 2장에는 이런 말도 나와. '승산이 없으면 싸우지 않는다.'"

유리 방탄벽 밖으로 들려오는 비명 소리가 섬뜩하다. 11호 최종수는 이 참혹한 장면을 피하지 않고 지켜보고 있다. 10호를 살해케 만든 호르몬제 공급책을 찾아야 하기 때문이다. 지금 그 트랜스젠더를 고문하고 있는 것은 4조 요원이다. 모든 것이 비밀에 싸여 있는 4조 요원들의 활동은 내부에서도 아는 사람이 거의 없다. 검은색 복면을 쓴 4조 요원은 약물을 사용해 트랜스젠더를 심문하고 있다. 어떤 약물인지는 알 수 없으나, 트랜스젠더가 참을 수 없는 고통으로 온몸을 비튼다. 트랜스젠더는 아마도 거짓말을 하는 것 같아 보이진 않는다. 그러나 4조 요원은 미동도 하지 않고 계속 트랜스젠더를 고문한다. 아마도 트랜스젠더는 죽을지도 모른다. 그래도 상관없다는 태도이다.

4조 요원이 유리벽을 보며, 고개를 끄덕인다. 3조 조장이 9호, 11호, 12호를 바라본다. 3조 요원들이 쏜살같이 밖으로 나간다. 일제 SUV는 흔들림 없는 속도로 달려간다. 흔들리는 듯이 느끼는 것은 11호 최종수의 심장이 뛰기 때문이다. 10호를 살해 한 트랜스젠더에게서 얻은 정보에 의하면, 마닐라 마테가의 '마린'이라는 고급 바에 가면 공급책을 만날 수 있다는 것이다. 3조 요원들이 차에서 내린다. '마린'에 들어서자 여자들이 여기저기서 추파를 던진다. 바텐더의 안내에 따라, 칸막이가 있는 룸으로 들어간다. 양주 등을 주문하고, 바텐더에게 10달러를 건네자, 바텐더가 윙크를 하며 밖으로 나간다. 5분이 지나기도 전에 한눈에 보기에도 미인으로 보이는 여자들 6명이 들어온다. 6명 중에서 3명을 고르면 되는 것이다. 3조 요원들은 서로 눈을 마주친다. 그리고 각자 2명씩, 6명 모두를 양 옆으로 앉힌다. 뜻밖의 선택에 바텐더가 흡족해하는 눈치다. 12호가 바텐더를 불러, 귓속말로 속삭인다.

"노는 거 말고, 바로 데리고 나가고 싶은데."

바텐더가 곤란한 표정을 짓는다.

"놀았다고 치고, 다 지불할 게. 얼마야?"

바텐더가 잠시 밖으로 나가더니, 신나서 돌아온다.

3조 요원들은 '마린'에서 제공하는 승합차를 타고 이동한다. 호텔로 들어오자 각자 2명의 여자를 데리고 방으로 들어간다. 최종수가 택한 2명의 여자 중 1명은 트랜스젠더고 한 명은 여자였다. 최종수는 아무런 생각 없이 즐긴다. 머릿속에 온통 즐기자는 생각으로 스스로에게 암시를 건다. 만약, 이것들이 눈치라도 채는 날이면, 두 번 다시 똑같은 기회가 오지 않을 것이기 때문이다.

다음날 아침, 최종수는 테이블에 100달러 지폐들을 던져 놓는다.

최종수가 여자들을 향해 턱짓으로 그 지폐는 추가 팁이라는 것을 암시해 주자 여자와 트랜스젠더는 함박웃음을 짓는다. 최종수는 트랜스젠더에게 다시 만날 수 있냐고 물어본다. 트랜스젠더는 자신의 이름을 '쏘냐'라고 알려준다. 그 가게에 와서 '쏘냐'를 찾으면 된다고 말해준다. 최종수는 서두르지 않는다. 트랜스젠더가 호텔 앞에서 나머지 한 명의 여자와 함께 택시를 타고 떠난다. 최종수는 긴 숨을 내쉰다. 최종수는 주변을 살피며 조장에게 문자를 보낸다. 얼마 지나지 않아 멀리 흰색 SUV가 최종수를 향해 다가온다.

조장과 함께 숙소로 돌아온 3조 요원들은 다시 소회의실에 집합한다.

9호가 먼저 입을 연다.

"나랑 같이 있던 애들은 전부 여자였어요. 근데 이 둘은 마약을 하는 것 같더라고요. 캔디 같은 것을 입에 털어 넣더니만 정신이 몽롱해 보이는 게 영락없는 마약장이들입니다. 하는 짓도 변태 같고요."

12호가 말한다.

"나랑 있던 애들은 1명은 여자, 1명은 트랜스젠더인데, 트랜스젠더 연락처는 확보했습니다."

최종수가 말한다.

"저도 같이 있던 1명은 여자, 1명은 트랜스젠더인데 이름은 알아 놓았고, 그 가게에 가서 다시 이름을 이야기하면 된다고 합니다."

3조 조장이 말한다.

"몇 번 더 가서 친해진 다음에 약이랑 호르몬제 구할 수 있는지부터 물어봐. 돈은 후하게 쳐 주겠다 그러고. 아무래도 약 공급하는 놈들이랑 호르몬제 공급하는 놈들이랑 같은 놈들 같은데 4조 의견은 어떠십니까?"

4조 요원 1명이 말한다.

"저희 잠입 요원 말에 의하면, 약 공급 하는 놈들이랑 호르몬제 공급하는 윗대가리는 같은데 중간 보스들은 서로 갈라져 있는 거 같습니다. 여자애들은 주로 마약 쪽에 손을 대고, 트랜스젠더 애들은 호르몬제만 투여하는 것 같습니다. 트랜스젠더가 마약을 하면 호르몬제가 효과가 안 좋거나 약발이 안 먹힌다고 합니다. 그래서 서로 상극이라는데요. 여자 애들하고 트랜스젠더 애들하고도 사이가 좋은 거 같지는 않습니다. 다만, 거길 운영하는 '마린' 업주가 이쪽 저쪽 다 관리를 하고 있어서 크게 싸움으로 번지지는 않는다고 합니다."

"그럼 그 '마린' 업주가 대가리일까요?"

"아니요, 그놈은 대가리 바로 아랫놈이고 실질적으로 거기서는 그 대가리를 본 적은 없다고 합니다."

3조 조장이 의견을 말한다.

"그럼, 다음에도 여자 1명, 트랜스젠더 1명, 이렇게 둘을 만나야겠네. 어차피 우리 주된 일이 마약 공급책도 알아봐야 하니까. 아니면, 업무를 좀 나누는 건 어때? 9호가 여자 쪽을 담당해서 마약쪽을 캐고, 11호랑 12호가 트랜스젠더를 담당하는 거."

"네. 차라리 업무를 나누는 것이 좋을 거 같습니다."

"그럼, 내일부터 나눠서 작업합시다."

3조는 다음 날, 다시 '마린'을 찾았다. '마린' 입구에서 바텐더와 눈이 마주친다. 바텐더는 윙크를 한다. 마치 '그럼 그렇지. 또 올 수밖에 없어'라고 말을 하는 듯하다. 바텐더에게 '쏘냐'를 불러달라고 하니, '쏘냐'는 일 나가서 잠시 후에 온다고 한다. 9호와 12호는 먼저 호텔로 출발하고, 최종수는 바에서 '쏘냐'를 기다린다.

바 중앙 탁자에는 대머리의 거구가 앉아 있다. 대머리의 뒷목부터 허리까지 커다란 가오리가 그려져 있다. 대머리는 몸매가 좋은 긴 생머리 여자와 대화를 하고 있다. 대머리가 뭐라고 말을 하자 여자가 고개를 흔들며 싫다는 표현을 한다. 대머리의 목소리가 점점 높아간다. 그러다가, 갑자기 대머리의 거구가 술잔을 바닥에 던진다. 여자가 뭐라고 말을 하지만, 대머리는 갑자기 여자의 머리채를 잡고 흔든다. 그리고 머리채를 잡고 테이블에서 바닥으로 여자를 끌어내린다. 여자의 벌어진 원피스 사이로 속옷이 비친다. 여자는 최종수와 손님들을 의식한 듯 최대한 치마를, 짧은 원피스를 내리려고 안간힘을 쓴다. 대머리는 그것이 그 여자에게 수치심을 준다는 것을 아는 듯 고의적으로 질질 끌고 다니며 소리친다. 최종수는 물끄러미 그 둘을 바라본다. 최종수는 그 여자가 안쓰러우면서도 자신의 눈동자가 여자의 몸을 훑고 있다는 것에 창피함을 느낀다. 그리고 최종수의 눈은 힐끗거리며 여자의 다리를 바라본다. 대머리가 점점 흥분하더니 한쪽 구석으로 여자를 던진다. 여자는 그대로 쓰러진다. 갑자기 대머리는 여자 앞에 서서 바지를 내리더니, 자신의 물건을 꺼내서 여자 얼굴에 오줌을 갈기기 시작한다. 웃으면서 물건을 좌우로 흔들자, 오줌도 좌우로 여자 얼굴부터 몸에 쏟아진다. 마치 맥주를 끼얹듯이 그렇게 오줌이 질펀하게 흐른다. 대머리는 뭐라고 큰 소리를 치고, 바를 나간다. 대머리가 나가자 여자는 아무렇지 않은 듯 일어나 뒷문으로 사라진다.

이미 이런 일에는 이골이 나 있는 듯한 태도이다. 여자의 얼굴에는 표정이 없다. 커다란 눈에 들어 있는 까만 눈동자는 무슨 생각을 하는지 알 수가 없다. 잠시 후, 다시 바의 뒷문이 열리고 여자가 들어온다. 머리가 젖어 있고 옷이 바뀐 것으로 보아 근처 어딘가에서 샤워를 한 모양이다. 최종수는 이 여자가 가엽다는 생각을 한다. 최종수는 바텐더에게 오줌 맞은 여자를 데려가도 되냐고 물어본다.

여자가 물끄러미 최종수를 바라본다. 최종수는 다시 바텐더를 바로보고 100달러 지폐를 주머니에 찔러 준다. 바텐더는 그제서야 빙긋이 웃으며 오줌 맞은 여자에게 따라가라고 말한다. 여자는 여전히표정도 없고 말이 없다. 쏘냐가 들어와서 최종수에게 반가운 척을 한다. 최종수의 눈길은 쏘냐가 아닌 이 가여운 오줌 맞은 여자를 향해 있다. 최종수와 쏘냐가 나가려고 일어나자, 오줌 맞은 여자도 일어난다. 최종수는 두 사람을 데리고 호텔로 간다. 호텔 방에 들어온 쏘냐는 클러치에서 무엇인가를 꺼낸다. 콘돔이려니 하고 있던 최종수는 쏘냐가 사탕 같은 것을 삼키자 그것이 곧 마약임을 눈치챈다. 어제 9호가 말한 그 캔디 마약임에 틀림없다. 트랜스젠더이면서 마약까지 하는 것이다. 쏘냐가 몸을 부르르 떨며 침대에 주저 앉는다. 이미 초점 없는 동공은 천장을 바라보고 있다. 최종수는 쏘냐를 감싸 안는다. 오줌 맞은 여자는 그런 최종수를 물끄러미 바라본다. 쏘냐가 깨어나길 기다린 후, 최종수는 여자에게 약을 구할 수 있는지 물어본다.

"혹시 약 구할 수 있어?"

"크런치?"

"아, 그 캔디를 크런치라고 해?"

"크런치라고, 몸을 부르르 떨면서 정신이 확 없어진다고 해서 크런치야. 왜? 크런치 해보게?"

"어. 크런치 느낌이 어떤지 한 번 보게. 그래야 쏘냐랑 즐길 수 있지. 혼자만 그러니까 재미 없어서."

"크런치 구하려면 신분이 확실해야 하는데. 이 동네 사람 아니면 잘 안 줘. 크런치 구하기 힘들거든. 게다가 오빠는 한국인이라며?"

"한국인인데 뭐 한국 갈 일이 없어. 거의. 그냥 눌러 앉을까 봐."

"오빠 하는 일이 뭔데?"

"그냥 사업해. 그런데 망해서 다 싸들고 여기로 왔어."

"망한 거면 돈 없는 거 아냐?"

"아니, 망해서 돈 다 뺏기지 전에 다 가지고 여기로 왔지. 그러니까 돈이 많지."

"오빠, 돈 많아?"

"그럼. 많지. 그런데 나는 크런치 말고 딴 것도 좀 관심 있는데."

"뭐? 여긴 다 있어. 돈만 있으면 돼."

"나는 호르몬제에 관심이 있어서. 한 번 맞아보고 싶은데, 구해줄 수 있어?"

"오빠도 여자 되고 싶어? 그거는 엄청 밝히던데. 아무리 봐도 오빠 골격은 너무 늦었어. 아무리 봐도 늦은 거 같은데."

"아니, 트랜스젠더는 관심없고, 요즘 머리가 자꾸 빠져서, 여자 호르몬제 맞으면 머리가 난다는데. 남성 호르몬제 과다 분비되면 대머리는 되는 거라던데. 그래서 한국 피부과 가면 남성 호르몬제 억제제 줘. 그거 먹으면 거기가 작아져. 크크크"

"어디 봐. 머리 대봐. 그러게 정말 빠지고 있구나. 구해줄 수는 있는데 좀 비싸. 그럼 나랑 이제 못 하는 거야? 오빠 그게 작아져서. 호호호. 내가 먹는다고 하고 구하지 뭐."

최종수는 그제서야 안심이 된다. 이 쏘냐라는 여자가 쉬워서 다행이라고 생각한다. 어쩌면 최종수가 외국인이라서 더 안심했을지도 모른다. 어차피 한 번 스치고 갈 건데 쏘냐 입장에서는 돈만 챙기면 그만인 것이다. 최종수는 한 켠에 앉아 있는 오줌 맞은 여자가 생각난다. 최종수는 오줌 맞은 여자를 바라보며 물어본다.

"너는 이름이 뭐야?"

"미란다."

"너는 필리핀 애 같지 않은데. 중국?"

옆에 있던 쏘냐가 끼어들며 말한다.

"미란다는 한국 애야. 한국 애."

최종수는 갑자기 정신이 확 깬다.

"한국 사람이라고?"

미란다는 처음에 한국 유학생이었다고 한다. 그런데 이 환락을 맛본 뒤 중독이 된 것이다. 정신세계가 완전히 무너진 것처럼 보였다. 미란다는 무슨 의미를 가지고 세상을 살고 있을까?

"그럼 한국 말 할 줄 알아?"

미란다는 고개를 끄덕인다. 최종수는 갑자기 머리를 굴려본다. 미란다가 옆에 있을 때 혹시라도 실수한 말이 없는지 다시 한 번 되새김질해본다. 미란다는 어차피 관심 없다는 듯한 표정이다.

최종수는 미란다가 가엾다는 생각을 한다. 최종수는 미란다에게 이것저것 물어보고 싶은 것이 많았지만 참기로 한다. 지금 와서 그 과거가 찬란했다고 한들 무슨 소용이며, 과거가 힘들었다고 한들 지금 상황이 바뀌진 않을 것이기 때문이다. 최종수는 쏘냐와 미란다를 데리고 밖으로 나간다. 호텔 앞 렌터카 회사에서 최종수는 차를 빌린다. 최종수가 평소에 타보고 싶었던 랜드로버를 개조한 오픈카다. 4륜구동 같지 않은 편안함과 속도가 최종수를 미치게 한다. 최종수는 필리핀 바닷가로 차를 몰아 달리기 시작한다. 쏘냐가 소리를 지른다. 미란다도 오랜만에 미소를 보인다. 달리는 최종수의 눈에 마닐라 항이 눈에 들어온다. 절경이다. 바다 거품까지 새파란 이 필리핀의 바다는 절경이다. 마닐라 항 옆으로 난민촌도 보인다. 아름다운 절경 옆의 난민촌은 왠지 어울리진 않지만 이렇게 보니 그럴싸해 보인다. 대나무로 엮은 판잣집들이 널려져 있다.

최종수는 3일 후에 다시 '마린'을 찾는다. 바텐더는 웃음을 보이며 쏘냐와 미란다를 부른다. 바텐더가 최종수에 그렇게 좋았냐는 듯이 미소를 보이며 고개를 앞뒤로 끄덕인다. 최종수는 바텐더에게 100달러 지폐를 건네고, 둘을 데리고 나온다. 쏘냐가 최종수에게 말한다.

"이번에는 거기 말고 다른 호텔로 가면 안돼?"

"다른 데? 왜 거기 별로야?"

"옛날 사귀던 애가 거기 벨보이를 하고 있어서 좀 그래."

"그래. 기분이 안 좋겠네. 그럼 다른 곳으로 가자."

최종수는 택시 기사에게 다른 곳으로 가자고 이야기한다. 택시 기사는 쏘냐를 바라본다. 쏘냐가 필리핀 따갈로어로 말한다.

"Eto ang pasalubong para sa iyo(에또 앙 빠살루봉 빠라 사 이요)."

택시 기사가 고개를 끄덕인다. 택시 기사가 어디론가 향한다. 30분 이상을 더 달린 다음에 택시 기사가 세워 준 곳은 호텔이 아닌 저택과 비슷한 곳이다.

"여긴 호텔이 아닌가봐?"

"전용 호텔이야. 우리들 전용 호텔."

"아, 이런 곳이 또 있었네."

"응. 오빠. 먼저 샤워부터 해."

최종수는 서두르지 않는다. 서두르면 의심을 받기 때문이다.

미란다는 여전히 무슨 생각을 하는지 멍하니 앉아 있다.

"오빠. 맥주랑 먹을 거 시켜도 돼?"

쏘냐가 룸서비스로 맥주와 나초를 시킨다.

오늘따라 맥주 맛이 달다. 이제 점점 목적에 가까워지고 있다. 쏘냐가 최종수에게 서비스로 침대에 누우라고 한다. 그리곤 마사지를 해준다. 바디오일을 등에 바르면서 쏘냐는 지압을 한다. 지압점을 정확히 누르는 것으로 보아 마사지 교육도 받은 듯하다. 최종수는 온몸이 나른해진다.

"그런데 300달러 줘야 해."

"응?"

"그 호르몬제."

"쏘냐도 이거 한 번 사는데 300달러 주고 맞는 거야?"

"아니. 나는 지금 25달러 주고 맞아. 일주일에 한 번씩. 그런데 모르는 사람은 처음에 300달러를 받아."

"이거 맞고 어지럽거나 부작용 없어?"

"응. 다른 것보다 훨씬 좋아. 다른 건 계속 맞으면 40살 못 넘기고 다 죽거든. 부작용으로."

"쏘냐는 이걸 어디에서 구하는 거야?"

"마린 사장한테 말하면 구해줘."

"마린 사장이 누군데?"

"그 대머리. 샤오자이."

"그런데 왜 처음 보는 사람한테는 300달러를 받아? 처음 찾는 사람들한테 싸게 팔아야 나중에 비싸게 팔지 않아? 처음엔 맛을 들여야지."

"호르몬제 1회에 300달러나 주고도 사는 사람들은 바보거든."

"바보?"

"응. 경찰이나 정부 직원들. 300달러면 여기 사람들은 아무리 좋아도 안 사. 차라리 그 돈 모아서 수술을 하지."

"응?"

"유방이랑 유두랑 자궁을 실리콘으로 진짜처럼 만들 수 있다고. 300달러씩 몇 십번 맞을 돈 모으면. 안 그래?"

"아, 그렇구나. 나는 처음이라 호기심이 나서."

"오빠도 궁금하구나?"

"그래. 어떤 느낌인지 알고 싶어."

"그렇구나. 그런데 오빠랑 같이 온 친구들도 전부다 이 호르몬제 찾는다고 하던데?"

"내 친구들이?"

"그래서 샤오자이가 오빠랑 친구들 수상하다고. 맥주에 약을 타 먹이랬어."

"뭘 먹이랬다고?"

최종수는 정신이 번쩍 든다. 최종수는 일어나려고 하지만, 몸에 힘이 들어가지 않는다. 쏘냐가 말한다.

"오빠. 걱정하지마. 샤오자이가 아무 일 없을 거랬어. 너무 걱정 하지마. 오빠가 잠들면 샤오자이한테 연락해 달랬어. 경찰 이나 이런 거 아니잖아? 오빠는? 그런 거만 아니면 샤오자이가 아무일 없을 거라고 했어."

최종수는 순간적으로 손을 뻗어 필사적으로 휴대폰을 집으려 한다.

쏘냐가 그런 최종수의 휴대폰을 먼저 빼앗는다.

"오빠. 그럼 안돼."

최종수는 일어나려고 하지만 몸이 말을 듣지 않는다.

그때, 방문이 열리고 낯익은 얼굴이 들어온다.

'아까 그 택시 기사?'

"Eto ang pasalubong para sa iyo(이 선물은 당신에게 드립니다)."

쏘냐가 택시기사에게 웃으며 다시 말한다.

'이런. 씨발 새끼들이 뭐라는 거야.'

최종수는 점점 눈이 감긴다.

3조 조장은 상황실에서 걸려 온 상황요원의 다급한 무전을 받는다.

"3조 전원 즉시 철수. 긴급 상황 발생."

"무슨 일이야?"

"11호 휴대폰에 비상이 떴습니다."

3조 조장은 문자가 아닌 휴대폰을 누른다. 9호와 12호에게 전화를 한다.

"긴급 철수해."

9호와 12호 인근에 있는 4조 요원들이 호텔에서 나오는 9호와 12호를 태우고 쏜살같이 달린다. 백미러로 주변을 살피지만, 특별히 미행하는 차량은 없다. 상황실에 무사히 도착하고 나서, 11호를 초조하게 기다린다. 상황실 스크린에서 11호의 신호는 이미 사라졌다. 9호가 말을 꺼낸다.

"11호에게 연락해 볼까요?"

"아니. 만약 혹시 그 휴대폰을 뺏긴 거라면 더 심각해져. 그리고 이미 휴대폰을 껐다거나 파손된 것으로 보이고."

상황실 요원이 말을 한다.

"11호 위치가 완전히 사라졌습니다. 휴대폰을 꺼도 위치는 추적되는데 아무래도 휴대폰을 부수거나 버린 것 같습니다."

"이런 씨발 새끼. 병신 새끼. 쪼다같은 새끼가 일을 어떻게 처리하고 있는 거야."

3조 조장의 목소리는 분노로 가득 차 있다. 그러나 그것은 11호에 대한 애착임을 모두 잘 알고 있다. 11호는 새벽이 지나도록 오지 않는다. 3조 조장은 4조 요원들에게 11호의 행방에 대해서 수색을 요청한다. 분석 요원이 3조 조장에게 말한다.

"지금 종합상황실에 11호의 마지막 휴대폰 녹음된 목소리 재생이 준비되고 있습니다."

3조 요원들과 4조 요원들이 종합 상황실로 이동한다.

상황요원들이 종합상황실 모니터에 11호의 마지막 음성 녹음을 재생 준비 중에 있다.

3조 조장이 신호를 주자 종합상황실에 11호의 휴대폰에 녹음된 음성이 재생된다.

'그냥 수면제야. 오빠. 샤오자이가 아무 일 없을 거랬어. 너무 걱정 하지마. 수면제만 먹고 샤오자이한테 연락해 달랬어. 경찰이나 이런 거 아니잖아? 오빠는?'

순간, 3조 조장은 11호가 죽었을지도 모른다고 생각한다.

뒤에서 이 상황을 지켜보던 K 김승희 교수가 말한다.

"11호는 살아 있을 거야."

3조원들은 놀라서 K를 바라본다. 놀라기는 3조 조장도 마찬가지다.

K가 계속 말을 이어간다.

"그것보다, 한국에서 연락이 왔던데. 국방부 민원실에 11호의 친척이 전화를 한 모양이야. 11호가 강원도에 있을 텐데 연락이 안 된다고 말이야."

3조 조장이 말한다.

"11호를 찾는 이유가 뭐래요?"

"11호 어머님이 찾는다고 하네."

12호가 놀래서 말한다.

"11호는 부모가 어릴 적에 버렸다고 하던데요."

"그래. 그건 내가 제일 잘 알지."

K의 마지막 말에 모두 의아하지만 더 이상 질문을 하지 못한다.

11호를 찾는 사람이 친어머니이든, 계모든 가족이 찾는 것의 의미를 누구보다 잘 알고 있는 3조 요원들이기 때문이다.

11호는 정신이 희미하게 돌아오기 시작한다. 11호는 SUV 뒷자석에 뉘어져 있다. 차는 빠르게 어디론가 움직이고 있다. 11호는 흐린 눈을 비비며, 운전석을 바라본다. 흐릿한 형체를 알아보기 힘들지만, 정신을 부여잡고 천천히 일어난다. 그리고 룸미러에 비친 사람의 얼굴을 바라본다.

"미란다? 어떻게?"

미란다는 말이 없다. 차는 빠른 속도로 11호가 있었던 본부로 들어서고 있다. 본부 앞에 다다르자, 용역경비요원들이 차량을 멈춰 세운다. 미란다가 지문 인식기에 손을 올리자, 지문 인식기에 미란다의 인적 사항이 비춰진다. 용역 경비요원들이 미란다에게 거수 경계를 한다. 상황실로 들어서는 미란다와 11호를 보고 다들 어안이 벙벙하다. K가 입을 연다.

"다들 인사하지. 4조 조장 '문지연'이네. 여러분에게는 '미란다'로 알려져 있지."

미란다가 11호를 바라보며 말한다.

"병신 새끼!"

미란다가 신경질적으로 화를 내며 상황실을 나가자, 3조 요원들은 멍한 표정으로 K를 바라본다. K가 설명한다.

"미란다는 이 임무를 위해서 3년간의 노력 끝에 그곳에 들어갈 수 있었지. 이제 미란다는 다시 그 임무에는 투입되지 못할 거다."

K는 짧게 설명을 마치고 문을 열고 나간다. 최종수는 그런 K의 뒤를 따라간다.

"그럼 미란다가 그곳에 있다고 말을 해줬으면, 이렇게까지는."

"말을 해 줬으면 자네는 문지연을 데리고 나가지 않았겠지. 그리고 자네는 지금쯤 갈기갈기 찢기는 고문을 당하고 있을 거네. 우리 역시 문지연이 어디서 누굴 만나는지 몰라."

"아니, 그럼 어떻게."

"문지연은 처음부터 니가 이렇게 찐따 짓을 할 줄 알았던 거지."

"분명히 저는…."

"필리핀이 한국보다 경제가 부족한 거지 머리까지 부족한 것은 아니야. 그게 편견이지. 그 편견들이 임무를 망치는 거다. 너처럼."

"이제 10호 사건의 배후는 못 찾는 것입니까? 한 여자의 인생까지 시궁창에 박아 놓고 다시 또 이렇게 제 잘못으로 돌려서 후퇴하는 거냐고요?"

"최종수. 넌 정말 뻔뻔하고 멍청하기까지 하구나. 우리가 싸우는 장소와 상대를 잊으면 안 되네. 우리는 이곳에서 코피노인 문지연을 어릴 때부터 돌봐왔네."

"코피노?"

"그래. 코피노. 그러니까 너 따위가 이러쿵 저러쿵 뒤에서 험담이나 할 일이 아니란 거지. 열등감에 쩔어 있는 너 말이야."

"어차피 문지연은 매춘부가 되었을지도 모르지. 하지만 말이야. 모든 코피노가 조국을 원망할 것이라고 생각해서는 안 되네. 누구나 자기 방식대로 사랑하고 증오하는 방식이 다르거든. 세상이 미쳐가도 누군간 맹목적으로 국가를 지키려고 하지. 그게 국가에 대한 것인지, 자신에 대한 것인지는 모르네. 어쩌면 그렇게 학습을 받아서인지도 모르지. 어디에나 그 나름의 세계와 룰이라는 게 있지 않나? 문지연의 경우에는 이 원인이 썩어 빠진 그 뒷골목에 있었다고 생각한 모양이지. 문지연은 충성심이 강한 대한민국 군인일 뿐이야. 그 이상도 이하도 아니지."

"그 충성심을 이용하는 건 아니고요?"

"그럼 자네 어머니나 자네 친척 중에 문지연처럼 이쁜 여자 있으면 소개 좀 시켜줘. 문지연 대신에 보내게. 그건 싫지?"

"아니. 그게 무슨."

"넌 아직 어려. 비린내가 진동해. 오히려 중학교 때가 더 어른스러웠던 거 같네."

최종수는 김승희 교수와의 대화에서 얼이 빠졌다. 아무렇지 않게 인생을 던지는 사람들. 포기인지 맹목적 희생인지 모를 그 충성심을 가장한 이 쥐새끼 같은 인간들.

그런 최종수의 마음을 읽었는지 김승희 교수가 뒤로 돌아보며 말한다.

"그리고, 연락왔다. 한국에서."

"한국이요?"

"너네 어머니. 위급하다는데."

짐을 꾸리는 최종수에게 누구도 잘못이라고 이야기하지 않는다. 이 방에 있는 누구라도 최종수의 입장이었다면 귀국할 거라고 생각할 테니까. 그리고 부모 없는 그들에게 최종수는 이제 부러움의 대상이다. 그러나 필리핀에서 귀국하는 내내 최종수는 마음이 무겁다. 그것이 문지연에 대한 미안함인지, 아니면 20년도 더 지난 지금에서야 어머니라는 존재를 보는 것이 힘든 것인지 알 수가 없다. 그것도 아니면, 아직도 이 세상 어딘가에는 두렵고, 추악한 일들이 벌어지고 있다는 것을 알았기 때문인지도 모른다. 최종수는 어머니를 잊은 지 오래다. 아무리 기다려도 오지 않는 어머니에 대한 원망으로 어머니를 가슴에 묻었다. 어머니의 모정을 느낀 적이 없어 어쩌면 잊는 것이 더 쉬웠는지도 모른다.

육중한 비행기가 비행장에 착륙하는 듯한 느낌이 든다. 뒷문이 열리고, 익숙한 야경이 펼쳐진다. 성남 비행장. 한국이다. 이라크도 아니고 필리핀도 아닌 한국이다. 최종수의 코끝에 사계절의 향기가 느껴진다. 이 비행장에 있는 누구도 최종수가 필리핀에 갔다 온 것을 아는 이는 없다. 최종수는 군 기록상에 이라크 파병으로 되어 있을 뿐이다. 최종수가 성남 비행장을 빠져나오자, 검정색 차량이 최종수를 기다리고 있다.

"어이, 최종수. 타!"

"12호?"

"12호가 뭐냐."

"니가 여기엔 어떻게?"

"웬일은 너 때문에 3조 전원 해체된 거 몰랐어? 니가 거기서 1주일간 정신감정 받고 치료 받는 동안 전부 귀국했어. 너한테 그 새끼들이 먹인 게 수면제가 아니고 마약류래. 너무 많이 먹어서 니가 정신을 잃은 거고. 그러니까, 넌 마약사범이지. 크크크."

"나 잠시 가야 할 데가 있어."

"뭐? 어딘데?"

"대전. 지금."

"이거 만나자마자 독박이구만."

박기태가 차를 몰아 고속도로를 달리는 동안, 최종수는 잠이 든다. 이 모든 악몽이 정말 꿈이었으면 좋겠다고 생각한다. 어느 병원에 도착하자 박기태가 최종수를 깨운다. 최종수는 박기태에게 주차장에서 잠시 기다려 달라고 한다. 최종수가 걸어 들어가는 뒷모습을 보며 박기태는 한숨을 쉰다.

"문지연이도 한국에 온 거를 이야기해야 되나, 말아야 하나. 참."

최종수는 병원 로비에서 여기저기 물어본 끝에 담당 의사를 만날 수 있었다. 의사가 심각하게 말한다.

"최종수 씨. 강원도에서 군 생활 한다고 해서 기다렸는데 왜 이렇게 늦게 오셨어요?"

"네. 좀 사정이 있어서."

"그 보호자가 없어서 까딱하면 수술 못 할 뻔했어요."

"그럼, 누가?"

"몰라요. 어떤 검정 양복 입은 사람들이 와서 동의해 주고 갔어요. 수술비도 다 내주고. 뭐 아무튼. 어머니는 지금 식도부터 위까지 모두 상했다고 보시면 됩니다. 일반적으로 사람들이 자살을 시도할 때 무엇으로 시도했는지를 보면 대략적으로 감이 와요. 수면제를 다량으로 복용하면 과거에는 많이 사망했지만, 그 때문에 요즘에는 수면제를 약하게 만듭니다. 그렇다고 안 죽는 것은 아니고 물론 위험하지요. 쥐약을 먹는 경우에는 이 역시 옛날에는 사망했지만, 요즘은 위를 세척하면 죽지 않습니다. 농약이 문제인데…, 농약은 살충제와 제초제가 있어요. 살충제는 곤충들을 죽이는 거고, 제초제는 그래도 잡초들을 죽이는 것인데…, 일반적으로 제초제가 살충제에 비해서 훨씬 강력하고, 제초제가 독합니다. 살충제하고는 비교가 안되죠. 잡초가 끈질기다 보니, 더 강한 것을 사용한 게 제초제라고 보시면 되요. 그런데 문제는, 최종수 씨 어머니는 제초제를 마셨어요. 비록 많은 양을 마신 것은 아니지만, 상태를 보면 사망할 수도 있다 이거예요. 겉은 멀쩡해 보여도 속은 안 그렇다 이 이야기니까 환자를 자극하시면 안 됩니다."

"자살이요?"

"네. 자살 시도. 아직 이야기 못 들으셨나보네."

최종수는 화가 난다. 최종수가 휴대폰으로 이모에게 전화를 건다.

"왜 그런 거예요?"

"니한테는 이야기하지 말라고 신신당부했는디…."

"이모!"

"유부남하고 같이 살았는데, 그놈이 글쎄, 돈만 싹 돌라 먹고 이혼을 안 했대. 니 엄마보고 다시는 연락하지 말라고 했대. 안 그러면 간통죄로 쳐 넣는다고."

"그래서 농약을 드신 거다. 이거예요?"

"그려. 경찰서 앞에서 유서 쓰고 농약 마신 거를 경찰이 경찰차에 태우고 응급실로 와서 그나마 살아 있는 거여."

최종수는 분노가 치밀어 오른다. 자식을 찾으러 온 것도 아니고, 어머니는 여전히 그 세계에서, 자신만의 세계에 있었던 것이다. 최종수란 존재는 어머니에게는 없는 것이나 다름없었던 것이다. 그러니까, 최종수는 이곳에 올 필요조차 없는 것이었다. 필리핀에서 차라리 계속 있어야 했다. 최종수의 코에서 갑자기 피가 흐른다. 화가 역류한 것인지 피가 멈추지 않는다. 화장지로 코를 아무리 틀어막아도 코피가 멈추지 않는다. 최종수는 화장지를 한 움큼 뜯어 코를 막고 밖으로 나온다. 박기태가 차 안에서 최종수를 기다리다가 놀래서 물어본다.

"뭐야? 싸운 거야?"

"아니. 피곤한지 코피가 나네."

"어머니 상태는?"

"별일 아냐. 상태 좋던데. 올 필요도 없었지. 가자."

"그런데 왜 이렇게 빨리 왔어? 좀 더 있지. 오랜만에 어머니 본 거 아냐?"

"…"

박기태는 말이 없는 최종수의 모습에 더 이상 질문하지 않는다.

차가 고속도로에 들어가서야 최종수가 말을 한다.

"저기 휴게소 우동이 맛있는데, 저기 가서 우동 먹고 갈래?"

"우동? 한국에 와서 휴게소 우동이 제일 먹고 싶어?"

"저기 휴게소 우동 유명해."

박기태가 휴게소 앞에 차를 세우자, 둘은 우동을 시켜 먹는다.

"기태. 너는 여기서 아직 형사 생활 하냐?"

"배운 게 이거라."

"이라크 파병 갔다 왔다고 누가 좀 알아 주냐?"

"파병 갔다 온 놈이 나밖에 없어서 다들 대화가 안 돼. 후세인 봤냐고 물어보는 놈들도 있고."

"후세인? 그래도 넌 일이 있어서 좋겠다."

"좋긴. 한국에 마약 하는 놈들 잡으러 다니는데, 별일이 다 있어. 다 처넣어야지."

"요즘 한국에도 마약이 많은 가봐? 뭐 크런치 이런 것도 나돌아?"

"하도 마약 종류가 많아서 탐지 장비가 못 따라가. 자고 나면 수십 종이 늘어버리니 이게 마약을 처먹은 건지. 아니면 과자를 처먹은 건지 알 수가 없어. 그 있잖아. 바퀴벌레 한 마리가 보이면…."

"천 마리가 숨어 있다고?"

"그래. 어딘가에 숨어서 마약 하는 놈들 많을 거야."

"필리핀에서 온 건 아니지?"

최종수의 말에 박기태는 크게 웃는다.

"만약 그런 거면 다시 그 새끼들 잡으러 가야지."

"나 잡으려는 건 아니지?"

"그거 6개월 지나야 흔적이 없어진다. 크크크. 어디 가서 걸리지 마라."

최종수는 군에서 전역 후, 기업에 입사하기 위해 여기 저기 서류를 넣었다. 국가에서는 군인들을 위한 혜택을 발표했지만, 한편으로는 그것은 또 다른 불평등을 낳는다는 반대에 부딪히며 최종수는 서류심사에서조차 모조리 탈락했다. 그런 최종수에게 낯선 전화번호로 전화가 걸려 온다.

"네. 누구? 아. 네. 그래요?"

같은 학사 장교 동기라는데 도저히 이름이 기억이 나질 않는다. 보험 하나 가입하라는데 최종수는 이 친구를 만나서 취직 부탁할 생각을 해본다.

"그러니까, 이 일이 하고 싶다 이거야?"

"그렇지."

"그런데 요즘 보험 영업도 아무나 안 돼. 따야 할 자격증도 엄청 많고, 공부도 많이 해야 하고, 특히 미국에서는 이게 유망 직종이라 좀 들어가기 힘들지."

최종수는 이 친구의 말에서 '아무나'라는 단어가 귀에 거슬린다. 최종수는 '아무나' 그룹에 속하는 것이다. 동기라는 녀석의 탐탁치 않은 시선을 느끼고 있을 때, 전화가 온다.

"네. 네? 네. 알겠습니다."

최종수가 그 친구에게 말을 한다.

"나 바쁜 일이 있어서 먼저 가봐야겠다."

"뭐? 일 없잖아?"

"방금 한국전자에 취직했거든."

기대하지도 않았던 한국전자에서 연락이 왔다. 최종수가 어떻게 서류심사와 적성검사를 통과했는지는 최종수 자신도 의문이지만, 어쨌든 최종수에게도 이제 희망이 보이기 시작했다.

한국전자에 신입 사원으로 입사한 최종수는 지금 이 현실이 믿기지 않는다. 얼마 전까지만 해도 지방 국립대를 나와 강원도에서 군 생활한 것도 모자라, 이라크 파병이라고 속아서 필리핀까지 갔다 온 최종수가 글로벌 기업인 한국전자에 입사해 있는 것이다. 최종수가 한국전자에 입사한 것은 기적에 가까웠다. 학벌이나 어학 실력으로 봐서는 서류 통과도 힘들었을 것 같은 최종수가 적성검사를 통과하고 최종 면접까지 극복해 낸 것이다. 최종수는 명함을 꺼내서 몇 번이고 다시 본다. 이제 최종수는 시골에서 길고양이를 잡던 과거도, 군바리라 불리던 과거도 모두 잊어버리고 싶다. 구내식당에서 식사를 하던 중에 앞에 있던 조기호 과장이 최종수에게 질문한다.

"어. 최종수 좋은 시계 찼네. 어디 한번 구경해 보자. 태그 호이어 같은데?"

최종수가 시계를 벗어주자, 조기호 과장이 말한다.

"태그 호이어가 아니고, 시티즌이네."

"네. 과장님. 이거는 태양열로 가는 건데 거의 반영구적이에요."

최종수는 시티즌을 한참 자랑한다. 동료들의 쓴웃음이 보이자 최종수는 주변 동료들의 시계를 살펴본다.

'태그 호이어, 오메가, 까르띠에?'

최종수는 창피해 해야 할 일인 것 같은데, 언뜻 그 시계들의 가격이 얼마인지 떠오르지 않는다.

'도대체 얼마이길래 저러는 거지.'

"종수. 차는 뭐 타고 다녀?"

"아, 누비라요."

"누비라? 어디 거야? 그거?"

"대우 거요."

"대우? 학교는?"

"지방대요."

"MBA는?"

"NBA요?"

"아니다."

최종수는 식사 후에 자리로 돌아와서 검색을 하기 시작한다.

'최소 오백만 원에서 천만 원 사이?'

최종수의 시계는 할인해서 23만 원을 주고 샀다. 그동안 없었던 시계이건만, 한국전자 입사 기념으로 콩코드 백화점에서 몇 번을 망설이고 산 시계이다. NBA를 검색하니 연관검색어로 MBA가 뜬다. 경영전문대학원을 물어본 건데, 최종수는 미국 프로농구로 대답한 것이다. 최종수는 느끼고 있었다. 식당에서 조기호 과장이 했던 말들은 최종수를 조롱했던 말들이다. 최종수는 한국전자에 다니면서 전에는 느끼지 못했던 미묘한 감정들을 느끼게 되었다. 최종수는 복도를 걸을 때마다, 사람들을 마주칠 때마다, 자신을 바라보는 눈빛이 무서웠다. 그리고 그 눈들을 볼 때마다 초라해지는 최종수의 모습을 느꼈다.

"최종수? 미팅해야지?"

최종수는 정신이 든다. 오늘은 대행사와 미팅이 있는 날이다. 그러니까, 최종수가 기획을 하고 계획을 하면 대신 일을 해주는 회사이다. 이 세계에서 최종수는 갑이고, 그들은 을이다.

최종수는 자신감을 스스로 다짐한다. 회의는 순조롭게 잘 진행된다. 최종수는 절대적으로 유리한 계급에 있기 때문이다. 최종수는 자신감에 스스로가 대견하다. 신입사원임에도 불구하고 훌륭하게 일을 잘 마무리하고 있기 때문이다.

"최종수 사원님은 정말 똑똑하시네요. 요즘에 한국전자에 입사하기 힘들잖아요. 스펙도 다들 좋으시고, 그런데 이번에 새로 입사하셨다니 정말 대단하시네요."

최종수는 스스로가 지방대를 졸업하고 얼마 전까지 군바리였다고 말하지 않는다. 그들이 물어보지 않았기 때문이다.

"최종수 사원님은 토익도 만점이실 거 아니예요. 명문대에 집안도 좋으시고."

대행사의 담당 과장이 부러운 눈길로 최종수를 바라본다. 최종수는 부러움을 받는다는 이 기분이 좋다. 처음 느껴보는 이 기분은 뇌에서 소용돌이친다.

최종수는 선후배들에게 소개팅을 주선 받는다. 내세울게 없던 최종수는 몇 번을 거절하지만, 여러 번의 소개팅 주선으로 어쩔 수 없이 소개팅에 나간다. 최종수는 식사 정도 하고 자리를 뜨려고 했지만, 여자 쪽에서 적극적이다. 여자는 세련되고 늘씬하다. 세련된 느낌만으로도 충분히 매력적이다. 향기에서 느껴지는 오묘함과 달라붙은 니트에서 느껴지는 몸매, 그리고 뾰족한 구두까지. 이 여자는 서울 여자다. 정말 도시 여자.

최종수는 대학교를 다니면서도, 군대에서 있으면서도 단 한 번도 이렇게 세련된 여자를 만난 적이 없다. 대학교 때 좋아했던 동기가 있었지만, 그 동기는 능력 있는 의대생을 좋아했다. 결국 그 여자 동기가 의대생에게 거절당했어도, 최종수를 바라보지는 않았다. 이 순간 최종수는 그 여자 동기가 궁금했다. 소개팅을 나왔던 여자는 최종수에게 다시 만나자고 연락처를 건넨다. 최종수는 이 세련된 여자가 고맙다. 그러나 최종수는 이 세련된 여자에게 연락을 하지는 않을 것이다. 사귀다 보면 최종수에 대해서 알게 될 것이고, 근근이 살아가는 최종수의 참모습에 놀랄지도 모른다. 최종수의 생각이 여기에 다다랐을 때 쯤, 최종수는 갑자기 누비라 차를 몰고 고속도로로 달려간다. 지금 시간은 밤 10시다. 지금 광주에 내려가면 밤 12시 30분, 아니면 새벽 1시. 그래도 상관없다. 내일은 주말이다. 최종수는 달리는 차 안에서 전화를 한다.

"어. 나 최종순데, 혹시 김유미 전화번호 알고 있냐?"

"알고 있지. 그런데 왜?"

"아니 그냥. 뭐 궁금해서."

"넌 김유미 물어볼 때만 전화하더라."

"미안하다. 내가 운전 중인데 문자로 보내줘."

최종수는 김유미에게 전화를 한다.

"유미야. 나 종순데 혹시 시간 되니? 내가 지금 광주로 가고 있거든."

"응. 그래. 시간 되는데. 그나저나 너 한국전자에 취직했다며?"

"아. 어쩌다보니. 그렇게 됐어."

최종수는 광주로 달리는 시간이 너무 즐겁다. 한국전자에 들어갔다는 이유만으로 김유미가 최종수를 만나주는 것이다. 아니면 그동안 최종수가 보고 싶기라도 했단 말인가.

최종수는 다음날 아침 일찍 김유미를 만난다. 김유미는 여전히 예쁘지만, 최종수가 서울에서 만났던 여자들에 비하면 세련미가 한참 떨어진다. 대학교 때는 그렇게 예뻐 보이던 김유미

가 이제 아니다. 최종수는 충분히 더 세련된 여자를 만날 수 있
다. 최종수는 생각한다. 이제 그 옛날의 최종수가 아니다. 그래
도 최종수는 김유미와 함께 영화를 본다. 레스토랑에서 와인도
마신다. 이 순간을 즐긴다.

갑자기 김유미가 말한다.

"종수야. 너 내가 어디 취직한 줄 아니?"

"아니. 몰라."

"그런데 왜 안 물어봐?"

"그건 중요한 게 아니니까."

"그럼 넌 뭐가 중요한데?"

"그냥. 너랑 여기에 있다는 거."

"사실 나 공기업 다녀."

"그럼 엄청 좋은 거 아냐? 공기업은 들어가기 힘들잖아. 토
익도 만점 맞아야 하고."

"그렇지."

"축하한다. 엄청 잘됐네. 축하해."

"그런데. 계약직이야."

김유미가 울기 시작한다. 대학교 퀸이었던 그녀가 울고 있다.
쳐다보지도 못하게 도도하게 굴던 김유미가 울기 시작하자, 최
종수는 묘한 자신감을 느낀다. 그것은 희열도 아니고 동정심도
아니고, 뇌에서 뭔가 솟구치는 그런 느낌이다. 최종수는 울고
있는 김유미를 향해 키스를 한다. 격정적인 키스와 애무에도 김
유미는 거부하지 않는다. 김유미는 대학교 내내 교육 공무원을

준비했다. 그리고 졸업하고서도 교육 공무원을 준비했다. 군대에 가는 최종수를 경멸했다. 최종수는 그런 그녀가 싫으면서도 가져보고 싶었다. 그런데 이제 김유미가 한없이 약해져서 최종수에게 안겨 있다는 사실이 쾌락을 느끼게 한다. 최종수는 김유미에게 모텔로 가자고 말한다. 김유미는 거부하지 않고 순순히 따라온다. 김유미가 말한다.

"오늘 나랑 자면 연락 끊을 거 같아."

"아니야. 연락 안 끊어."

"그럼 이제 우리 사귀는 뭐 그런 거야?"

"그렇지."

최종수는 부담이 간다.

왜일까? 계약직이라고 했기 때문일까? 최종수는 김유미와 한참을 뒹굴고 나서야 생각에 잠긴다. 최종수는 이제 그 지긋지긋한 삶에서 벗어나고 싶다. 더 이상은 그렇게 살고 싶지 않은 것이다. 그래서 계약직은 안 된다고 결론을 내린다. 그리고 벌레같이 최종수를 바라보던 과거의 김유미의 눈빛을 상기한다. 그때 벌레는 지금도 벌레다. 다만, 김유미가 더 벌레가 되었을 뿐이다. 나비가 못 된 누에고치. 김유미.

최종수는 다음날, 서둘러 서울로 올라온다.

서울로 돌아오는 길에 소개팅을 했던 여자에게 문자가 온다. 최종수는 일종의 카타르시스를 느낀다. 계급에 철저한 희생양이었던 최종수가 이제는 계급 때문에 웃고 있다. 최종수는 이곳을 떠나고 싶지 않다. 이 행복을 계속 느껴보고 싶다. 최종수는 다짐한다. 그리곤 밤낮으로 일하기로 결심한다. 언젠가는 더 높은 곳에서 더 좋은 것을 누릴 수 있다는 생각이 들기 때문이다. 이제 다신 내려가고 싶진 않다. 이곳은 최종수가 있어야 할 곳이며, 최종수의 왕국이기 때문이다. 최종수는 스트레스를 받지만, 그 스트레스를 이겨내고 있다.

최종수는 토요일인 내일도 출근해야 한다. 하지만 다행히 오후 1시부터 나와서 일하면 된다. 일요일도 오후에 나와도 된다. 그러니까 지금부터 내일 오전까지 최종수는 시간이 비어 있다. 오늘 새벽에 잔다고 해도 내일 오전 내내 잘 수 있다는 생각에 최종수는 행복감을 느낀다. 최종수는 걸어가는 길에 강남역 일대에 떨어져 있는 찌라시들을 본다. 형형색색의 찌라시들이 레드카펫처럼 깔려 있다.

'오피스텔 걸'이란 문구가 자극적이다. 최종수는 주변을 살핀다. 그리고 찌라시를 들고는 주머니에 넣는다. 최종수는 건물 주변 구석으로 가서 전화를 한다.

"네. 사장님. 예약하시게요?"

"네. 제가 처음인데, 어떻게 하는 거예요?"

"일단 몇 시간 타임을 원하세요? 1시간 타임이 있고, 2시간 타임이 있어요."

"네. 2시간이요."

"10시 30분까지 일광 빌딩 1층에 와서 전화하세요."

최종수는 2시간 정도 마사지 받으면 될 거라고 생각한다. 약간의 퇴폐적인 마사지인가? 최종수는 일광 빌딩 앞에 도착해서 전화를 한다.

"네. 사장님. 17층으로 올라와서 전화하세요."

"최종수는 17층으로 올라가서 전화한다."

비상 계단 문이 열리고, 한 사내가 손짓을 한다.

최종수가 들어가자, 사내는 재빨리 비상구 문을 닫는다.

"사장님. 17만 원입니다요. 그런데 진짜 와꾸 죽이는 애들 있는데 갸들은 플라스 3만 원 더 주셔야 하고요. 보통으로 할까요? A급으로 할까요?"

"A급으로요."

최종수는 돈을 건넨다.

"1706호로 가세요."

최종수는 다시 엘리베이터를 타고 1706로 간다.

최종수가 초인종을 누르자, 문이 열린다. 언뜻 보기에는 일반 대학생이나 직장인처럼 보이는 여자가 반갑게 맞이한다. 최종수는 쭈뼛쭈뼛거린다.

"오빠. 여기 처음이구나? 거기 소파에 앉아요. 커피? 녹차? 쥬스?"

"커피."

여자는 일회용 믹스커피를 종이컵에 타준다.

그리곤 다리를 꼬고 옆에 앉아서 몸을 밀착한다.

"오빠는 여기 근처에서 일해? 아니면 집이 근처야?"

"이 근처에서 일해."

"그럼 좋은 데서 일하겠네. 회사원?"

"그렇지."

"돈도 많이 벌겠네."

"뭐 그 정도는 아니고."

여자는 이 근처에서 회사를 다니는 남자가 좋은 모양이다.

여자는 최종수에게 샤워를 하라고 한다. 최종수가 샤워를 하고 나오자, 방에 불이 꺼져 있다.

조그마한 오피스텔에 스탠드만 켜지니 더 야늑하다.

"오빠. 거기에 누워."

최종수는 침대도 아닌 병원에서 물리치료를 받을 때 쓰는 간이용 침대에 눕는다.

"아니. 오빠 머리를 바닥으로 하고 누으라고."

최종수는 머리를 침대 쪽으로 향하고 눕는다. 침대는 눕기 좋게 얼굴이 바닥으로 향하게끔 구멍이 나 있다. 최종수는 바닥을 향한 채 누워있다. 여자가 최종수의 엉덩이에 올라타서 어깨 마사지를 시작한다. 여자의 얇은 팬티와 최종수의 엉덩이가 밀착되는 느낌에 최종수는 엉덩이 살에 얇은 떨림이 일어난다. 흡사 주사를 맞기 전에 간호사가 엉덩이를 손으로 때릴 때의 싸한 느낌이 온다. 여자는 최종수의 온몸을 마사지한다. 오일을 발라 부드럽게 문지른다. 엉덩이 골 사이로 손을 넣는다. 10분여간을 그렇게 마사지 하더니, 이제는 성기와 고환을 마사지하기 시작한다. 최종수는 그대로 얼어붙는다.

여자의 살결이 최종수의 살에 부딪히며 강한 카타르시스를 불러온다. 최종수의 핏줄이 솟아오른다. 온몸의 핏줄이 솟아오르며, 뜨거움이 용솟음친다. 몸에서 땀이 나기 시작한다. 최종수는 손을 움직일지 말지 고민한다. 이대로 일어나서 여자를 안아야 할지 말지 고민한다. 그렇게 1시간 30분쯤 아슬아슬한 마사지가 지나가고 이젠 전립선을 눌러 준다며 성기 주변을 누르며 키스를 하기 시작한다. 최종수의 아래에 힘이 들어간다. 발가벗고 누워 있는 최종수의 몸에서 한 곳만 유난히 크게 올라와 있다. 최종수는 얼굴이 빨개지지만, 여자는 아랑곳하지 않는다. 그리곤 최종수의 성기를 살며시 잡고 아래 위로 만지기 시작한다. 최종수는 반쯤 일어나 여자의 목을 잡고 키스를 한다. 달콤한 립스틱 맛이다.

"오빠. 괜찮았지?"

여자는 이것을 건마라고 불렀다. 건전한 마사지의 줄임말이라고 한다.

"오빠. 러브 러브 한 거 아니니까 건마예요. 건마. 퇴폐는 아니지."

최종수는 퇴폐가 궁금해진다. 그런데 여자가 최종수의 생각을 읽었는지 바로 이어 말한다.

"퇴폐는 한 번 싸면 바로 끝이잖아. 그냥 들어오자마자 서로 알지도 못하는 상태에서 바로. 그건 좀 아니잖아? 그래서 나는 거기는 좀 그렇더라. 그래서 아무 일 없는 여기가 좋은 거 같아. 피로를 풀어주고, 이야기도 해주고. 필요하면 스폰도 받고…"

최종수는 스폰이 무엇을 의미하는지 감이 오지 않는다.

"스폰이 뭔데?"

"돈 얼마씩 주고 애인 해주는 거. 월에 300만 원부터 가능해. 왜? 해보고 싶어? 내 친구들 중에는 그거 받아서 결혼한 애도 있어. 완전 호구 잡아서."

"호구?"

"내가 말이 좀 심했나?"

"아니야. 다 쓰는 말인데. 뭘 그냥 궁금해서."

"여기 나가면 강남 오피 근처에서 노트북이나 뭐 선물 사들고 얼쩡대는 아저씨들 다 스폰이야. 스폰."

"근데 왜 스폰이라고 불러? 약간 성매매? 뭐 이런 거잖아. 그거는. 스폰은 기업이 스폰해준다든지 하는 말이고."

"오빠. 진짜 순진하다. 여자들은 다 알면서 직접적으로 절대 표현 안 해. 스폰이라고 해도 그게 섹스한다고 절대 이야기 안 해. 그냥 말동무 해주고, 밥 먹고, 영화 보고 그게 다라고 이야기하지."

"그런 경우도 있어?"

"남자들이 호구야? 당연히 없지. 남자들이 돈 낼 때는 다 이유가 있는 거지. 요즘 15만 원만 주면 어디서든 한 번 하는데, 몇 백 주고 왜 커피를 마셔? 더한 것도 시키지."

"더한 거?"

"그 변태 같은 것들 있잖아. 지들이 꽂히는 자세나 행위들."

"그럼 여자들도 스폰 안 받고 그냥 일하면 되잖아?"

"마사지 할라고 해봐. 손목 아프지. 힘들지. 이게 보통 일이 아니야. 쉽게 버는 거 같아도. 게다가 여기에 별 그지 같은 놈들다 오는데. 술 처먹고 와서 그거 할라고 덤비는 놈들부터. 차라리 괜찮은 스폰 하나 관리하는 게 백 번 낫지."

"그런데 얼굴도 예쁘니까 다른 일도 많잖아?"

"다른 일 많기야 하지. 근데 그거 해서 어느 세월에 돈 모아. 난 이거 세 달 바짝 뛰고, 성형할거야."

"성형?"

"어. 코랑 가슴이랑."

최종수는 여자의 말에 공감하지 못한다. 예뻐서 여기에 취직한 애들이 더 예뻐지면 여기를 벗어날까? 아니면 그 스폰을 받을까? 어쩌면 지금 이 오피스텔에서 일하는 사람들이나, 과거의 최종수 어머니가 돈 벌겠다고 최종수를 버리고 서울로 간 것이나 매한가지라는 생각이 들었다. 돈. 그 놈의 돈. 인생도 바꿔사가는 그 놈의 돈.

최종수는 옷을 챙겨 입는다. 일을 마친 후의 여느 남자들과 같이 얼른 이곳을 빠져 나가고 싶다.

"오빠. 다음에 올 때는 소희를 찾아. 꼭 예약하고. 잘 가."

최종수가 엘리베이터를 타려는 순간, 한 남자가 두리번거리며 호실을 찾는다. 분명 1706호로 가는 것이려니 하고 있는데, 1701호로 간다. 그리곤 초인종을 누르고 주변을 두리번거린다.

'도대체 몇 명이나 있는 거야?'

최종수는 다음 여자가 궁금하다. 새로운 여자를 만나는 느낌이 설레고 기분이 좋다. 그리고 왠지 모를 후련함이 있다. 그 방을 나오면 아무런 관계도 아니기 때문이다. 매번 다양한 여자를 만나고, 그 여자들은 그 시간만큼은 성심성의껏 최종수에게 잘해준다. 연락해야 할 의무도 없고, 가방을 선물하거나 데이트를 할 필요도 없다. 돈을 주는 만큼만 필요하고 그만큼 해주는 이곳이 최종수는 차라리 편하다. 누구도 최종수의 삶이나 인생에 대해서 물어 보지 않는 이곳이 좋다. 최종수는 생각한다.

'섹스가 필요한 것일까? 손길이 필요한 것일까? 아니면 둘 다일까?'

최종수는 조기호 과장이 퇴근 후 한 잔 하자는 말에 마음이 답답하다. 오늘은 오피스 걸 소희와 약속을 한 날이기 때문이다. 그렇지만 같은 팀의 직속 선배 말을 거스를 순 없다. 옆에 있던 변주섭 과장이 같이 가자고 한다. 최종수는 거절할 수 없어 소희와의 약속을 취소한다. 조기호 과장은 좋은 데를 소개시켜 주겠다며 잘 아는 근처 바에 들어간다.

조기호 과장이 말한다.

"종수야, 웬만하면 너도 이제 시계 좀 바꿔라."

"그래, 이번에 종수 너도 보너스 많이 나왔지?"

최종수는 시계 이야기가 창피하다.

"종수 너가 어디 학교 나왔다고 했지?"

"네. 지방대 나왔습니다."

"그래? 그럼 여기서 끝까지 버티진 않겠네?"

최종수는 할 말이 없다. 이 끊임없이 반복되는 계급사회가 이력이 난다. 어릴 때는 고아라는 계급 때문에, 대학에 가서는 지방대라는 계급 때문에, 사회에서는 군바리라는 계급 때문에, 이제는 시계에 대학 출신까지. 무시하든지 무시당하든지 해야 한다. 그렇지 않으면 정상적으로 버틸 수 없는 사회다. 최종수는 어떻게든 이곳을 벗어나고 싶다. 신분상승을 하고 싶다. 다른 사람들이 말하는 스펙을 가지고 싶다. 주머니 속에 휴대폰이 울린다. 이모 번호다. 최종수는 자리를 피해 전화를 받는다.

"종수야. 니 엄마가 병원에서 퇴원하고, 이모 집에 있었는데 이모부 눈치 때문에 집을 얻어서 나가야 할 거 같은데, 돈 좀 빌릴 수 있니?"

"얼마나 필요한데요?"

"3천만 원은 가져야 할 거 같은데…, 살림살이며 아무것도 없고, 생활비도 있어야 할 것이고, 집도 얻어야 할 것이고…"

"네, 마련해 볼게요."

최종수는 지금 어머니 이야기를 하고 싶지 않다. 이모 말도 듣고 싶지 않다. 최종수는 다른 세계에 살고 있는데 자꾸만 그들은 시궁창으로 자신을 몰아넣는 것 같아 불쾌감이 든다. 스멀스멀 올라오는 하수도의 냄새처럼 막아버릴 수는 없고, 냄새는 올라오고. 그 하수도 속의 시커먼 더러움을 보기 싫은 최종수다. 최종수는 머릿속에 계산을 해본다. 가진 돈이 천만 원뿐이다. 그런데 조금 있으면 지금 전셋집도 나가야 한다. 집주인이 전셋값을 2천만 원이나 올렸기 때문이다. 최종수는 한숨을 쉰다. 결국 대출밖에는 답이 없다.

'이번이 마지막이다. 이걸로 엮인 인생을 끊어내자.'

소희는 방금 받은 문자 때문에 짜증이 난다. 예약까지 다 하고선 취소해 버리는 이런 인간들 때문에 손해가 막심하다. 중간에 한 명이 약속을 취소하면 스케줄이 다 틀어지기 때문이다. 요새 몇 번 잘해줬더니 본인을 애인처럼 대하는 최종수라는 인간이 진절머리 난다.

더러운 입으로 키스를 하는 것 하며, 돈도 없어 보이는 게 팁도 없고 딱 그만큼만 주는 것이 더 이상 잘해줄 가치를 못 찾겠다고 생각한다. 호구 같아서 혹시나 스폰이나 한두 달 받고 정리하려고 했더니 스폰은 어림없을 것 같기 때문이다. 시계도 그렇고, 옷도 그렇고, 돈 냄새가 나지 않는다. 소희는 화를 억누르며 PC 모니터를 켠다. 어차피 2시간은 시간이 비어서 때워야 하기 때문이다. 소희는 페이스북에 접속한다. 친구들이 업데이트한 사진들을 바라본다. 다들 해외에서 비키니 입고 명품들을 걸치고 사진을 찍어서 올린 사진들뿐이다. 그때, 같은 일을 하는 친한 언니가 두바이에서 찍은 사진을 발견하곤, 유심히 살피기 시작한다. 정말 두바이가 맞다. 그리고 손목에 살짝 걸쳐진 시계는 롤렉스 같다. '티파니앤코'에서 목걸이를 샀다고 사진을 올려놓았는데, 실제로 눈에 띄는 건 롤렉스 시계다. 어깨에 걸친 가방 끈은 루이비통이다. 분명히 얼마 전까지만 해도 돈 없다고 징징댔는데 언제 저걸 사서 이렇게 올려놓았는지 의구심이 든다. 스폰이 생겼나? 분명 그 외모에 스폰은 없을 것인데. 아니지. 애교가 많아서 호구가 걸렸나? 소희는 점점 이유 없이 짜증이 올라오기 시작한다.

그때, 문자가 온다. 사장이 예약을 추가로 잡아줬다. 밤 12시부터 새벽 2시까지 하면 안 되냐고 사장이 물어본다. 페이스북 때문에 짜증이 나지만, 그래도 예약을 받아서 다행이라고 생각한다. 소희는 괜찮다고 문자를 보낸다. '지명'이라는 말에 더신이 난다. 지명이라면 단골이 된 사람일 확률이 높기 때문이다. 돈 냄새가 좀 났던 단골이면 좋을 거 같은데, 소희는 기대를 해본다. 어차피 알아두면 손해볼 거 같지는 않다. 어차피 소희는 올해까지만 일하고 다시 대학교에 복학해서 마지막 학기를 다녀야 하기 때문에 얼굴이 많이 알려질 것 같지도 않다. 등록금은 이미 벌어 놓아서 크게 문제는 되지 않는다. 성형만 얼른 했으면 좋을 거 같다는 기대감에 부푼다.

최종수는 대출 승인이 나고 통장에 입금이 되자, 얼른 근처 은행으로 가서 계좌이체를 한다. 이제 이 돈이면 당분간 어머니나 이모 전화는 받지 않아도 될 터이다.
최종수가 은행 문을 나올 무렵, 조기호 과장에게 전화가 온다.
"종수야. 오늘 밤에 약속 있냐?"
"아니요. 별 일 없는데요."
"그러면 좋은데 갈래? 나이트클럽."
"나이트클럽이요?"
"어. 어쩌다가 그렇게 됐어. 고속터미널 쪽에 '럭셔리'라고 있어."

"네. 알겠습니다."

최종수는 필리핀에서처럼 일이 아닌, 한국 나이트클럽을 가본 적이 없어 마음이 떨려온다.

"몇 분이세요? 3명요? 아는 웨이터 있어요?"

"왕서방이요."

조기호 과장이 왕서방을 말하자, 거짓말처럼 왕서방이 나타난다.

"오랜만에 뵙습니다 형님. 왕서방. 7번 방으로 모실게요."

나이트클럽 내부는 열기로 그득하다. 20대 후반부터 40대 초반이 대부분이다. 그러니까 이곳은 30대를 위한 나이트클럽이다. 나이트클럽은 이미 사람들로 발 디딜 틈도 없이 열광의 도가니다.

"야, 봐라. 여기 물 엄청 좋지? 여기가 요즘 물이 엄청 좋아."

조기호 과장 말이 맞다. 세상에 예쁘고 몸매 좋은 여자들은 나이트클럽에 다 모인 모양이다.

자리에 앉자마자, 왕서방이 두 명의 여성을 데리고 온다.

"자, 형님들을 위한 최고의 미녀들을 스카웃해왔습니다."

"오. 반가워요."

조기호 과장은 반갑게 맞이하며 술을 따르기 시작한다. 그리고 바로 잔을 부딪히며 원샷을 외친다.

"여기 세 명, 마음에 들어요? 한 명도 더 데려오세요?"

"글쎄. 내가 마음에 들면 뭐해. 내 친구가 마음에 들어 해야 지."

"그러니까 이제 친구 빨리 오라고 해요. 그럼 삼대 삼으로 맞 겠네."

엉거주춤해 있는 최종수 옆으로 미현이라는 여자가 나간다. 옆에 앉아 있던 여자가 말한다.

"미현이 너. 빨리 와야 해. 나 혼자 두면 안 된다."

변주섭 과장이 최종수에게 말한다.

"여기 괜찮지? 너 처음 와봐?. 여긴 주민주 씨래. 인사해."

"안녕하세요? 최종수라고 합니다."

"주민주라고 해요. 전 78인데, 몇 년생?"

"아. 저는 79인데요."

"79나 78이나 그게 그거니까 말 놓으시죠."

"아. 네."

"말 놓으라니까, 또 '네' 하는 것 봐."

"일단 한 잔 해. 쭉 한 잔 하고. 시간 많으니까."

최종수는 주민주를 옆눈길로 살핀다. 조명이 어두워서인지 피부가 좋다. 좋은 향기가 주민주에게도 난다. 주민주가 입은 옷 사이로 가슴살이 슬며시 보인다. 주민주는 최종수의 눈길을 보고 미소를 짓는다. 문이 열리며, 미현이라는 여자가 한 여자 를 데리고 들어온다.

수줍은 듯 앉지 않으려는 여자는 마지못해 최종수의 옆자리 에 앉는다.

"오. 분위기 좋은데. 난 이미현이라고 하고, 여기는 현미래. 민주는 인사했을 거고."

"네. 최종수라고 합니다."

"저는 조기호."

"나는 변주섭."

현미래가 말한다.

"셋이 직장 동료? 아님 친구?"

"직장 동료예요."

변주섭이 말한다. 최종수는 이 세 명을 옆눈길로 찬찬히 살펴본다. 세 명 다 세련된 서울 여자처럼 얼굴이 하얗고 날씬한 몸매를 가지고 있다. 그놈의 서울 여자. 정신을 마비시키는 여자들.

"뭘 그렇게 뚫어져라 봐요? 미래가 좋은가 보네?"

이미현이 최종수를 바라보며 웃는다. 최종수는 딱히 현미래를 본 것은 아니지만, 부인하지 않는다. 현미래 역시 최종수가 싫지는 않은 모양이다.

갑자기 조기호 과장이 일어나 노래할 준비를 한다.

쿨의 '슬퍼지려 하기 전에'의 간주가 나오자 변주섭 과장이 중앙으로 나가며, 최종수를 잡아 끈다. 그리곤 여자들을 잡아당기기 시작한다. 이 노래는 마법의 힘이 있다. 누구든지 엉덩이를 흔들게 만드는 묘한 매력이 있는 노래이다. 최종수는 자신도 모르게 흥얼거리며 춤을 춘다. 현미래와 눈을 마주치며 춤을 추는 모습이 흡사 구애를 하는 뱀의 모습이다.

현미래가 최종수에게 가까이 다가와 귓속말을 한다. 현미래의 입김이 귀에 닿을 때마다, 최종수는 움찔 거린다.

"결혼 했어?"

"아니."

"나는 했는데…."

"…."

"유부녀라 별론가?"

"아니, 난 상관없어."

"그럼, 다행이고."

"회사는?"

"회사는 강남 근처"

"강남 근처 어디?"

"한국전자."

"좋은 데 다니네? 협력사야? 본사야?"

"어. 본사."

"나는 조그만 중소기업 다녀."

"어. 그래."

"연락처 좀."

최종수가 전화번호를 찍어 준다.

현미래는 최종수가 찍어 준 번호로 전화를 걸어본다. 테이블 위의 최종수 전화기가 반짝인다.

"어. 알았어. 재미있게 놀다가 연락해."

현미래가 나가자, 변주섭이 말한다.

"야. 종수야. 뭐하냐. 나가서 잡아야지."

최종수는 자리로 돌아가 앉는다. 딱히 잘못한 것도 없는데, 잘 되어 가는 것 같은데 왜 나가버렸는지 알 길이 없는 최종수다. 유부녀인 걸 괜찮다고 적극적으로 이야기했어야 하나.

변주섭과 조기호는 여전히 파트너를 껴안고 있다. 변주섭의 손이 여자의 등과 엉덩이를 더듬는다. 최종수는 전화기를 들어 현미래에게 문자를 보낸다.

'저 때문에 기분 나쁜 건 아니죠? 갑자기 나가서.'

'집에 가는 길이에요. 남편이 하도 승질 부려서. 내일이나 모레 오후에 연락해요.'

최종수는 떳떳하게 남편 이야길 하는 현미래에게 적잖이 당황한다.

음악이 멈추고, 주민주와 이미현이 나가야 한다고 말한다. 변주섭이 같이 나가서 술 한 잔 하자고 여자들을 설득한다. 주민주와 이미현은 서로의 눈치를 보다가 마지못해 수락한다.

변주섭과 조기호는 눈빛을 주고받는다. 웨이터에게 팁까지 두둑히 챙겨주고 일행은 근처의 선술집으로 향한다.

"아, 그런데 주섭 씨랑 기호 씨는 결혼 했나?"

"저희들은 결혼했고, 종수는 결혼 안 했고."

"우리는 전부다 결혼했는데. 미래가 가서 종수 씨는 심심하겠네? 미래를 뚫어지게 바라보더니."

"아, 아까 연락처 주고받아서요."

"그럼 다행이고. 미래 좋은 애니까 잘해 봐요. 어차피 이제

서로 좋으면 문제 되는 거 없잖아? 간통죄도 없어진다고 하고."

"그럼요, 간통죄가 폐지되어야 대한민국이 진정한 자유국가죠."

조기호 과장이 신나서 말을 한다. 변주섭 과장이 웃으면서 주문한다. 사케와 크림맥주를 시키고선 섞어 돌린다. 사케와 크림맥주의 폭탄은 몇 잔을 마시지 않아도 충분히 위력을 실감시킨다.

"그런데, 결혼하고 새벽까지 있으면 남편들이 뭐라고 안 해요?"

"당연히 뭐라고 하지. 친구들이랑 논다고 이야기하고 온 거예요. 그리고 한 달에 한 번 정도는 이렇게 놀아도 서로 눈감아주는 거지. 결혼하면 다 알게 돼. 호호호"

최종수는 언뜻 이해가 가지 않는다.

"나도 처음엔 좀 그랬는데, 아무튼 신세계가 열려. 결혼이랑은 또 달라요. 종수 씨. 눈을 떠야 해. 세상에 눈을 떠야겠는데. 종수 씨는 일만 하지? 그러다가 인생 후딱 가."

주민주는 마치 어른인 듯이 말한다. 최종수는 남편이 불쌍하다고 생각한다.

이미현이 취한 듯 변주섭 어깨에 기댄다. 주민주와 조기호는 서로 눈빛을 주고받는다.

"미현아. 여기서 이러면 안 돼. 좀 일어나봐."

"미현 씨가 많이 취한 거 같은데…."

"그럼 주섭 씨가 데리고 나가서 바래다주면 되겠네."

"아, 그럴까요?"

"민주 씨랑 나랑 택시 타고 가고. 아니, 대리 불러서 내가 민주 씨 바래다 줄 테니까, 주섭이 니가 미현 씨 모셔다 드려라."

"그럴까?"

변주섭이 이미현을 부축하고, 밖으로 나간다.

"종수야, 먼저 가라."

"아, 네."

최종수는 먼저 택시를 탄다. 택시 뒤로 쌍쌍이 어디론가 흩어지는 모습들이 보인다.

'뭐야, 좋은 시계를 안 차서 그런 건가?'

최종수는 시계를 힐끗거리는 눈빛들이 떠오른다.

제 6 화

호르몬제

서울의 새벽은 일찍 시작한다. 특히나 주말 저녁 광란의 밤이 지나간 월요일 새벽의 강남은 제일 먼저 쓰레기 수거 차량의 경광등 불빛부터 하루가 시작된다. 주황색 쓰레기 수거 차량이 멈춰서고 환경미화원 김 씨가 차량 뒤에서 매달려 있다가 뛰어내리며 쓰레기봉투를 손에 집는다. 그러다 찌릿한 느낌에 김 씨는 손가락을 바라본다. 손가락이 찔려서 피가 흐르고 있다. 쓰레기를 계속 만진 탓인지 피가 나는 주변 근처가 빠르게 붓는다. 세균이 감염된 듯하다. 김 씨 옆에 있던 박 씨가 운전석에 신호를 보낸다. 차가 멈춰서고, 김 씨는 목장갑을 벗어 손가락을 목에 두른 수건으로 지혈한다. 박 씨가 근처 편의점으로 소독약과 붕대를 사러 간다. 김 씨는 그제서야 쓰레기봉투를 바라본다. 쓰레기봉투에는 길고 가느다란 주사기들이 들어 있다. 김

씨는 주변을 둘러본다. 주변에는 오피스텔이 대부분이고 병원은 근처에 없다. 김 씨는 설마 하는 마음에 쓰레기 봉지를 열어본다.

"반장님. 신고가 하나 접수됐는데요."

"지금 바빠 죽겠는데, 나중에 이야기하자."

"강남 오피스텔 쓰레기봉투에서 필로폰 투약으로 의심되는 주사기들이 나왔다는데요."

"뭐? 강남 어디?"

"강남역 부근이라는데요."

"거기 지금 수사하는 곳이랑 위치가 같은데?"

"네. 그래서 제가 지금."

"그거 지금 어딨냐? 쓰레기봉투."

"국과수로 넘겼다는데요."

"국과수로 가자."

조진호 형사는 승용차를 급히 경찰서 앞에 댄다. 박기태 반장이 차에 타며 어디론가 전화를 한다.

"네. 교수님. 잘 지내셨죠? 제가 이번에 특별팀 반장으로 사건 하나 맡고 있는데, 오늘 쓰레기봉투에 있는 필로폰 주사가 국과수로 넘어갔다고 해서요. 아. 네, 알겠습니다. 그럼 제가 이번 주말에 찾아뵙도록 하겠습니다."

박기태 반장의 표정이 심상치 않다.

"반장님. 무슨 문제 있으세요?"

"몇 개는 필로폰이 맞는데 나머지 주사기는 필로폰이 아니라는데? 일반적인 엑스터시나 신종 마약도 아닌 거 같다고 하고. 검사 결과가 며칠 더 필요하다는데. 국과수는 주말에 가야겠다. 차 돌려."

"그럼, 정말 약인 건가? 당뇨나 뭐 이런 거에 쓰이는."

"아니. 그런 건 아닌 거 같고. 하여튼 간에 애들 좀 회의실로 모이라고 해봐."

"네. 알겠습니다."

회의실에 특별팀원들이 모여 있다. 박기태 반장이 입을 연다.

"여러분도 알다시피 오늘 강남역 오피스텔에서 주사바늘이 쓰레기봉투에서 발견되었는데 몇 개는 필로폰이 맞고, 몇 개는 뭔지 모른다는데, 신종 마약일 수도 있다. 그래서 오늘밤에 거기 작업 좀 해야겠는데, 김진수 형사가 브리핑을 해줄 것이다. 김 형사."

"오늘 작전은 새벽 1시에 명진 오피스텔 10층부터 14층을 덮치는 것입니다. 명진 오피스텔은 어차피 로비로 들어가는 1층과 지하 주차장을 막으면 나갈 구멍이 없습니다. 그래서 엘리베이터 4대를 12시 30분에 모두 정지시킬 겁니다. 그러니까 12시 30분까지 1조는 15층으로 가서 대기하고 있어야 하고, 2조는 로비, 3조는 주차장, 4조는 비상구, 5조는 9층으로 올라가고 12시 50분에 6조부터 10조까지가 10층부터 14층까지 뒤져야 합니다."

"아니, 주민들한테서 민원도 들어올 텐데, 그 많은 데를 다

뒤진다고?"

"그리고 갑자기 그 주사기 몇 개 발견됐다고 거기 쑤시면 위에서 안 좋아라 할 건데요?"

조진호 형사가 눈을 부릅뜨며 말한다.

"이 삐리들아. 원래 거긴 조지려고 했던 곳인데, 핑계가 없어서 못 조진거지. 그런데 오늘 하늘에서 구세주를 딱 내려 주셨어. 그게 바로 마약 주사기지. 그게 마약이든 아니든 상관없어. 마약이면 더 좋고. 아니면 아니어도 상관없고. 우린 거기만 조지면 돼."

박기태 반장이 귀찮다는 듯이 계속하라고 손을 돌리며 신호를 보낸다.

"그럼 계속하겠습니다. 정보원들이 이미 위치 파악했고요, 10층에는 5개 호실, 11층에 3개 호실, 12층에 6개 호실, 13층에 3개 호실, 14층에 5개 호실을 쓴다고 합니다. 각 조에서 그 호실은 강제로 문을 딸 거고요."

"우리 내부 쁘락지 새끼들이 사전에 정보를 불어 버릴 건데, 그건 어쩌고?"

"그래서 이 방에 있는 사람 말고는 이 작전을 모른다. 경찰서장님도 이 작전에 대해서 보고를 못 받으셨다. 그리고 경찰서나 지구대 지원도 없을 거고."

"나중에 문제 생기면 어쩌실라고요?"

그 때 김진수 형사가 일어나서 말한다.

"우린 경찰청장 직속이야. 직속. 다 깔아버리면 돼. 어차피 이번 달까지 답 못 찾으면 우린 해체야. 이제 답 까야지? 다시 니네들 경찰서로 돌아가서 평생 좆뱅이 칠래? 여기 있는 사람들, 전부 하자 있는 사람들이야. 이거 못 까면 다시 그 바닥으로 가야 해. 정신 차려."

회의실에 긴장감이 돈다. 누구도 김진수 형사의 말에 토를 달지 않는다. 박기태 반장이 먼저 회의실을 떠난다. 조진호 형사가 박기태 형사를 따라 밖으로 나온다.

"그런데 반장님. 무슨 근거로 거길 덮쳐요? 영장도 안 받았는데."

"야. 현행범한테 무슨 영장이 필요해? 현장에서 바로 잡아야지."

"현행범이요? 거기 떡치는 데 아네요? 떡 치는 놈들을 뭔 수로 잡아요? 문을 따는 거 자체가 영장이 있어야 하는데."

"그 시간에 거기서 떡 치는 놈이 문 열어 주기로 되어 있어."

"그게 누군데요?"

"나."

최종수는 오늘도 야근이다. 정확히는 최종수가 근무하는 팀 전체가 야근이다. 휴대폰 공룡 노키아가 쓰러지고, 애플이 세계 휴대폰 시장을 석권하고 있다. 게다가 중국 업체들의 반격도 심상치 않다. 노키아는 절대 강자였다. 유럽 전역에 연구소를 13개나 가지고, 세계에서 창출되는 수요는 규모의 경제를 통해 원가 절감을 이루었다. 한국의 기업들은 이런 노키아의 규모의 경제와 원가절감을 따라잡기 위해서 무던히도 노력했다. 그런데 어느 날, 애플이 스마트폰을 들고 나타났다. 당시에는 누구도 생각하기 힘든 '앱'이라는 것으로 순식간에 세계를 제패했다. 그런데 이 스마트폰이라는 것은 원가절감 방식을 통한 가격인하 정책을 쓰지 않았다. 오히려 소비자들에게 비싼 값을 받고 스마트폰을 팔았다. 그런데 이상하게 소비자들은 열광했다. 애플이 시장을 제패하는 것은 디자인이나 하드웨어가 아니다. 플랫폼이다. 그래서 애플은 플랫폼 사업자다. 중국 업체들은 저렴한 원가를 우위로 휴대폰 제조에 역량을 기울여 왔다. 그러니까 휴대폰 제조업자다. 한국전자를 비롯한 한국의 수많은 기업들은 제조업 중심으로 일본 기업들을 열심히 모방하고 따라 잡았다. 그런데 이제는 모방하고 따라잡을 대상이 없다. 일본의 소니와 같은 굴지의 기업들이 고전을 면치 못하고 있기 때문이다. 이제 한국의 기업들은 샌드위치다. 그런데 어느 것 하나 만만하지가 않다. 한국은 미국처럼 기초 과학이 강해서 플랫폼을 만들 수도 없고, 중국처럼 제조업에 집중하기도 쉽지 않다. 근본적인 원인을 치료할 수 없다는 것을 알면서도 다들 자기 자리에 남아서 뭔가를 만든다. 그것이 한국 대기업의 잘못된 문화다. 최종수는 이 마케팅 계획이 결국에는 한국 소비자들을 '봉'으로 만들 것이라는 것을 알고 있다. 그럼에도 먹고 살기 위해 열심히 일을 한다. 중국이라는 거대한 파도를 넘을 수 있을 것 같지는 않다. 그러기 위해서는 준비를 해야 한다. 그런데 누구도 중국의 파도 이야기는 하지 않는다. 오늘과 내일의 매출에만 목을 매고 있다.

왜냐하면 이 회사는 내 회사가 아니고, 그들의 회사이고, 어떻게든 여기서 버티면 위로 올라가서 월급은 받기 때문이다. 그래서 한국의 전자회사들은 당장의 한국 소비자들을 대상으로 장사를 한다. 오래 연구하고, 고민하는 것보다는 당장 뭔가 성과를 내야 자리 보존을 할 수 있기 때문인 탓이다. 최종수는 오늘도 야근을 하면서 메시지를 보낸다.

'오늘 밤 12시 예약돼?'

'콜.'

최종수는 그나마 위안이 된다. 밤 11시쯤이 되어서야 일이 끝난다. 최종수는 택시를 타고 소희가 있는 오피스텔로 향한다. 오피스텔 앞 스타벅스에 들어가 창밖을 바라보며 느긋하게 라떼를 마신다. 이 순간이 최종수에게는 가장 즐거운 시간이다. 마음의 여유를 가지고 생각을 할 수 있기 때문이다.

11시 50분이 되어서야 최종수는 오피스텔로 올라간다. 1407호 초인종을 누르자 소희가 문을 열고 최종수를 반갑게 맞이한다. 최종수는 이제야 피로가 풀리는 듯하다. 소희가 최종수의 등의 지압점들을 누르기 시작한다. 몸이 나른해진다. 소희가 발바닥 마사지를 시작한다. 발바닥 한가운데 지압점인 용천을 누르자 머리까지 시원하다. 한 시간쯤 지나자, 소희는 최종수의 몸을 앞으로 돌려 눕히고 올라타서 가슴을 문지르기 시작한다. 그때, 초인종이 울린다. 최종수는 놀라서 소희를 바라본다. 소희는 전화기를 집어 실장에게 전화를 건다.

"실장님. 혹시 이 시간에 예약 잡아 놓은 거 있어요? 아니면 다른 방 손님 이거나."

소희가 인터폰의 화면을 바라보지만, 화면에는 어깨 부분만 보이고 얼굴은 보이지 않는다. 소희는 대답을 해야 할지 말아야 할지 망설인다. 그 때, 문을 뜯는 듯한 쇳소리가 거칠게 들린다. 최종수는 일어나서 옷을 입는다. 등에 식은 땀이 흐른다. 소희는 실장에게 다시 전화를 건다.

"실장님. 누가 문을 강제로 열려고 해요."

소희는 갑자기 휴대폰을 창밖으로 던진다. 그리고 서랍을 열어 콘돔 한 웅큼도 창 밖으로 던지기 시작한다. 그제서야 최종수는 상황이 파악 된 듯하다. 그런데 이 오피스텔은 도저히 도망칠 곳이 없다. 소희가 말한다.

"오빠. 내 진짜 이름은 정미희. 부산에서 올라왔어. 우린 사귄지 3개월 됐고. 내 나이는 23살이고. 알았지? 절대 불지마. 증거 없으면 그냥 훈방이야. 겁먹지 말고."

그 때, 문이 벌컥 열린다.

"가만히 있어요. 막 움직이면 다칩니다. 가만히 있으세요."

좁은 오피스텔 안으로 서너 명의 건장한 남자들이 들어온다. 손에는 야구방망이부터 쇠파이프까지 들려 있다.

마지막에 한 남자가 들어오면서 말한다.

"수갑 채워."

최종수는 순순히 수갑을 찬다. 최종수는 오피스텔 밖으로 끌려 나간다. 여기저기서 오피스텔 문이 열리고 사람들이 수갑을 차고 끌려 나온다. 최종수는 한숨을 쉰다. 내일 회사를 못 나갈 생각을 하니 핑계 거리가 마땅치 않다. 구속이라도 되는 날엔 다시 나락인생이다.

1층에 다다르자, 봉고차와 SUV 여러 대가 차례대로 사람들을 태우고 어디론가 향한다. 최종수는 봉고차가 아닌 오피스텔 쪽으로 다시 들어간다. 엘리베이터를 타고 지하주차장으로 내려간다. 최종수는 뭔가 이상한 느낌이 들었지만, 그렇다고 따질 수도 없는 노릇이었다. 지하 3층 주차장 한 켠에 검정색 SUV가 눈에 들어온다. 문이 열리고 최종수가 타자, 조수석에 있던 남자가 고개를 돌리며 말한다.

"종수야. 여기서 뭐하나?"

"박기태? 니가 여기 왠일로?"

"나야 업무 중이고. 너는 오늘 일진이 안 좋아 보이는데."

박기태는 웃으며 최종수의 수갑을 풀어준다.

"해장국이라도 먹으면서 이야기 좀 할까?"

"조 형사는 먼저 서에 가서 김진수 형사한테 대신 조사 좀 하고 있으라고 해."

박기태는 최종수를 데리고 어디론가 향한다.

"기태, 니가 여길 어떻게?"

"그러니까, 나는 강남 일대 오피스텔 향정신성 마약류 단속을 담당하는 반장인데, 종수 너는 그거 할라고 온 거야? 우연히?"

"뭐. 그렇지."

최종수의 얼굴이 빨개진다.

"내가 매춘을 잡는 건 아니고, 마약 단속이니까 너무 쪽팔려 하지 마. 우리 필리핀 구멍동서잖아."

"마약 단속?"

"얼마 전부터 신종 마약이 돈다는 정보가 있어서."

"신종 마약이면 국내야? 아니면 밀수?"

"글쎄. 국내 같지는 않고, 제조 방법이나 유통 방법을 보면 해외 같은데."

박기태의 휴대폰이 울린다. 차 안에 연결되어 있는 블루투스로 전화 목소리가 차안에 울려 퍼진다.

"기태야. 니가 말한 그거. 쓰레기봉투 주사기."

"네. 교수님. 그거 주말에 결과 나온다고 하신…"

"그랬지. 신종 마약이면 주말에 결과가 나올 줄 알았지. 그런데 그게 마약이 아니고 호르몬제야. 성호르몬제."

최종수의 동공이 커진다. 박기태가 떨리는 목소리로 말한다.

"성호르몬제면 트랜스젠더 애들이 맞고 뭐 이런 거 아니예요?"

"그렇지. 그런데 성호르몬제인데 마약처럼 중독 성분이 있어. 그래서 계속 찾게 만들지. 트랜스젠더 애들하고 뽕쟁이들 둘 다."

"그럼 제가 내일 찾아뵙도록 하겠습니다."

"그래. 그런데 방금 전에 나랏일 한다고 어떤 사람이 찾아왔었다."

"누군데요?"

"명함에는 마닐라 선박회사로 되어 있는데, 막무가내로 들어왔어."

"마닐라 선박회사요?"

"국정원 애들 같은데, 해외부서 같더라고. 눈빛은 살벌한데, 엄청 미인이야."

"미인이요? 여자라구요?"

"그래, 명함에 문지연 과장이라고 써 있네."

"문지연? 혹시 외모가 어때요?"

"긴 생머리에 피부가 하얗고, 키는 167~8쯤 되려나? 눈 크고. 하여간 예뻐."

박기태는 차를 길가에 댄다. 박기태가 최종수에게 말한다.

"4조 조장 그 문지연?"

"그럼 이거 성호르몬제 필리핀에서 온 거야. 그래서 찾아온 거라고."

"그런데 왜 나한테는 연락이 없었지? 그리고 어떻게 알고 국과수에 내가 보낸 주사기 결과를 보여 달라고 한 거야?"

박기태의 휴대폰이 울린다.

"네. 청장님. 네? 알겠습니다."

"경찰청장이야?"

"지금 들어오라네."

"그래. 그럼 나는 가도 되는 거지? 박기태 반장님."

"아니. 못 가."

"설마 날 잡아 넣으려고?"

"너도 들어오래. 청장님이."

"나도?"

최종수는 박기태와 함께 서울 시내 한복판의 호텔 스위트룸에 앉아 있다. 그 앞에는 4조 조장 문지연이 앉아 있다. 문지연 옆으로 김승희 교수가 앉아 있다. 김승희 교수가 말문을 연다.

"오랜만이군요. 두 분 다."

"두 분께서 어떻게 여길?"

"어제 밤, 그러니까 오늘 새벽 박기태 반장이 급습한 오피스텔에서 아마 트랜스젠더 4명 정도가 있을 겁니다. 모두가 한국인들이고, 대부분 부산에서 올라온 사람들이에요. 부산에서 유통되고 있는 호르몬제에 중독된 사람들이지요. 그 호르몬제 덕분에 서울 오피스텔 업소에 취직을 할 수 있었던 것이고. 아마 그 오피스텔뿐만이 아니고, 이태원 쪽은 더 많을 것으로 보입니다."

"그 호르몬제 때문에 여기까지 오신 거예요? 지난 번 필리핀 사건에서 말씀하신 거랑 관련이 있다고 보시는 건가요?"

"고민석이 개발하고 있는 호르몬제는 아직 완벽하지 않아요. 그 호르몬제를 맞은 사람들의 일부에서 부작용이 일어나고 있습니다. 그 문제를 해결하기 전까지 회사 설립은 어려울 거예요. 그런데 필리핀은 마약부터 피임약, 불법 호르몬제가 판을 치고 있어서 어떤 원인으로 부작용이 일어나는지 알 방법이 없어요. 여러 가지가 너무 복합적이라고 할까?"

"그래서 한국으로 유통시키는 것이군요?"

"한국만이 아니고, 일본과 중국에도 유통이 되고 있을 겁니다. 다만, 그쪽 역시 한국보다는 약물중독이나 다른 원인들이 많고, 무엇보다 한국만큼 커넥션이 많지가 않아요. 그래서 장시간에 걸쳐 무엇인가를 하기에는 부적합하죠. 삼합회나 야쿠자들과의 거래도 석연찮을 것이고. 그런 의미에서 치안 유지가 잘 되어 있는 한국이 가장 안전하다고 생각했을 겁니다."

"저희 팀에서는 이태원과 강남 일대의 조직 세력들을 이미 파악해 놓고 있습니다. 다만, 그것이 어디서 흘러오는지를 알 수가 없어요. 도무지 입을 열지를 않으니."

"이것은 일반적인 마약 사건들과는 달라요. 마약 사범들은 대부분 중독이거나 돈 때문에 마약을 복용하지만, 이 호르몬제는 그 사람들에게는 자신을 찾아줄 유일한 방법이기 때문에 절대로 이야기하지 않을 겁니다. 게다가 이 호르몬제가 마약류도 아니고. 중독성이 증명되는데 한참이 걸릴 것입니다. 투약 방법도 알약 형태로 간단하고."

"아니, 그건 주사기로 주입하는 거라고 알고 있는데요."

"그건 중간에서 다른 애들이 장난질을 한 거겠죠. 호르몬제와 마약을 섞는다든지 하는 방식으로."

"하. 그럼 이게 주사로 맞는 게 아니란 거예요?"

"그 필리핀 사건이 주사 형태에서 알약 형태로 바꾸는 임상실험단계였어요. 그 전에는 주사로 주입했고. 그 이후부터는 알약 형태로 유통하고 있어요. 게다가 효과도 좋고. 다만, 특정 사람들에 대해서 부작용이 심하기 때문에 문제가 있다고 판단하는 것이고."

"그럼 만약 이 알약이 완성되면 좋은 것 아닌가요?"

"결론적으로야 좋을 수 있겠지. 하지만, 그 과정에서 수많은 사람들에게 임상실험을 하고 수많은 사람들이 죽어나갔으니 문제고."

그때 지금까지 입을 다물고 있던 문지연이 입을 연다.

"아직 이 사건의 본질을 모르고 있는 거 같군. 이 사건의 본질은 불법적으로 호르몬제를 개발하고 판매하는 것을 방지하려는 게 아니야. 고민석의 조직은 어딘가의 도움을 받거나 만약 도움을 받지 않았다면 자의적으로 신약개발의 임상실험으로 불법 조직을 운영하고 사람들을 상대로 실험하는 것이지. 그러니까, 만약 이 임상실험이 성공하면 고민석은 그 신약들의 연구자료 등을 다른 대기업에 몰래 팔거나 본인이 회사를 설립할 거야. 그리고 이 약뿐만이 아니고, 치매 관련 약들도 임상실험하려고 하는 것으로 알고 있어. 노인성 치매, 알츠하이머, 파킨슨병 등등."

"왜 하필 필리핀이죠?"

"물론, 인권이 약한 나라는 많이 있지. 아프리카도 있고, 남미도 있고. 그런데 아프리카는 수요가 없어. 설령 거기서 성공을 한다고 해도 거기에 있는 난민들을 실험실에 가둬서 먹이고 재우고 해야 한다는 말이야. 그리고 아프리카에서 누가 성호르몬제를 사가겠어? 그래서는 여러 가지 실제 호르몬제 유통과정

중 발생할 수 있는 변수를 테스트하기 어렵지. 아프리카는 침팬지와 같은 동물실험을 하기에는 적합할진 몰라도 임상실험은 부적합해. 남미 쪽은 마약이 워낙 광범위하게 퍼져 있어서 손댈 수가 없고. 정상적으로 실험하기 어렵단 말이야. 게다가 남미는 트랜스젠더 호르몬제를 필리핀이나 태국처럼 상습적으로 복용하지도 않고. 중국이나 인도는 공권력 때문에 장기적으로 실험실이 온전히 살아남기 힘들고. 그런데 필리핀의 경우에는 국민성 자체가 자존심도 세고, 학구열도 다른 나라보다 높기 때문에 컨트롤이 잘 되지. 크게 불법적이지만 않다면 말이야."

"고민석은 왜 거기서 그 일을 하게 된 거죠, 교수님? 제가 알던 고민석은 전교 1등 하던 모범적인 녀석이었는데."

"고민석은 우리나라 1세대 코피노야. 고민석이 태어날 당시에 코피노라는 말조차 우리나라엔 생소했지. 그러니까, 고민석의 아버지는 진짜 아버지가 아니야. 아버지를 찾아 한국에 온 고민석과 어머니를 보살피다가 같이 살게 된 것뿐이지. 고민석의 친부는 행방조차 알 수가 없고, 고민석의 양부는 가톨릭 신부가 되려고 했던 사람인데 어떤 이유에서인지는 몰라도 중간에 신부가 되지 못하고 농사를 짓게 되었어. 고민석은 당시에 우리나라 국민으로 받아들여지는 것조차 힘들었지. 게다가 그 어머닌 한국말을 몰라 밖에 나가지도 못했어. 버스라도 잘못 타면 엉뚱한 시골 마을로 갈 테니까 말이야. 그런데 머리가 좋고 영민한 것이 어쩌면 고민석을 더 상처 줬을지도 모르지. 차라리 고민석 어머니처럼 한국말을 모르는 게 나았을지도."

"그 이후에 민석이는 어떻게 되었는데요? 고등학교 이후로?"

"고민석은 중학교 때부터 생물시간에 관심이 많았어. 왜냐하면 자신에게 필리핀인 피가 섞여서 그런 것인지. 유전이나 생물학적인 것에 유난히 관심이 많았어. 그러던 민석이가 변한 것은 고등학교에 진학해서부터야. 양부가 고등학교 1학년 때 사망하고, 시내에 있는 고등학교에 다니던 고민석은 어머니를 시골에서 데려와 같이 살기 시작했지. 학교에서는 '튀기'라고 놀림을 받았고, 시골 중학교에 다니면서 겪었던 것과는 상황이 많이 달랐던 것 같아. '튀기'라는 것은 혼혈인을 비꼬는 말인데, 그 말을 고등학교 내 듣고 다닌다고 생각해봐. 고민석의 어머니는 식당에서 일을 했지만, 돌아오는 것은 모진 학대와 손에 쥐기조차 어려운 돈이었어. 결국 고민석의 어머니는 근처 고물상에서 폐지를 주워 나르는 일을 돕게 되었지. 그런데 폐지나 고물을 주워 오는 일이 말처럼 쉬운가?"

"말이 안 통하는 데다가 필리핀인이라서 더욱 어려웠겠죠."

"사회의 계급 구조라는 게 참 이상하지. 위로 갈수록 서로 간에 이익이 되는 것은 잘 돕는데, 아래로 내려올수록 먹고 살기 힘들어서 서로 간에 배척하게 돼. 고민석의 어머니는 중국 연변족 구역에서 폐지와 고물을 줍다가 집단 구타로 사망했어. 중국 연변족 사람들도 결국 이곳에서는 발붙이기 쉽지 않았던 것이지. 삶이 각박한 그들끼리 마치 동물들의 먹이 쟁탈전처럼 서로 물고 뜯은 것이야. 고민석이 변한 것은 아마 그 때쯤일 거야. 장례식조차 치를 수 없을 정도의 절망과 가난함에 고민석이 택한 것은 '인내'였지. 그 녀석은 아마 몸 안에 숨어 숨쉬는 분노와 살의로 가득 찬 괴물을 달래면서 때를 기다린 것일 거다. 한국의 '튀기'가 얼마나 무서운지 보여주리라고 작심을 한 것처럼. 고민석은 대학교 4학년을 평범하게 다니고 다시 필리핀으로 이민을 갔어. 대학교를 졸업할 때까지는 국가의 영재 프로그램 장학지원으로 잘 키워졌고. 고민석이 필리핀으로 다시 이민을 간 것에 대해서는 당시에 그 심정을 이해했지. 이 한국이라는 나라가 지긋지긋하게 싫었을 테니까. 그런데 그 녀석이 필리핀으로 간 것은 그래서가 아니었던 거 같아. 한참이 지난 후에 필리핀에 불법으로 유통되는 호르몬제와 마약세계에서 이름이 드러나고도 나는 그 고민석이 내가 알던 고민석인 줄 모르고 있었으니까. 잊고 있었다. 고민석의 아픈 감정들을. 그나마 내가 얼굴을 알아봐서 이것도 알아낸 거야. 그렇지 않았으면 고민석이라는 사람을 영영 알아내지 못했을지도 몰라."

"고민석…, 그럼 지금부터 어떻게 해야 하는 건데요?"

"일단, 박기태 반장은 현 시간부로 우리 팀으로 소속이 변경될 거야. 그리고 최종수는."

"저는요?"

"택시 기사가 된다."

"택시 기사요?"

"정확히는. 필리핀 택시 회사 사장."

"네?"

"다른 요원들을 투입시킬 수도 있지만, 다른 요원들은 얼굴이 알려져 있어. 그렇다고 초짜를 넣자니 지난 번 너희들 사건처럼 실패할 가능성이 높고. 현재로선 이 사건에 대해서 가장 근접한 사람들이 우리야. 그러니까 이번에는 절대 실수하면 안 돼."

문지연이 최종수를 슬쩍 바라본다. 그 시선에는 아무것도 느껴지지 않는다. 하지만 최종수는 늘 문지연에게 미안함을 가지고 있다.

최종수는 다시 모든 것이 혼란스러워지지만, 문지연과 김승희 교수와의 만남이 싫지만은 않다. 그리고 이곳에서의 생활보다는 필리핀에서 다시 시작하는 일이 나쁘지만은 않을 것이라고 생각한다. 또 다른 의미에서의 이 지긋지긋한 곳을 탈출하고 싶었기 때문인지도 모른다. 누구에게나 현재의 삶이란 지긋지긋할 수 있으므로.

최종수는 필리핀으로 가기 위해 한국전자에 퇴직서를 제출한다.

최종수의 결정에 변주섭 과장과 조기호 과장이 심각한 표정으로 최종수를 바라본다.

"종수야. 너 밖에 나가면 엄청 힘들어. 여기보다 더 힘들다. 너 갈 데는 있는 거야? 아니면 이직하기로 한 곳이라도 있는 거야?"

"아니요. 딱히 그런 건 아닌데, 공부 좀 더 해보려구요."

"뭐? MBA?"

"네."

"그건 그냥 직장 다니면서도 할 수 있잖아. 주간 MBA 가려고 하는 거야?"

"네. 아무래도 제대로 좀 배워보고 싶어서요. 일하면서도 한계도 많이 느끼고."

"뭐, 다니는 건 나쁘지 않은데. 다시 오기 쉽지 않아. 여기."

"네. 알고 있습니다. 각오는 돼 있습니다."

"참나. 갑자기 그러니까 좀 당황스럽다 야."

"아무튼 마음 굳혔다니까 더는 이야기해도 소용없겠네. 하긴 옛날 같지가 않아. 요즘은. 한 직장에 오래 다니는 것이 자랑도 아니고, 여기저기 경험도 쌓고 전문성도 길러야 하고. 여기도 중국 제품에 밀려서 조만간 위태위태하다는 말도 나오고 있으니까. 언제부터 중국이 그렇게 제품을 잘 만들었냐? 몇 년 전까지만 해도 그저 그랬는데 지금은 그냥 가성비로 밀어붙이니까. 기술 차이도 거기서 거기고. 신사업한다 신사업한다고 말만 그렇지. 회사가 전략이 없어, 전략이. 그냥 매출 치기 바빠서 허덕대고. 밑에서부터 키워야 하는데 괜찮다 싶으면 여기저기서 데려와서 일단 일부터 시키고 보니까, 사람들이 아니다 싶으면 다 나가고. 위에서는 사람 남아 도니까 사람 귀한 줄 모르고 막 부리고. 이거 망조다. 망조."

"저 때문에 괜히 그렇게까지 생각하실 거는 없고요. 오히려 제가 좀 민망한데요."

"사실이 그렇지 뭐. 막상 대기업이라고 들어오면 대부분 하는 일이 좀 그렇잖아. 평생 하는 일도 딱 주어진 일만 하고. 그렇게 눈치 봐서 열심히 올라가면 바로 목전에서 뺏기고. 그게 슬픈 거지. 그리고 요즘 40살 조금 넘으면 다들 명퇴 당할까봐 조마조마하고. 그런데 이 좋은 직장을 때려치우고 나간다고?"

공항은 늘 설레임으로 가득차게 한다. 그것이 좋은 일이든지 나쁜 일이든지 공항에 도착해서 여기저기를 걸어다니면 왠지 모르게 기분이 들뜬다. 최종수는 면세점 여기저기를 기웃거린다. 그러다가 미국 대통령이 사용한다고 해서 유명해진 투미 가방을 구경한다.

나일론 소재가 튼튼한 것이 웬만한 권총을 맞아도 죽을 것 같지는 않은 게 최종수의 마음을 끌어당긴다. 한국전자에서는 많은 사람들이 이 가방을 사용하지만 최종수는 너무 비싸다는 생각에 차마 사지 못했었다. 그런데 이제 한국을 떠나는 마당에 이정도 사치는 자신에게 주는 선물이라는 생각으로 백팩 가방을 산다.

최종수는 이곳에서 벗어난다는 기분이 홀가분하면서도 다시 필리핀으로 갈 생각을 하니 막막하기도 하다. 지방에 혼자 남아 있는 어머니에게는 또 뭐라고 하지. 해외 출장 간다고 해야 하나.

최종수를 제외한 나머지들은 모두 군용 수송기를 타고 이동했다. 최종수만이 민간 항공기를 타고 이동한다. 어디까지나 최종수는 한국 대기업을 박차고 필리핀으로 사업을 위해서 이동하는 일반 시민처럼 보여야 하기 때문이다. 최종수는 복잡한 심경으로 비행기에 오른다. 최종수는 비행기가 날아가는 내내 좀처럼 잠을 이루지 못한다. 앞으로 최종수의 앞날에 펼쳐질 날들이 걱정스럽기만 하다.

최종수는 필리핀 마닐라 공항에 도착해서, 전화를 한다. 4조 조장 문지연이 전화를 받는다. 문지연은 최종수에게 현재 위치를 물어본다.

"공항 4번 Gate 앞에서 횡단보도를 건너서, 왼쪽으로 100m쯤 걸어가다 보면, 흰색 도요타 차량이 비상등을 켜고 있을 거야. 그걸 타. 혹시 누군가 뒤에 따라오면 누구를 막론하고 차를 지나쳐 가. 걸어가고 있으면 차가 따라가서 멈출 거야. 그때 타."

문지연은 늘 대화가 무미건조하다. 최종수는 그런 문지연이 마냥 싫지만은 않다. 어쨌든 문지연은 생명의 은인이기 때문이다.

필리핀의 날씨는 언제나 습하다. 그 습함 속에 도마뱀의 피부 같은 냄새가 짙게 배어 있다. 최종수는 불쾌한 땀 냄새에 옷으로 얼굴을 문질러 보지만 도마뱀의 습한 냄새는 쉽게 가시지 않는다. 최종수는 얼굴이 벌게질 때까지 문질러 본다.

최종수는 도요타 흰 색 차량을 발견한다. 뒤에는 따라오는 사람이 없다. 최종수는 차량에 올라탄다. 차에는 필리핀 사람이 앉아 있다. 검정의 장발 머리는 포마드를 바른 것인지 머리를 감지 않아서 인지 달라붙어 있다. 거친 수염 속으로 보이는 금

이빨은 금목걸이와 묘한 조화를 이룬다. 남자는 자신을 '존'이라고 소개한다. 이름과 외모는 전혀 어울릴 것 같지 이 남자의 팔뚝에는 문신이 새겨져 있다. 구릿빛 짙은 피부는 무슨 문신인지 알아볼 수 없을 만큼 검게 그을려 있다. 차량은 쏜살같이 달리기 시작한다. 1시간쯤을 달리고 나서야 외곽의 허름한 창고 앞에 차가 멈춰 선다. 창고 안에는 문지연과 김승희 교수 일행이 있다. 창고 내부는 개조를 한 것인지 2층조립식으로 잘 꾸며져 있다. 밖에서 본 모습과는 사뭇 대조적이다.

"자, 그럼 바로 본론으로 들어갈까?"

"오자마자 일 이야기라니."

박기태가 냉장고에서 스프라이트를 꺼내서 존과 최종수에게 던진다.

최종수는 에어컨 앞에 서서 스프라이트를 마신다. 몸에 달라붙은 도마뱀 땀내가 가셨으면 하는 바람이다.

"앞으로 이곳이 최종수가 운영하는 택시 회사가 될 거야. 처음엔 존이랑 박기태가 운영한다. 문지연과 장룽이 사무보조원으로 여기서 근무할 거지만 실제로는 경호 임무에 가까워. 장룽은 처음 보지?"

"네. 장룽이면 중국?"

"그래, 이곳에도 중국인이나 화교가 많아서 중국어나 대화가 잘 되어야 하니까."

"장룽은 한국말도 잘 하니까, 의사소통하는 데 문제는 없을 거야. 그리고 존은 택시 기사 역할을 할 것이고. 동시에 택시 기사 모집책이야. 존은 얼마 전까지 현지 택시 기사로 잠입해서 생활을 꽤 오래해서 큰 문제는 없을 거고. 박기태와 최종수는 택시 회사가 커갈수록 각종 업무를 수행해야 해. 정말 택시 회사처럼 운영해야 하고."

"그런데, 어떻게 택시 기사를 모집해요?"

"그건 박기태에게 말해 두었으니, 있다가 설명을 듣도록. 당분간 나는 태국으로 출장을 갈 것이니, 한 달 정도 후에 돌아올 거야."

"태국이요? 거긴 또 왜요?"

"코끼리 구경."

"네?"

"그럼, 잘 하고 있으라고. 실수하지 말고."

김승희 교수가 사무실을 떠나자, 최종수는 문지연에게 말한다.

"정말 태국에 구경 가는 거예요?"

"최근 태국에서 에이즈 관련 임상실험이 자행되고 있다는 정보가 있는데, 그거 때문에 가는 거야."

"에이즈 치료제 실험이요?"

"거긴 매춘이 심각하니까. 우리 쪽은 고민석이 개입했을 거라고 보고 있다. 아니면 다른 쪽과 손잡을 수도 있고."

"고민석이 개입했다는 정황은?"

"고민석 조직원 중 일부가 수개월 전에 태국으로 출국한 이

후, 돌아오지 않고 있다. 그런데 얼마 전부터 고민석 조직으로 연락하는 이메일이나 전화 등의 발신지가 태국에서 포착되고 있어."

"고민석이 어떻게 그런 조직을 구축할 수 있었죠?"

"고민석이 조직의 수장이 아니야. 그 어떤 조직의 하수인일 뿐이지. 다만, 우린 아직 고민석조차 잡지 못하고 있어. 그 조직이 무엇인지는 아무도 모르지."

제 7 화

드로니아

　아프리카라고 해서 마냥 따뜻하기만 할 줄 알았던 윤진호 검사는 뜻밖의 쌀쌀함에 놀래서 잠을 깬다. 아직 새벽 6시인데 추위에 놀라 더 이상 잠을 잘 수가 없다. 윤진호 검사는 두터운 외투를 입고 호텔 로비로 나와 주변을 살핀다. 호텔 아침은 야외 레스토랑의 뷔페식이다. 이미 야외 레스토랑은 준비가 한참이다. 분명히 여행을 갈 것이라고 생각하고 온 조윤정 검사는 사전에 충분히 준비를 했을 터인데 윤검사는 크게 준비를 하지 않았다. 윤검사가 생각한 아프리카의 날씨는 이런 게 아니었기 때문이다. 윤검사가 주변을 어슬렁거리고 있을 때, 저 멀리서 누군가 트레이닝복을 입고 뛰고 있다. 홍채빈 실장이다. 언뜻 보기에도 검정색 레깅스 같은 트레이닝복이 몸매를 감탄케 한다. 키는 167cm 정도 되어 보이는데 신체 비율이 좋아서인지 다리가 더 길어 보인다. 홍채빈 실장이 다가와서 말한다.

"생각보다 여기 춥죠?"

"네. 엄청 추운데 그렇게 얇게 입고 운동을 하시네요?"

"운동이 아니고 주변을 살핀 거예요. 혹시나 해서."

"그렇군요. 나머지 분들은?"

"조 검사님과 나갔어요."

"벌써요? 저는 왜 안 깨우고? 그리고 실장님은?"

"아, 아침 일찍 사파리 투어 갔어요. 호텔에서 하는 사파리 투어. 새벽 4시부터 나가야 야생동물 본다고 해서."

"아…, 사파리…."

윤진호 검사는 조 검사가 동물을 좋아하는 줄은 알고 있었지만, 설마 본인을 놔두고 새벽에 사파리 투어를 갈 줄은 몰랐다. 윤 검사는 번뜩 홍채빈 실장을 바라본다.

"저기, 옷을 좀 두껍게 입으시면 안 될까요?"

"네?"

"저도 사파리 가고 싶은데 같이 가면 좋을 거 같아서요."

"네. 그러시죠. 저도 어차피 무료하던 참이었는데."

윤 검사는 호텔 로비에 부탁해서 사파리 투어를 시작한다. 이미 사파리 투어가 한참일 테지만, 윤진호 검사는 SUV 차량으로 이동하기로 한다. 윤진호 검사와 홍채빈 실장은 가이드를 따라 SUV 차량을 탑승하고 이동한다. 차량이 움직이자 차량 위로 안전 감시용 드론이 따라오기 시작한다. SUV와 드론은 서로 연결되어 있는 듯하다. SUV의 움직임에 따라 드론이 움직이기도 하고 정지하기도 한다. 윤 검사가 가이드에게 질문한다.

"그런데 저 하늘 위에 있는 소형 헬리콥터 같은 거는 드론인가요?"

"네. 안전용이에요. 안전용."

"여기 동물들이 사나운가 보죠?"

"대부분 여기 오는 사람들이 기대하는 것은 갇혀 있는 동물 보는게 아니라 살아 있는 느낌 그대로 보기 원해요. 그래서 트럭 뒤를 개조한 오픈형 차량으로 사파리를 했는데, 얼마 전에 암사자 두 마리가 뛰어 들어서 관광객 6명을 물어 죽였어요. 그때부터 안전 감시용으로 저 드론이 따라 붙는 거고, 여차 하면 저기서 마춰 총도 발사하고."

"저 드론은 누가 조종하는 거예요?"

"조종이 아니고 인공지능이에요."

"아니, 제 말은 저거는 누구 소유예요?"

"여기 드론들은 전부 드로니아 소속이에요. 저희들은 그 드론들을 월납 비용을 내고 빌려 쓰는 거고."

"아. 리스네요. 드로니아에 저 드론이 촬영한 정보가 모두 자동으로 가나요?"

"그렇죠. 신체정보. 감정상태. 스캔해서 다 전송되죠. 그래야 위험할 때 바로 조치를 하죠."

윤진호 검사는 옆에 앉아 있는 홍채빈 실장에게 메신저를 보낸다.

'그럼 드로니아에서 우리가 오는 것을 알고 있단 말 아니야?'

'드로니아는 우리가 어떤 사람인지 모르니까 아직은 괜찮아요.'

'조 검사한테 말해야 하지 않을까?'

'이미 알고 있을 거예요. 거기도 드론이 따라다니니까.'

윤 검사는 두려움을 느끼며 창밖을 바라본다. 갈대 숲 사이로 암사자 한 마리가 웅크리고 앉아 윤 검사를 노려본다. 그 앞에는 방금 사냥한 듯한 가젤이 피를 흘리고 누워 있다. 윤 검사는 그 가젤의 모습이 자신의 모습인양 가여움을 느낀다.

"왜 막상 보니 불쌍하고 잔인해 보여요?"

"네. 피 흘리는 모습을 보니 마음이 좋지는 않네요."

"저게 자연이지요. 저 자연이 싫어서 인간이 개발한 지금의 문명이 부자연이고."

"그러네요. 부자연이라."

차량이 속도를 내며 중간 길로 빠져 달린다.

"지금 이제 사파리 마지막이라 지금 이 길로 빠져야 일행 분을 만나실 수 있습니다."

"아, 사파리가 엄청 크네요."

"이 일대에서는 제일 크지요. 아마 세계에서 제일 클 거 같은데요."

초원을 빠져나와 도로 길을 달리다가 보니, 도로 옆 수풀 사이로 군데군데 멀리 마을이 보인다. 마을이라고 하기보단 군 기지에 가까운 모습이다.

"저 멀리 철조망 쳐진 기지 같은 것은 뭐죠?"

"남아공은 백인과 흑인 사회로 나뉘는데, 저기 철조망 처진 마을은 흑인사회라고 보면 됩니다. 굉장히 간단한 이치죠. 그래도 많이 좋아졌습니다. 옛날에는 전기도 한 달치씩 사서 썼어요. 그러니까, 한 달 전기료를 먼저 내면, 계량기를 통해 그만큼 전기를 공급해 주었죠. 충전 건전지마냥. 전기를 빨리 쓸수록 그 충전된 금액이 다되어서 전기가 빨리 끊겼습니다. 학교를 가려면 걸어서 족히 10km 이상은 가야 했구요. 지금은 거기에 비하면 많이 풍족해졌죠. 다 드로니아 덕분이에요."

"드로니아요?"

"네. 드로니아가 학교도 세워주고 전기도 공급해주고, 일자리도 주면서 좋아졌으니까요."

"드로니아가 무엇 때문에요?"

"드로니아는 이곳에서 여러 가지 좋은 자선 사업을 해요. 드론 공장을 세워서 일자리도 주고, 나눠주는 약을 먹고 좋아졌는지 안 좋아졌는지 검사만 받으면 돈도 주고요."

"약이요?"

"네. 여기 사람들은 영양이 부족하니까, 뭐 그런 종류라고 하대요."

"일종의 비타민 같은 것인가요?"

"그렇죠."

"그런데 저기 철조망은 왜 쳐 놓은 거죠?"

"여기는 내전도 심하고, 사람들이 동물들한테 습격당하기 일쑤니까 그걸 지키려고 마을마다 저렇게 철조망을 쳐 놓았습니다. 안전을 위해서죠. 드로니아가 여길 개발하기 전에는 부족 끼리 싸움도 많이하고 여자들은 집단 강단을 당하기도 하고. 애들은 팔리기도 하고. 뭐 그랬습니다."

"그런 마을을 드로니아가 개발을 해줬다?"

윤진호 검사는 홍채빈 실장을 바라본다. 뭔가 수상하다는 눈빛이다. 차는 호텔에 거의 다 다다른다. 저 멀리 조윤정 검사 일행이 보인다. 윤진호 검사가 조윤정 검사 일행에게 다가간다. 조윤정 검사가 말을 한다.

"봤어?"

"뭐?"

"드로니아가 지원해주는 마을들."

"봤지."

"뭔가 이상하지 않아?"

"근처에 드론 조립 공장도 없는데 마을 주변에 철조망을 둘러놓고, 일반인들은 들어갈 수도 없어."

"그러게. 딱 느낌이 오는데. 이거."

"무슨 느낌?"

"뭔가 안 좋은 느낌."

"그러니까 그 안 좋은 느낌이 뭐냐고."

"김인환 검사장은 우리를 이곳에 왜 보냈을까요? 하는 수수께끼."

"드로니아 감시하라고 보냈다며?"

"여기 와 보니까 이상하다 이거지. 딱 보면 모르겠어? 드로니아가 있는 곳은 백인들이 사는 케이프타운 근처야. 그런데 우리가 온 곳은 케이프타운이 아닌 나미비아와 가까운 근처이고. 밤새 차를 달려도 드로니아 본사는 못 본다 이거야. 차를 타고 케이프타운까지 가는 것은 애초에 말이 안 되는 거라고."

"너한테 이야기했다며?"

"설마 공항에서 이쪽으로 올지 내가 알았나?"

그 때, 홍채빈 실장이 일행들을 바라보며 차갑게 말을 한다.

"우리가 여기에 온 목적은 케이프타운의 드로니아 본사가 아닙니다."

"드로니아 본사를 정찰하러 온 것이 아니라고요?"

"네. 저희가 여기에 온 목적은 아침에 보셨던 철조망 쳐진 마을을 정찰하는 것입니다."

"거기 철조망 쳐진 마을에 뭐가 있는데요?"

"인체 실험이요."

"인체 실험? 아니, 드로니아는 드론 만드는 회사 아니예요?"

옆에 있는 조윤정 검사가 거든다

"드로니아는 한국의 사이버프렉스의 대주주였고, 사이버프렉스는 과거에 듀엘 그룹의 불법 자금을 대 주었다는 거 아니예요? 그래서 우리는 드로니아 본사가 있는 케이프타운 근처에 가서 불법적인 것을…"

"케이프타운 근처에 가면 불법적인 것을 볼 수 있다고 합니까?"

"그거야 그쪽 세 명이 알아내는 것 아니었어요?"

"드로니아가 무슨 조그만 구멍가게입니까? 우리 다섯이서 달랑 와서 거길 조사하게."

"그러니까, 김인환 검사장은 왜 우릴 댁들하고 여기에 보냈냐 이거요. 야, 윤진호. 니가 말해봐. 너 뭐 알고 있지?"

"아니, 나는 김인환 검사가 남아공에 가면, 드론을 이용해서 내전에 간섭하고, 파괴적인 전쟁을 부추긴다고 해서 온 건데. 내가 가져 온 장비도 그거 해킹할 수 있는 장비고. 드론 하나 해킹해서 거기에 찍힌 사진을 빼오는 게 내 임무라고 했거든. 김인환 검사장이."

"김인환 검사장이 너한테 그렇게 직접 지시했어?"

"직접이라고 하기보다, 김인환 검사장이 옆에서 맞다고 했고. 실제로 이 일을 지시한 것은 다른 사람인데."

"다른 사람? 누구? 여자인데, 이름은 모르겠고. 누군지. 김인환 검사장이 교수님이라고 부르던데."

"아. 씨발, 이 새끼 이거. 그걸 왜 지금 이야기하냐? 너는."

"나는 별로 중요한 게 아니라고 생각했지."

"홍채빈 실장님은 여기 온 목적에 대해서 누구에게 지시를 받았죠?"

"저는 당연히 저희 기관에서 지시를 받았죠."

"기관이라고 하면?"

"글쎄요."

"그럼 기관에 대해서 이야기를 하지는 못해도, 여기에 왜 왔는지는 말해줄 수 있겠죠?"

"저기 철조망 건너편에 있는 마을에 대해서 정찰하는 거예요."

"저 마을이 여기에 있는 것은 어떻게 알았죠? 그리고 저건 누구의 마을이에요?"

"저 마을은 정확히는 나미비아 국경 안에 있는 것이고, 우리는 남아공에 관광 온 것이고, 나미비아는 대대로 과거의 북한 정부와 사이가 돈독한 사이죠. 저희들은 함경도 출신이고."

옆에 있는 최영선 과장이 말을 덧붙인다.

"그런데 저 나미비아 국경 안에 있는 마을에 돈을 대는 것은 남아공의 드로니아고요. 그런데 보시는 바와 같이 철조망이 쳐진 것 외에는 평범한 아프리카 흑인 마을이라 눈에 잘 안 들어옵니다. 우리쪽 휴민트, 그러니까 인간 첩보원들이 아니면 몰랐을 거라는 말이에요. 시대가 발달하면서 드론이나 위성에 의존하는 것은 정말 어리석은 일이에요. 드론이나 위성은 감각이 없거든요."

"아니, 왜 저기를 주목했냐는 거예요. 하필이면. 그 뛰어나신 감각으로."

"아프리카 나미비아에 한국 애들이 모여 있으면 이상하지 않을까요? 누구라도 그렇게 생각하지 않을까요?"

"한국 애들이요?"

"네. 분명히 한국 말이에요. 저 창고 같은 곳에서 들리는 말소리들. 아프리카야 워낙 부족이 많아서 언어가 다양하니까 다른 나라 정보기관들은 지나치겠죠."

"아니, 그러면 저희 둘은 왜 여기로 같이 보낸 거죠? 별 도움이 안 되어 보이는데."

"그거야 우리들이 이곳에서 죽으면 간첩으로 오해받겠지만, 여기 두 검사님이야 한국 TV에도 여러 번 등장하셨으니, 죽는다면 한국의 유명한 검사 2명이 관광 와서 살해 당했다로 결론이 나겠죠. 그럼 한국 정부는 당당하게 조사관을 파견할 수 있고, 나미비아야 국제사회에서는 GDP나 발전이 워낙 낮아서 외교적으로 다른 나라들이 도와준다는 것도 이상하게 보일 거고. 예를 들면 드로니아와 가장 절친한 남아공이나 미국 등이라던가. 그래서 한국은 나미비아 정부에 조사단을 파견할 수 있고, 나미비아 정부는 이 국경의 한 빈민촌에서 일어난 일이니 당연히 협조를 할 거고. 참고로 콩고와 앙골라 분쟁지역 해안에는 한국 정부에서 파병한 해군이 있습니다. 헬리콥터로는 이곳까지 2시간 이내에 도착할 수 있죠."

"아. 이거 이거 봐라. 내가 딱 수상하다고 했잖아."

"아. 씨발 새끼. 너도 개새끼야. 이 미친놈아. 김인환이가 이야기 했을 때 나한테도 이야기를 했어야지. 이러다 뒈지는 거 아냐."

"아. 또 우리 조 검사께서 화가 단단히 나셨네."

지금까지 단 한 마디 말도 없던, 최성공 과장이 입을 연다. 검은 선글라스에 눈이 잘 보이지 않아 속내를 알 순 없지만, 그 말투에서 어떤 무서움이 베어난다.

"지금이 두 번째입니다."

"네? 두 번째라니?"

"필리핀에서 첫 번째 실패를 했습니다."

"필리핀? 거기서도 이런 데가 있었다는 거예요?"

"네. 그곳에는 중국인, 유럽인, 인도인 등 여러 종류의 인종들이 있었습니다."

"실패를 했다는 것은?"

"발각되어 모두 죽었다는 것입니다."

"어떻게 하다가요?"

"필리핀의 한 섬 전체가 그렇게 다양한 인종으로 구성되어 있었습니다. 당연히 한국인도 있었습니다. 거기에 들어간 대원 5명이 연락이 끊겼습니다. 저희는 죽었다고 확신하고 있습니다. 생명 신호가 위성에 잡히지 않으니까요. 지구상 어디에서도."

"그래서 우리를 여기로 끌고 왔다? 이게 강제국이 살인 사건과 무슨 관련이 있어서? 나는 강제국이랑 듀엘 그룹 잡으면 그만인데."

"듀엘 그룹이 이곳에서 최근에 실험하기 시작한 것 때문입니다. 그것은 강제국 정신병과도 관련이 있는 것입니다."

"뭐야. 그 새끼가 정말 정신병이 있다고 믿는 거야?"

"정신병인데 유전적인 병이죠."

"그 정신병을 고치는 약에 대한 뭐 생체 실험을 여기에서 한다. 그 말이에요?"

"더 자세한 것은 들어가 봐야 알겠지만, 일단은 그렇게 의심하고 있습니다."

"아니, 저길 어떻게 들어간다는 거야?"

"그냥 들어가면 됩니다. 들키지만 않는다면."

"그게 또 무슨 소리예요?"

"일단, 준비를 하고 오후 2시경에 들어가시죠."

"몰래 들어가려면 밤이나 새벽에 가야 하는 거 아닐까요?"

"일단 들어가 보면 압니다."

조윤정 검사와 윤진호 검사는 일단 둘이 이야기를 하기로 하고, 호텔 레스토랑으로 향한다.

"야, 이거 어떻게 생각해?"

"내가 보기엔 딱, 우린…."

"아. 딱 그거 하면 죽인댔지? 하지 말라니까. 뭐?"

"죽을 거 같아. 우리. 그렇지 않으면 김인환 검사장이 이렇게까지 해서 우릴 이곳에 보낼 이유가 없어. 우리가 여기서 죽어야 여길 조사할 명분이 생기고 권리가 생겨. 우린 그래서 보내진 거야."

"…."

조 검사는 초조하다. 여기서 멈출 수도 없고, 도망칠 수도 없다. 만약 그렇게 한다면 홍채빈 실장 일당은 가차 없이 여기서 조 검사와 윤 검사를 죽일 수도 있다. 어쩌면 그들은 조 검사와 윤 검사가 도망치길 원하는지도 모른다. 그래야 위험하지 않게 명분을 쌓을 수 있으므로.

조 검사 일행에게 시간이 다가오고 있다. 홍채빈 실장은 이미 로비에서 조 검사 일행을 기다리고 있다. 조 검사 일행은 차를 타고 그 나미비아 국경 지대로 이동한다. 차를 타고 가는 내내 누구도 말을 하지 않는다. 촉새 같던 윤 검사마저 입을 닫고 있다.

홍채빈 실장이 차를 멈추고 차에서 내리라는 신호를 한다.

"여기서부터는 걸어갈 겁니다. 차로 이동하기 힘들어서요."

"마을로 가는 것 아니었어요?"

"아니요. 일단 저 언덕 위에서 마을을 관찰할 것입니다. 이 상태로 들어가는 것은 무리예요. 주변 경계 상황을 좀 봐야 할 것 같아요."

조 검사 일행은 일단 마을 근처 언덕 위로 향한다. 언덕에 오르니 멀리 나미비아의 붉은 사막이 펼쳐진다. 붉은 사막은 마치 황야의 햇빛처럼 붉게 빛나고 있다. 붉은 사막은 이곳이 아프리카가 아닌 미국의 그랜드 캐넌으로 착각을 불러일으킨다.

"저기 좀 보시죠. 저기."

홍채빈 실장은 손가락으로 마을을 가리키며 망원경을 건넨다. 홍채빈 실장이 가리킨 곳에는 마을 위를 돌아다니는 드론이 있다.

그리고 홍채빈 실장이 또 다른 곳을 가리키자, 그 곳은 또 다른 마을이 있었다. 역시 그 마을 위에도 드론이 돌아다니고 있었다.

"마을 입구를 지키는 경비병이나 군사적인 어떤 물건들은 없는 거 같은데요. 마을 사람들도 정상적으로 돌아다니는 것 같고. 저 드론은 단지 감시용 같은데요?"

"아니요. 드론을 잘 확대해서 보세요. 드론 밑바닥에 무엇인가가 돌아가죠? 거기에서 희뿌연 수증기가 나오고 있어요."

"그러네요. 무슨 약의 일종일까요? 제초제를 공중에서 살포하듯이."

"일단 사람이 없는 쪽으로 접근해 보는 게 좋겠어요."

조 검사 일행은 언덕을 내려와 마을 입구로 다가간다. 마을 입구에 다가가자 오렌지향이 짙게 난다.

"이건 오렌지 향인데. 근처에 오렌지가 있을 리는 없고."

"아마 드론에서 살포되는 약일 거 같은데, 독약은 아닌가 보네요. 다들 버젓이 살아 있는 것을 보니."

조 검사 일행은 마을을 여기 저기 돌아다녀 본다. 나미비아 사람들이 가끔씩 바라보기만 할 뿐 크게 이상한 점을 느끼지 못한다.

"뭐야, 그냥 평범한 마을 같은데. 한국 사람들도 없고."

"뭔가 이상한 점은 못 느끼겠는데."

"그러네요. 저희가 들었던 정보와는 달리 위험한 곳 같지는 않은데."

"일단 이렇게 온 거 차를 타고 저 옆에 마을도 가 봅시다. 아직 흩어져서 활동하기엔 위험한 거 같으니 다 같이 움직이시죠."

조 검사 일행은 차를 타고 근처 마을에 다다른다. 근처 마을 역시 평범한 마을이다. 다른 것이 있다면, 이곳에는 오렌지 향기가 아닌 페퍼민트 향기가 난다는 것이다.

"여긴 페퍼민트 향기가 나는데? 딱히 이상한 점은 못 느끼겠는데. 저 위에 돌아다니는 드론 빼고는."

"일단 저희 선글라스에 붙어 있는 카메라 장비로 녹화되어서 한국으로 생중계 되고 있으니. 좀 기다려 보는 게 좋을 거 같습니다."

조 윤정 검사가 놀라며 물어본다.

"지금 이 장면이 생중계로 어디로 가는 건데요?"

"글쎄요. 우리 기관?"

"그러니까 그 기관이 어딘지는 비밀이고?"

"글쎄요."

조 검사는 홍채빈 실장에게 다른 마을도 가보자고 재촉한다. 다음 마을에 다다른 일행은 역시 이상함을 느끼지 못한다. 다른 점이 있다면 이곳에는 과일향기가 섞여서 느껴진다는 것이다. 조 검사 일행은 다른 마을도 가보기로 한다. 이번 마을에서는 포도 향기가 난다. 그리고 다른 몇 군데 마을을 들러 보고 나서야 조 검사는 공통점을 발견한다.

"마을에서 네 가지 향이 공통적으로 나네요. 오렌지, 페퍼민트, 섞여 있는 과일향, 그리고 포도 향기. 그 밖에 이상한 점은 없고요."

최성공 과장이 말을 한다.

"한 명을 붙잡아서 심문해 보면 어떨까요?"

조윤정 검사가 펄쩍 뛰며 되묻는다.

"심문? 여긴 나미비아예요. 우리에게는 그럴 권리도 없고, 까딱 잘못하면 여기서 개죽음 당할 거라고요. 이대로도 충분하잖아요. 아무 것도 발견 못했으니."

"없는 게 아니라 우리가 발견을 못한 거라면?"

"맞아. 조 검사. 김인환 검사장이 괜히 우릴 여기로 보낸 것은 아닐 거라고. 이대로 돌아갈 수는 없잖아?"

"너까지 진짜. 난 찬성할 수 없어. 그것도 대낮에."

최영선 과장이 제안한다.

"일단, 저희가 어린애든 여자든 간에 이야기를 해보고, 만약 통하지 않으면 잠시 차에 태워서 마을에서 떨어진 곳에서 이야기를 해보면 될 거 같습니다. 해를 끼치자는 것도 아니고, 몇 가지만 물어 보고 다시 태워다 주면 되니까요."

"난 내키지 않는데. 아무래도."

"그럼 조 검사님은 여기 언덕에서 주변 감시를 맡아주세요. 저희가 일단 알아서 해보겠습니다. 윤 검사님도 일단은 여기 남아 주시면 될 거 같고요."

"나는 같이 가고 싶은데요."

"아닙니다. 신속하게 해야 하니까 여기에 남아 주세요."

윤 검사는 홍채빈 실장의 강한 어조에 더 이상 반박을 하지 못한다.

조 검사는 꺼림칙함을 느끼며 망원렌즈를 꺼내든다. 홍채빈 실장 일행이 마을 안으로 차를 몰고 들어간다. 차로 마을 안을 빙글 빙글 돌다가, 지나가는 여자에게 창문을 내리고 질문을 한다. 여자는 뭐라고 대답한다. 홍채빈 실장이 웃으며 창문을 닫고 다시 차를 몰고 간다. 그러다가 갑자기 차를 멈추고 후진한다. 그 여자에게 다시 다가가 창문을 내리고 말을 한다. 그리곤 다시 마을 안을 차로 돌기 시작한다. 조윤정 검사는 휴대폰을 꺼내 홍채빈 실장에게 전화를 건다.

"그 여자 방금 뭐라고 한 거예요?"

"제가 먼저 그 여자에게 물어봤어요. '여기서 뭐 먹고 사냐? 직업이 뭐냐? 우리는 관광 왔는데 혹시 근처에 음료수 살만한 곳이 있냐?' 그랬더니, 직업이 유모라는 거예요. 그래서 일단 알았다고 하고 다시 차를 몰고 가는데, 생각해 보니 이상하지 않나요?"

"그렇죠. 나미비아에 유모라니."

"그래서 다시 차를 후진해서 물어봤죠. '유모라면, 애들을 봐주는 일을 하냐? 아니면 유치원?' 그랬더니 '유아실'에서 '아기 벌'을 위해 일한다고 하던데요."

"유아실? 그게 뭐래요?"

"글쎄요, 유아실이라고 반복적으로 말해서, 그게 뭔지 다른 사람에게 물어봐야겠어요."

홍채빈 실장 일행은 차를 멈추고 비교적 커 보이는 건물 안으로 들어간다. 이제 조금 있으면 누군가를 차에 싣고 돌아올 것이다. 그러면 모든 의문이 풀릴 것 같다는 생각을 한다. 잠시 후, 홍채빈 실장 일행이 건물 안에서 튕겨지듯 나온다. 최영선 과장과 최성공 과장은 연약해 보이는 여자 1명을 어깨에 메고 나와 차에 싣는다. 그 순간 건물 안에서 커다란 그림자들이 튀어 나와 홍채빈 실장을 덮친다. 홍채빈 실장이 몸을 점프해서 몸을 비튼다. 그리고 비트는 힘을 이용해 오른 발로 덮치는 남자의 목을 때린다. 옆에 있던 두 번째 흑인이 달려든다. 홍채빈 실장은 그 남자의 멱살을 잡아 엎어 매친다.

그 두 번째 남자가 신음 소리를 내며 쉽사리 일어나지 못한다. 그때 마을은 삽시간에 고요에 휩싸인다. 그러다가 하나 둘씩 홍채빈 실장일행 주위로 모여들기 시작한다. 이미 주변에는 사람들이 20명 이상 스물스물 모여들었다. 홍채빈 실장이 차에 오르고, 사람들 사이로 차가 돌진한다. 사람들이 차 앞을 가로막지만 홍채빈 실장 일행은 그대로 사람을 밀고 달린다. 조 검사는 순간적으로 일이 잘못되고 있음을 느꼈지만 지금은 그것을 따질 때가 아니다. 마을 위의 드론이 방향을 바꿔서 홍채빈 실장 차량을 뒤쫓는다. 그리고 어디선가 드론들이 나타나기 시작한다. 조 검사와 윤 검사는 언덕 아래로 재빨리 내려간다. 홍채빈 실장이 도착하자마자, 둘은 차에 올라탄다.

"아니, 뭐야, 어떻게 된 거야?"

"이 여자 분이 납치된 거라고 해서, 데리고 왔을 뿐이야."

"납치?"

"자세한 것은 일단 여기를 벗어나서 이야기해야 할 것 같은데."

"한국 해군에서 전투기가 이미 출발해서 5분 후면 도착할 거예요. 이동해야 할 것 같은데. 저 드론들이 걱정인데요."

과연 드론이 모양이 제각각인데 그 중에서 두 세대는 굉장히 큰 드론이다. 순간, 큰 드론에서 섬광이 번쩍인다. 홍채빈 실장이 외친다.

"모두 단단히 붙잡아요."

조윤정 검사의 눈에 세상이 거꾸로 보이기 시작한다. 윤진호 검사의 몸도 함께 돌고 있다. 모래에 파묻힌 차 사이로 일행들이 안간힘을 쓰며 기어 나온다. 홍채빈 실장 위에 그늘이 진다. 홍채빈 실장이 위를 올려다 보자, 그 위에는 여러 개의 눈이 달린 드론이 홍채빈 실장을 바라본다. 여러 개의 눈은 아래 위로 홍채빈 실장을 스캔하듯 빨간색 빔을 내뿜는다. 홍채빈 실장이 재빨리 글락 권총을 꺼내 쏘기 시작한다. 최성공 과장이 기어 나와 자동 소총을 꺼내 쏘기 시작한다. 최영선 과장도 기어 나와 합세한다. 다른 드론이 공중에서 수증기를 내 뿜는다. 뜨거운 열기와 함께 수증기가 일행의 몸을 감싼다. 일행은 정신이 혼미해진다. 멀리서 굉음이 들리며 전투기가 보인다.

제 8 화

미래 인간 1종의 각성

김제나 교수는 강제국 회장의 이야기에 빠져 있다. 이 강제국 회장은 어떻게 이 모든 것을 다 알고 있단 말인가?

"마치 그곳에 있었던 것처럼 이야기하시네요?"

"반절은 그곳에 있었고 반절은 들은 것이네."

"놀랍네요. 그러면 저희 어머니와는 어떤 사이였죠?"

"어떤 사이라고 이야기를 해야 좋을까? 표현할 방법이 딱히 없군."

"그래서 최종수는 그곳에서 택시 회사를 세워 성공한 것인가요?"

"최종수는 필리핀에 관광 오는 한국인들이나 일본인들을 대상으로 해서 큰 성공을 거두었지. 당시 필리핀에서 택시를 타면 위험했으니까. 특히 한국인의 경우에는. 필리핀 사람들은 자존심이 매우 세서 한국인들의 거드름을 참지 못했지. 다만, 문제는 최종수가 택시 회사를 성공하고 나서, 왜 한국에 들어왔고 왜 이태원에서 살인을 했냐는 거겠지."

"이미 알고 있는 거 아니예요? 이미 다 알고 물어 보시는 거죠?"

"최종수는 오히려 택시 회사를 운영할 때 진짜 사는 것처럼 보였어. 일이라고 생각하지 않고 자신의 회사인 것처럼 늘 기분이 좋았지."

"왜죠?"

"문지연 때문이 아닐까?"

"문지연이요?"

최종수는 존이 문을 열고 들어오자, 냉장고에서 스프라이트를 꺼내 던진다.

"존, 오늘도 수고했어. 오늘도 매출이 좋은데."

"응. 그런데 오늘은 자네 손님이 있네."

"내 손님?"

"그래. 밖에서 기다리고 있어."

최종수는 의아함을 가지고 사무실 밖으로 나간다. 내리쬐는 태양이 눈부시다. 택시 안에 남자가 타 있다. 남자는 미동도 하지 않고 앉아 있다. 최종수는 택시로 다가간다. 그러자 택시 창문이 열리며, 손님이 말한다.

"잠깐 같이 드라이브나 하지?"

최종수는 얼굴을 알아볼 듯 말 듯 묘한 기분이 든다. 최종수는 운전석에 앉아서 손님에게 말을 한다.

"우리가 전에 본 적이 있었나요?"

"아마도, 본 적이 있을 겁니다."

"어디서요?"

"진무 중학교."

"고민석?"

"일단 출발하지. 저기 자네 애인이 노려보는구만."

사무실 문 앞에는 문지연이 바라보고 있다. 허리에 손을 대고 있다. 아마 그 손 밑에는 문지연이 애용하는 특이한 검은 색깔의 칼이 있을 것이다. 최종수는 일단 서서히 차를 출발시킨다. 그리고 문지연을 향해 괜찮다는 눈짓을 보낸다. 문지연은 불안한 눈빛을 감추지 못한다. 최종수가 사무실 주변을 나와 큰 도로를 달린다. 도로 주변 곳곳에는 택시들이 즐비해 있다. 그 중에는 마약을 하거나 술에 취한 운전사도 있을 것이다. 왼쪽으로 오토바이 한 대가 쏜살 같이 지나간다. 두가티 몬스터 오토바이다. 이 주변에서 두가티 몬스터를 타는 것은 박기태뿐이다. 최종수는 두가티 몬스터를 보면서 안심한다. 아마 최종수의 주변을 지나는 택시나 오토바이는 문지연이 보낸 사람들일 것이다. 다행히 고민석은 눈치를 아직 못 채고 있는 듯하다. 최종수는 조심스레 말을 꺼내본다.

"여기까지 온 용건은?"

"요즘 잘나가는 택시 회사가 있다길래 물어보니 한국 사람이 운영한다고 하더라고. 그것도 하필 내가 아는 사람 같아서. 반가워서 인사하려고 왔지. 중학교 친구가 그 정도는 해줄 수 있잖아. 왜 그렇게 날이 서 있어? 내가 돈이라도 빌려달라고 할까봐?"

최종수는 아차 싶다.

"아니. 나는 놀래서 그랬지. 갑자기 찾아와서. 나는 네가 한국에 있는 줄 알았거든."

"김승희 교수가 이야기 안 해줘?"

최종수는 룸미러로 고민석의 눈을 바라본다. 이죽거리는 눈빛은 분명히 최종수를 조롱하고 있는 눈빛이다. 최종수가 참지 않고 말한다.

"니 안부 물어 달래. 트랜스젠더들 매춘시키고, 약 팔고, 얼마나 잘 살고 있는지."

"이거 오해가 심한데."

"난 단지 돕고 있을 뿐인데."

"돕는다고? 매춘부들을?"

"생각해봐. 내가 그 트랜스젠더들에게 호르몬제를 주지 않으면, 그들은 피임약을 먹을 거 아냐? 아니면 불법 유통되는 약들을 먹을 거고. 그럼 잘못하다가 40살도 안 되어서 부작용으로 죽는다고. 살이 썩어 문드러지기도 하고."

"니가 그들을 임상실험 하는 것은 아니고?"

"나는 개선하려는 거지. 성능 좋은 치료약을 만들어서 돕고 싶은 것뿐이라고. 내 덕분에 트랜스젠더들이 예뻐지고 돈도 많이 벌면 좋은 거잖아?"

"그게 너의 진심이야?"

"돈을 벌어야 코피노들을 먹여 살리지. 이 코리아 개새끼들아. 안그래?"

"코피노들을 먹여 살린다고? 트랜스젠더가? 어떻게?"

"넌 여전히 머리가 잘 안 돌아가는구나. 내가 코피노들을 먹여 살린다고. 내가 먹여 살리는 코피노들만 3백 명이 넘지. 어차피 이 사회에는 내가 만든 호르몬제가 아니더라도 누군가는 호르몬제를 불법적으로 유통하게 되어 있어. 차라리 그럴 바에야 내가 좋은 호르몬제를 제공하고, 그 돈으로 갈 곳 없는 코피노들을 먹여 살리는 게 좋은 일 아닌가?"

"그래서 최근에는 태국에서 에이즈 임상실험도 하는 거고?"

"내가 아니면 그 사람들은 에이즈로 죽게 되어 있어. 그뿐이 아니야. 알츠하이머, 혈관성 치매도 지금 약을 만드는 중이지."

"그런 약들은 신중하게 만들어야 해. 너처럼 무작위로 만들어서 시중에 판매하고 나 몰라라 하는 게 아니고."

"아무리 나라고 해도, 그런 약들은 못 만들어. 내가 만든 것은 호르몬제 하나다. 나머지는 나도 유통하는 데 도움을 주는 것뿐이라고."

"내 앞에 나타난 목적은?"

"너의 의견을 듣고 싶어서 말이야."

"내 의견이라니?"

"그러니까 너는 호르몬제를 아무렇게나 써서 죽어가는 사람들을 모른 체하거나 코피노를 국가의 수치라고 여기고 침묵으로 일관하는 것이 어떠냐는 것이야. 내 말은."

최종수는 할 말이 없었다. 지금까지 고민석을 잡기 위해 따라다녔지만, 정작 왜 잡아야 하는지에 대해서는 생각해 보지 않았다. 맹목적인 충성을 하는 문지연과는 달리 최종수는 감정이 무뎌져 있었다.

"만약 내가 여기에서 자네들에게 잡히거나 이 일을 그만둔다고 가정해보세. 그렇다고 해서 이 호르몬제 문제가 트랜스젠더들의 매춘, 그리고 코피노 문제가 해결이 되나? 누군가 해결을 해주냐는 것이지? 자네나 한국 정부, 필리핀 정부가 해결해줄까? 내가 없어져서 그 문제들이 해결된다면 기꺼이 내가 그렇게 하지."

"니가 이 일을 계속한다고 해도 이 문제들이 해결되는 건 아냐. 언젠가는 정상적인 방법으로 해결을 해야…"

"그 정상적인 방법들은 누가 제시해 주지? 언제 그 방법들이 제시되지? 수많은 코피노들이 불법적인 일들에 내몰리고 나서야? 아니면 그 코피노들이 돈을 벌기 위해서 피임약을 먹고 트랜스젠더 쇼를 해야? 자네가 이 질문들을 답할 수 있다면 내가 순순히 잡히겠네."

"수단이 목적이 되어서는 안 된다고. 목적 그 자체는 어디까지나…"

"내 어머니는 폐지를 줍다가 차이나타운에서 맞아 죽었네. 그런데 그 사건을 누구 하나 거들떠보지도 않았어. 왜냐하면 내

어머니는 폐지를 줍는 필리핀 여자였기 때문이지. 세상이 마이너리티 리포트에 아무리 신경을 쓰려 해도 그건 찰나의 외침에 불과하네. 이 민주주의란 벤담의 공리주의가 지배하는 세상 아니겠나. 아무리 부정하려고 해도 말이야. 자네 역시 버려진 고아가 아니던가? 그래서 지금 이렇게 이 꼴이 아니던가? 그런데 신기한 건 말이야. 이렇게 살아도 저렇게 살아도 결국 사는 것은 똑같단 말이야. 어쩌면 지금의 내가 더 잘살고 있는지도 모르겠군. 위로 올라가야 아래를 굽어보고 보살펴 줄 거 아닌가 말이야."

최종수는 혼란스럽다. 최종수는 이미 고민석의 말에 동의하고 있는지도 모른다. 다만 그렇게 행동하고 싶지 않을 뿐이다.

"이혼한 부모 밑에서 자란 자녀는 이혼할 확률이 높아지네. 보고 자라서가 아니라, 이혼에 대해서 이미 경험했기 때문에 감정이 무뎌지는 것이지. 또한, 가정 폭력을 당하고 자란 아이는 나중에 폭력에 대해서 관대해지지. 자네가 권력을 가지고 돈이 많아진다면, 자네는 한 번쯤은 해보고 싶지 않나? 권력자들과 부자들이 누려봤던 것 말이야. 한 번쯤은 경험해 보고 싶지 않나?"

저 멀리 경광등이 보인다. 도로를 경찰이 막고 있다. 그리고 뒤에는 두가티 몬스터와 SUV 차량들이 최종수의 택시를 애워싼다. 고민석이 무엇인가를 전달하며 말한다.

"내가 여기에 나타난 이유는 자네에게 세상을 알려주기 위해서야. 만약, 결심이 선다면 이 번호에 전화를 하게. 아무 말도 하지 않아도 되네. 그냥 단지 어떤 주소를 알려줄 건데, 그곳에 한번 가보기만 하면 된다네."

"세상?"

"그래. 또 다른 세상. 이제 곧 알게 되겠군. 자네의 결심이 무엇인지."

최종수는 택시를 세운다. 그리고 수많은 경찰들과 요원들이 택시를 에워싼 채, 고민석에게 수갑을 채운다. 고민석은 얼굴에 검은 천이 씌인 채 검정색 SUV 차량으로 끌려간다.

"최종수. 걱정했는데 무사히 끝나서 다행이야. 그런데 저 새끼. 저거 무슨 생각이야?"

"글쎄다. 무슨 생각일까? 고민석은. 왜 왔을까?"

"이거 너무 쉬운데요. 저항도 없고."

"다들 착각하지 마. 고민석은 갱이 아니야. 호르몬제 유통업자라고. 총 들고 칼 들고 싸웠다면 고민석은 이미 다른 갱들에게 벌써 죽었을 거야."

문지연이 조용히 SUV 문을 연다. 최종수는 문지연 일행과 함께 사무실로 돌아간다.

"너 아까 내가 따라가지 말라는 신호 못 봤어?"

"그거 가라는 신호 아니었어요?"

"너 오늘 운이 좋았어. 분명 고민석은 자수하러 온 거야. 그게 아니었으면 넌 벌써 죽었어. 그리고 저 자식 뭔가 있어."

사무실에는 김승희 교수와 요원들이 자리하고 있다.

"최종수. 잘 해줬어. 이제 이곳에서의 임무도 끝이군."

"끝이요? 그럼 이제 한국으로 돌아가는 것인가요?"

"그래. 한국으로 간다. 이 일과 관련된 사람들은 한국으로 돌아간다. 당분간은 한국에 있겠지. 얼굴이 알려지기라도 하면 다시 작전하기 곤란해지니까 말이야."

"그럼 여기 트랜스젠더나 코피노들은 어떻게 되죠?"

"그건 우리가 개입할 문제는 아니야. 우리 임무 밖의 일이야. 우리의 임무는 어디까지나 고민석 조직을 붕괴시키는 거라고. 여기 일은 필리핀 정부에 맡겨야지."

"고민석은 어떻게 되나요?"

"고민석은 필리핀으로 이민을 왔지. 그러니까 필리핀 정부가 처리해야지. 그런데 이번 경우는 고민석을 우리가 데려간다. 고민석 밑에 있던 조직원들의 핵심 인력이 모두 한국인이기 때문에 고민석과 그 조직원들을 나누어서 데려가 봐야 수사도 안 돼. 그리고 필리핀 정부 역시 고민석이라는 사람에 대해서 골치 아파 하고 있고."

"골치 아프다는 것은?"

"교도소에 들어가 본들 보석금이나 다른 압력으로 풀려날 가능성이 많다는군. 워낙 돈줄이 많아서."

"여기 있는 택시 회사는요?"

"그 회사는 앞으로도 필리핀 내에서 우리들을 완벽하게 보호해 줄 거야. 당분간은 박기태가 운영해야겠지. 최종수와 문지연은 나와 함께 한국으로 귀국하고."

최종수는 문지연이 모는 차를 타고, 사무실을 나와 군 기지로 향한다. 허무하다는 생각이 든다.

"그런데 귀국하면 뭘 할 생각이에요?"

"아직 구체적으로 생각해 본 적은 없는데. 갑자기 목표가 없어져서."

"목표요?"

"그래. 목표. 군인에게 목표보다 중요한 게 어디 있겠나?"

"고민석은 왜 갑자기 나타난 것일까요?"

"고민석은 많은 국가 기관의 표적이 되어 왔어. 딱히 우리 앞에 나타난 것은 죽기 싫어서라고 생각이 드는데. 뭔가 석연치 않아. 뭔가 있는데 그걸 모르겠어. 우리한테 잡혀도 좋을 건 없는데 말이야. 하긴 적어도 살려는 줬으니까. 만약 우리가 아니고 필리핀 정부는 다른 기관에서 고민석을 급습했다면 아마 이렇게 조용히 끝나진 않았을 거야. 고민석 역시 이렇게 순순히 잡히진 않았을 테고."

"고민석이 압박을 많이 받았을까요?"

"그 녀석은 대부분을 지하나 건물 안에서 생활했어. 나오는 순간 얼굴이 알려져서 추적당할 테니까."

"그럴 수도 있겠네요. 고민석의 배후는 누굴까요?"

"알려진 바에 의하면 그 자식은 배후가 없어. 처음엔 동업하는 수준에서 호르몬제를 만들어 판매한 거고. 그러다가 갑자기 호르몬제 인기가 좋아지면서 세력이 늘어난 거지. 만약 조금 더 지체했다면 배후가 붙었을 수도 있지."

"지연 씨는 한국에서는 다시 군부대로 가기 힘들죠?"

"그렇지. 나는 군인 출신이지만 지금은 외교통상부 소속이니까."

"그런데 그 외교통상부가 어떤 기관을 감추는 말이에요? 국
정원도 아니고. 해군 SSU도 아니고, 공군 공정사 부대도 아닌
것 같고."

"국가를 지키는 또 다른 조직이지."

"그럼 저도 이제 그 조직의 정식 일원인가요?"

"넌 아직 임시직이지. 계약직."

"하. 여기서도 계약직, 정규직이 따로 있네요. 크크크. 그런
데 저희는 지금 바로 출발하는 건가요?"

"아니, 아직 시간이 있어. 군부대 숙소에서 쉬다가 새벽에 출
발할 거야. 왜? 어디 갈 데라도 있나?"

"아니요. 그냥 마지막이니까, 관광이라도 해두려고요."

"관광이라. 그래. 여긴 관광지였지."

"잠시 저 앞 근처에서 내려 주시면 감사하겠습니다."

"그래. 있다가 보자고."

최종수는 차에서 내려 멀어져 가는 차를 바라본다. 그리고
고민석이 준 쪽지를 꺼내 전화를 한다. 전화기에서 목소리가 들
린다. 음성은 개조된 음성이다. 사람의 음성이 아니다.

"마닐라 항구 근처. 바세코. 중앙의 파란색 건물."

개조된 음성은 계속 문장을 반복한다. 최종수는 마닐라 항
구 근처로 차를 몬다. 그리고 주변 사람들에게 '바세코' 지역에
대해서 물어본다. 사람들이 '바세코' 지역에 간다고 하자, 다들
얼굴을 찡그리며 의아한 표정을 짓는다. 최종수가 다다른 '바세
코'는 구역 전체에 쓰레기 냄새가 진동한다. '바세코' 마을 초입

에 경고문이 붙어 있다. 외국인이나 관광객은 들어가지 말라는 경고 문구이다. 최종수는 휴대폰으로 '바세코'를 검색해 본다. 세계 3대 난민 지역 중에 하나.

최종수는 들어가길 망설인다. 외국인임을 한눈에 알아본 근처의 아이들이 최종수의 차 쪽으로 걸어온다. 최종수는 결심을 한 듯 바세코 지역으로 차를 몰로 들어간다. 얼마 가지 않아, 차는 더 이상 진입이 힘들다. 최종수는 차에서 내려 근처에 있는 아이에게 10달러를 쥐어준다.

"여기 중앙의 파란색 건물이 무엇이니?"

아이가 손가락으로 가리킨다. 아이가 가리킨 곳에는 10층 규모의 건물이 눈에 들어온다. 이 일대에서 유일하게 올라온 건물이다. 그런데 건물이 파란색이 아니다.

"저간 파란색이 아닌데?"

"뒤. 뒤쪽은 파란색이에요."

최종수는 그 건물 쪽을 향해 걸어간다. 이 구역은 흡사 쓰레기 처리장과 비슷하다. 동네 전체가 쓰레기로 가득 차 있다. 사람들은 그 쓰레기 더미 안에서 동물처럼 굴을 파고 살고 있다. 그 쓰레기들 사이로 아이들이 뛰어다닌다. 대나무로 얽어 만든 집 사이로 쓰레기를 뒤져서 가져온 듯한 음식을 먹는 가족들이 보인다. 손에는 생선머리부터 썩어 들어가는 음식들이 들려 있다. 최종수는 지금까지 이렇게 참혹한 광경은 보지 못했다. 최종수는 자신이 살았던 과거의 어려운 생활은 여기에 비하면 좋은 생활이었다고 생각한다. 최종수가 건물 쪽으로 다가가자, 주변에서 이상한 시선들이 최종수를 쫓는다. 최종수는 걸음을 재촉한다. 건물 앞에 다다르자, 건물 주변은 높은 철조망으로 둘러싸여 있다. 10층 규모의 건물임에도 층마다 면적이 넓어 커다란 학교 몇 개를 합친 것과 같은 규모를 연상케 한다. 과연 이 건물의 앞쪽은 회색 콘크리트 그대로이지만 뒤쪽은 파란색 페인트가 칠해져 있다. 건물은 이제 막 완성되고 있는 느낌이다. 최종수가 정문 근처에서 기웃거리자 경비가 최종수를 노려본다. 최종수는 경비에게 말을 걸어보지만, 경비는 대답조차 하지 않는다. 최종수는 망설인다. 그때 뒤에서 인기척이 최종수에게 다가오는 것을 느끼고 최종수는 본능적으로 왼쪽 가슴의 권총에 손이 간다. 상대가 다가와 말한다.

"최종수?"

"맞습니다만."

"따라 오세요."

최종수가 망설이자 다시금 상대가 말을 한다.

"거기서 망설이다가는 곧 죽게 될 수도 있어요."

최종수가 주변을 살피자, 주변에서 한두 명씩 사람들이 모이고 있다. 모두가 부랑자쯤으로 보이는 행색이 두려움을 안긴다. 그 남자가 경비가 있는 정문으로 다가가자, 경비는 조용히 문을 연다. 최종수는 그 남자를 따라 들어간다. 최종수 뒤에는 행인들이 모여들어서 사라져 가는 최종수를 바라본다.

김승희 교수는 문지연 일행들과 최종수를 기다린다. 수송기 출발 시간이 되어 감에도 최종수는 오지 않는다. 김승희 교수가 말한다.

"최종수, 위치 추척은 어떻게 됐어?"

"최종수의 차량은 마닐라 항구 근처의 바세코에 있습니다. 휴대폰 신호는 끊긴 상태고요."

"바세코? 거긴 빈민가 아니야? 거길 최종수가 왜?"

문지연이 생각에 잠겨 있다가 말을 한다.

"최종수가 차를 타고 오다가 저한테 마지막으로 관광할 곳이 있다고 했습니다."

"관광?"

"네. 관광이라고 했는데, 설마 바세코 지역을 갈 줄은."

"그 바보 새끼. 거기가 어딘 줄 알고 간 거야."

"바세코 지역 근처에 현재 우리 측 정보원 있나?"

"바세코는 아니지만 거기에서 30분 거리에 택시 기사로 위장한 요원이 있습니다."

옆에 있던 현장 작전 요원이 설명을 한다.

"지금은 밤이라 거기에 들어가 본들 찾을 수가 없습니다. 혹시라도 오해 받아서 그쪽 구역 갱들하고 시비라도 붙으면 일이 커질 겁니다."

"일단, 내일 아침 6시에 '바세코'로 최종수를 찾으러 간다. 한국인이니까 금방 눈에 띄었을 테니까, 알아보는 사람이 있을 거야. 나는 고민석을 데리고 한국으로 지금 출발할 테니, 이곳 작전은 문지연이 맡아. 그리고 결과 나오면 바로 나한테 알려주고.

이상."

　문지연과 일행은 아침이 밝아오자마자 차를 몰아 바세코 지역으로 달린다. 문지연의 입술이 바싹 마른다. 문지연이 명령을 내린다.

　"각 조는 4명씩 구성해서 이동한다. 1조는 왼쪽부터 중앙으로 진입하고, 2조는 중앙으로 진입하고, 3조는 오른쪽부터 진입한다. 4조는 내가 조장을 맡을 것이고, 우리는 최대한 빠른 속도로 중앙까지 진입 후, 정찰을 할 것이다. 만약, 최종수가 여길 왔다면, 저기 가운데 보이는 저 건물을 향했을 거야. 저 건물 빼고 여기서 건질 것은 없었을 테니. 이상."

　문지연이 이끄는 4조는 건물까지 신속하게 움직인다. 문지연이 건물 앞에 다다르고 주변을 살핀다. 건물을 지키는 경비원에게 물어본다.

　"혹시 이 건물이 어떤 건물이죠?"

　"여긴 학교예요. 이 빈민가 애들한테 숙식도 제공하고, 교육도 하는 그런 학교."

　"그런데 왜 철조망이 주변에 쳐져 있죠?"

　"여기 이 건물만으로는 이곳을 다 수용할 수가 없습니다. 일단 수용 가능한 애들부터 먼저 수용해서 운영하고, 점차 이곳을 중심으로 건물을 깨끗하게 세울 예정이래요."

　"혹시 어제 이 주변에서 한국인 남자 못 봤나요?"

　"네. 어제도 제가 근무했는데 한국인은커녕 외국인은 못 봤습니다. 이곳에 들어오는 외국인들이 거의 없어요. 선교 활동한 다고 저쪽에 선교 학교라면 또 모를까."

"한국 사람이에요?"

"네. 저는 한국인입니다."

"여기에 있는 애들 대부분이 한국인이에요."

"한국 애들이요?"

"한국 남자들이랑 필리핀 여자 사이에서 낳은 애들이요. 고 아들. 그 애들부터 수용해요."

"그러니까 코피노부터 수용한다는 거예요?"

"그렇죠. 그 애들을 코피노라고 부르나봐요? 여기서는 그냥 한국애들이라고 부르는데."

"그럼 여기 건물을 짓고 운영하는 사람이 한국인인가요?"

"글쎄요. 누군지는 몰라요. 그냥 기부금으로 운영된다는 것 밖에는."

문지연은 이곳이 고민석과 관련이 있을지도 모른다는 생각을 한다. 코피노를 가르치는 시설이라니. 최종수가 이 구역에서 유일하게 관심을 가질 수 있는 것이라면 바로 이것일 거라고 직감한다.

"잠시 들어가서 여기 책임자를 만나 볼 수 있나요?"

"제가 일단 확인해 보겠습니다."

잠시 후에, 인터폰이 울리고 경비원이 말을 한다.

"네. 일단 올라오라고 하시네요."

문지연 일행은 건물 안으로 들어간다. 건물 주변은 인조 잔

디밭으로 운동장 역할을 하는 것 같았다. 건물이라고 하기보단 커다란 학교 같은 느낌이 들었다. 1층 현관 입구로 들어가자, 필리핀인 남자가 문지연 일행을 반긴다.

"어이쿠, 한국에서 오셨다고요?"

"네. 한국에서 여행 왔는데 일행이 어제 이 근처에서 갑자기 행방불명이 되어서요."

"이곳은 위험한 곳인데 어떻게 혼자 이곳에 왔을까요?"

남자가 안내하는 곳은 원장실이라고 쓰여 있는 곳이다. 원장실에서 한 여자가 문지연 일행을 반갑게 맞이한다.

"한국에서 오셨다고요? 반가워요. 저도 아버지가 한국인이에요. 제 이름은 에바예요."

"네. 제 이름은 문지연입니다."

문지연 일행은 자리에 앉는다. 문지연은 이 여자가 트랜스젠더임을 느낀다. 아무리 예쁘게 화장하고 앉아 있어도 이 여자의 눈빛은 여자의 눈빛이 아니다. 남자의 눈이다. 목젖과 복숭아뼈를 완벽하게 숨겨도, 팔에 난 털과 입 주변에 난 털들을 완벽하게 숨겨도, 호르몬제를 어렸을 때부터 맞아서 골격을 여자처럼 작게 만들어도 이 눈빛은 남자의 눈빛이다. 무엇보다 남자의 살냄새가 미세하게 느껴진다. 같은 트랜스젠더만이 느낄 수 있는 이 묘한 느낌은 뭐라 설명할 수가 없다.

"제 일행이 어제 이 근처에서 갑자기 행방이 묘연해져서 도움을 받으려고 왔습니다."

"그래요? 이를 어쩌나. 저희가 도울 수 있는 거면 뭐든지 돕겠습니다. 그런데 이 근처에서는 사람이 없어지면 찾기가 힘들어요. 관광객일 경우에는 돈을 빼앗아 죽여서 바다에 버렸거나, 아니면 다른 곳으로 팔았거나."

"그렇게 호락호락 당할 사람은 아니어서요. 만약 그랬다면 총소리라던가 그런 소리가 들렸을 텐데, 어제 이곳에서 총소리는 안 났다고 하고. 차 주변에 반항한 흔적도 없고요. 무엇보다 차가 그대로 있다는 것이 이상해요. 일반적으로 차를 그렇게 놓고 하루가 지나면 차 안에 있는 것을 모두 뜯어서 팔거나 했을 텐데요."

"그래요? 안타깝네요. 혹시 경찰에는 연락해 보셨나요?"

"여기 경찰이 영 못 미더워서. 원장님은 원래부터 이곳에서 자랐나요?"

"여기 경찰이 좀 그렇긴 하죠. 저는 한국에서 자라다가 이곳으로 왔어요."

"그럼 이민을 다시 오신 거예요?"

"아니요. 한국에서 자랄 때도 호적이나 국가 기록에는 올라간 적이 없으니 사실상은 한국 기록에는 존재하지 않았죠."

"그러면 어떻게 여기에?"

"운이 좋았어요. 좋은 분을 만나서."

"교수님이요?"

"네. 한국의 좋은 분이 후원해 줘서, 이곳으로 오게 됐어요."

"그럼 이곳은 한국인이 소유한 건물인가요?"

"아니요. 필리핀의 조그만 '바이오테크'라는 중소기업이 소유한 곳이에요."

그때, 문지연의 이어폰에 다급한 소리가 들여온다.

"조장님. 1조 요원들이 이쪽 부랑자들에게 둘러싸여 시비가 붙었습니다. 다른 요원들도 더 이상 있다가는 시비가 붙을 것 같습니다."

문지연은 원장님에게 말을 한다.

"저희가 가봐야 할 것 같은데요. 감사했습니다."

"네, 언제든지 부탁할 일이 있으면 알려주세요."

문지연 일행은 밖으로 나와서 빠르게 1조가 있는 곳으로 이동한다.

"일단, 철수해서 처음 진입했던 입구에서 다시 모인다."

문지연 일행이 1조가 있는 곳에 다다르자, 부랑자들이 일시적으로 흩어진다. 그리고 주변에서 다시 문지연 일행을 응시한다. 그런데 부랑자들이라고 하기에는 제각기 들고 있는 것들이 위험해 보인다. 낫부터 커다란 정글도까지. 1조 요원 1명은 벌써 낫에 다리를 찔려 있다. 문지연이 차에 타라고 외치는 사이, 부랑자들이 달려든다. 문지연이 오른손으로 앞에 달려오는 부랑자의 얼굴을 지나치자 부랑자의 얼굴에서 시뻘건 피가 솟구친다. 문지연은 분노를 삼키지 않는다. 바로 달려들어 두 번째 부랑자의 가슴에 검정색 칼을 꽂는다.

1조 요원 한 명이 문지연을 바라보며 말한다.

"조장님. 여긴. 필리핀 타 지역이라 면책 특권이…"

문지연은 멈추지 않는다. 눈빛은 이미 이성을 잃은 듯하다.

문지연이 세 번째 부랑자의 정글도를 피해 허리를 숙인다. 그리고 다리를 걸어 그 부랑자를 넘어뜨린다. 넘어지는 부랑자의 얼굴을 군화발로 으깨어 놓는다. 부랑자들이 더 모이기 시작한다. 부랑자들의 손에는 하얗게 빛나는 칼들이 들려 있다. 문지연이 조용히 글락 권총을 꺼내어 권총 주둥이에 소음기를 끼우기 시작한다. 부랑자들이 당황하는 모습을 보이지만 문지연은 멈추지 않는다. 한 발, 한 발 부랑자들을 쏘기 시작한다. 부랑자들이 놀래 달아나지만 총알이 떨어질 때까지 멈추지 않는다.

"조장님. 이러다가 큰일 나겠는데요."

"어차피 저놈들은 우리 죽이라고 보낸 놈들이야. 신원이 있는 놈들이 아니라고. 그리고 우릴 그냥 보내진 않았을 거야. 저놈들이 살아 있다고 한들 좋은 일을 하겠나?"

문지연과 1조는 재빨리 차에 타서 이곳을 벗어난다.

"아무래도 이 방식으로는 찾을 수 없겠어. 잠복 요원이나 정보원들을 심는 수밖에는."

"그러면 시간이 꽤 걸릴 텐데요."

"어차피 지금 이 상태로도 찾긴 힘들어. 무엇보다 저기 저 건물. 뭔가 이상해. 일단 복귀해서 저 건물에 대해서 좀 더 조사해야겠어."

김제나 교수는 강제국 회장의 말을 듣다가 다시 질문을 한다.

"그러면, 그걸로 최종수는 행방불명이 되었다는 말이에요?"

"그렇다네. 그 이후로 몇 개월간 최종수를 찾을 수 없었어. 김승희 교수도 최종수에 대해서 포기를 했지."

"고민석은 어떻게 되었나요?"

"고민석은 김승희 교수가 한국으로 데려온 이후, 김승희 교수가 관리를 했지."

"관리요? 그래. 관리. 고민석은 공식적으로 죄목이 드러날 수가 없어. 김승희 교수가 이끄는 조직 역시 마찬가지고. 그래서 김승희 교수는 고민석을 조직 내부의 시설에서 관리하기 시작했지. 김승희 교수는 고민석이 만들었다는 그 호르몬제에 대해서 연구를 시작했지. 고민석이 비정상적인 임상실험을 통해서 개발한 그 호르몬제는 사실, 거의 안정적인 상태에 이른 것이라고 볼 수 있었지. 다만, 자금이나 여러 가지 연구 시설을 활용할 수 없었다는 것이 문제였을 뿐이고."

"그래서 그 연구를 활용했나요? 이를테면, 제약회사 등에 그 정보를 줬다든가. 뭐, 그런 식으로 활용이 되었냐는 것이에요."

"특정 회사에 정보가 제공되었다기보다는, 지금의 이 거대한 연구소를 만들 수 있는 촉매제가 된 것이지."

"이 연구소의 시작?"

"그리고 그 연구를 먼저 발표한 기업이 있었어. 듀엘 그룹을 있게 한 중소기업. 그리고 그때였다. 최종수가 2년 만에 다시 나타난 때가."

"최종수가 다시 나타나요?"

"필리핀의 '바이오테크'라는 회사의 중역으로 다시 등장했지. 그 회사는 필리핀 현지 회사로 되어 있었고, 최종수는 그 회사의 경영임원이었다. 그 회사는 호르몬제를 전문으로 판매하는 회사였어. 물론 필리핀 자국 내에서만 판매를 했지만, 실로 그 호르몬제의 효과가 좋았어. 그 '바이오테크'를 지금의 듀엘 그룹에서 인수했다. 당시 듀엘 그룹은 한국에서 '바이오 의약' 전문 회사로 막 코스닥에 상장된 신생기업이었어. 그러니까 약품을 생산하는 그런 조그만 중소기업이었다. 그런데 듀엘 그룹은 자금의 상당 부분을 차입하는 데 성공했다. 헐값에 그 '바이오테크'를 인수하고 바로 세계 각국에 판매를 시작했지. 듀엘 그룹이 성장할 수 있었던 것은 바로 그 때문이었다."

"그 듀엘 그룹에서 '바이오테크'의 가치를 알아본 것이 바로 회장님이셨군요?"

"아니, 내가 그 회사의 매입 자금을 유치한 것이 아니야. 그 회사의 매입 자금은 대부분 투자 자금이었지. 일반 기관에서는 검증이 안 된 외국회사 인수에 선뜻 투자금을 주지 않았기 때문에 국가의 영향력이 많이 미치면서 일정 금액의 투자금을 항시 보유하고 있는 곳. 그런 협상을 할 수 있는 건 내 능력 밖이야."

"그럼 정부가?"

"정부가 했다기보다 너의 어머니인 김승희 교수가 그 협상을 주도했지. 누구보다 그 '바이오테크'의 가치를 알았기 때문에 그 회사가 필리핀에서 세워지자마자 바로 인수를 했다. 다른 회사들이 그 가치를 검증하고 그 약에 대해서 신뢰 검증을 하기도 전에 바로 인수를 했지. 당시에 사이버프렉스는 민간 소유의 방산업체가 아니고 국가 주도의 방산업체였지. 그러니까 당시에는 드로니아가 주식을 소유한 것이 아니었단 말이야."

"어머니가 지금의 듀엘 그룹을 있게 했다면, 그럼 회장님은 언제 듀엘 그룹에 오게 된 거죠?"

"듀엘 그룹은 '호르몬제' 판매를 통해서 국제 사회에 얼굴을 내밀었다. 그런데 그 호르몬제만으로는 글로벌 회사로 성장하기 힘들었지. 그 다음 듀엘 그룹의 목표는 '에이즈' 치료제였다. 그 다음이 '알츠하이머' 치료제였고. 나는 '에이즈' 치료제 개발에 성공했을 때 이 듀엘 그룹에서 얼굴을 나타냈지."

"그전까지의 기록은 잘 찾아볼 수가 없는데, 듀엘 그룹 입사 전에는 어떤 일을 하신 거죠?"

"내 이야길 끝까지 들어보게. 우린 지금 최종수 이야기를 하고 있지 않나?"

"아, 최종수는 바이오테크를 듀엘 그룹에 넘긴 이후에 어떻게 되었죠?"

"최종수의 바이오테크는 듀엘 그룹으로 53% 이상의 지분이 팔렸지만, 실제적으로 듀엘 그룹이 원한 것은 바이오테크가 가진 호르몬제 특허권이었다. 바이오테크는 그 이후로 생산 전문 기업으로 전환했지. 그러니까, 듀엘 그룹이 의약품을 개발하는 두뇌 역할을 한다면 바이오테크는 이 의약품을 제조하고 생산하는 역할의 상당 부분을 수행했다. 최종수는 여전히 '바이오테크' 소속으로 그 이후에 대부분의 시간을 '태국'에서 보냈다."

"태국이요?"

"최종수는 태국에서 '에이즈 치료제' 관련 프로젝트를 진행했어. 당시 태국은 약 25만 명 이상의 여성들이 매춘에 종사했으니까. 더욱이 그 매춘 때문에 동남아에서는 아마도 에이즈 감염자 최대수를 보유하고 있었을 것으로 추정되었다."

"태국은 불교 국가 아닌가요?"

"물론 매춘이 불법이긴 하지만, 태국 관광 수입의 상당액이 그 매춘 때문에 발생해서 정부에서도 제재할 방법이 없었다."

"아니, 최종수와 김승희 교수가 만난 이후에도 왜 그때 최종수가 사라졌는지에 대해서는 밝혀지지 않은 거예요?"

"최종수는 그 당시에 한국에 귀국하지 않았어. 최종수가 한국에 귀국한 것은 그로부터 수 년 후야. 에이즈 치료제의 성공으로 듀엘 그룹이 글로벌 회사로 등장할 때쯤이었지. 최종수가 이태원에서 살인을 저지른 것도 그때쯤이다."

"그럼 최종수가 에이즈 치료제 개발에 성공했다는 것이에요?"

"정확히 최종수의 바이오테크는 태국의 에이즈 치료제 회사를 인수했어. 그 역시 바이오테크와 마찬가지로 태국에서 이름이 채 알려지기 전의 신생기업을 인수했어. 그러니까 듀엘 그룹은 바이오테크의 최대 주주이고, 바이오테크는 태국의 에이즈 치료제 회사의 최대 주주가 되었지. 글로벌 기업으로서 성장 발판을 마련한 듀엘 그룹은 바이오테크에 생산 시설을 더 확충했다. 그러면서 여러 가지 바이오 시밀러를 생산하게 되었지."

"결국, 최종수는 고민석이 했던 것과 마찬가지로 태국에서 임상실험을 불법적으로 진행한 것이겠네요? 그리고 최종수가 그 사라졌던 필리핀의 건물에서 누군가에게 설득 당해서 그 일에 뛰어들게 된 것이고. 아마 고민석이겠죠? 고민석의 그 쪽지 속에서 만난 인물. 그 인물이 최종수를 그렇게 만든 것이겠죠?"

"그랬지. 최종수가 미래 인간 1종이라면, 그 사람은 미래 인간 4종이었다네."

"미래 인간 4종?"

"그래, 자네가 분석한 논문에 나오는 그 미래 인간 4종."

"미래 인간 4종은 권력에 중독된 것이 특징인데, 그렇다면 미래 인간 4종은 권력을 쫓는 사람이거나 강한 권력을 지닌 사람이라는 것인가요?"

"미래 인간 4종은 단순히 권련을 쫓는 것이 아냐. 신이 되고 싶은 거다. 아니면 본인이 신이라고 착각하고 있거나."

"신이요?"

"그래. 신은 모든 것을 알고 있지. 그리고 시험에 들게 하기도 하고. 그래서 이 미래 인간 4종은 신의 흉내를 내려 하지. 어떤 의미에서는 사탄의 또 다른 이름일지도 몰라. 어쩌면 사탄보다 더 할지도."

"미래 인간 4종은 모든 정보와 지식을 가지려는 특징이 있어요. 사소한 정보마저 통제하고 알고 싶어 하죠. 그런데 상대방에게 고통을 주는 것을 즐기는 것은 아니예요. 그 고통에 슬퍼하고 심지어는 상대방을 도와주기도 하죠. 그런데 그 고통을 준 애초의 사람이 본인이라는 것을 잊고 있어요. 선이기도 하면서 악이기도 하죠. 어떨 때는 구분이 안 되기도 하고요. 그래서 미래 인간 4종은 구분하기가 힘듭니다. 1종부터 3종까지는 뇌에서 반응하는 부분이나 DNA 분석을 통해서 구분할 수 있는데, 이 4종은 이런 방법으로는 구분이 되지 않아요. 다만, 나중에 밝혀진 결과를 가지고 4종이라는 것을 알 수 있을 뿐이죠. 그것이 현재 저한테 남아 있는 숙제예요."

"그 숙제를 자네가 풀었으면 좋겠구만. 미래 인간 4종이 권력 계급에 있을수록 세상이 복잡해지고 혼탁해지지. 그 미래 인간 4종은 항상 본인이 좋은 일을 한다고 생각할 테니까 말이야. 어떤 것이 세상을 위한 것인지에 대한 구분을 잘 못하지."

"그 미래 인간 4종을 알고 계신다고요? 그 미래 인간 4종이 누구죠?"

"그 미래 인간 4종은 최종수가 밝혀냈지."

이태원의 한 호텔 연회장에서 듀엘 그룹의 '호르몬 치료제' 생산에 대한 축하가 이어진다. 김승희 교수를 비롯한 문지연 일행은 이 축하 자리에서 만찬을 즐기고 있다. 유명 연예인들의 축하 인사가 이어지고 고급 와인이 제공된다. 박기태는 와인 라벨에 휴대폰을 대고 와인의 가격을 알아본다.

"오, 이거 한 병에 20만 원 정도 하겠는데요?"

박기태는 와인 중앙의 커다란 테이블 위에 더 많은 와인이 있음을 발견하고 와인 앞으로 걸어간다.

박기태가 자리를 비우자 김승희 교수가 문지연에게 말한다.

"그동안 수고했어요. 지연 씨가 없었더라면 내가 많이 힘들었을 거야. 나는 개인적으로 지연 씨에게 제일 고맙다고 말하고 싶어요."

"교수님. 저야말로 교수님과 함께 일할 수 있어서 영광이었습니다."

"앞으로도 계속 잘 도와 줄 거죠?"

"그럼요, 언제든지 무슨 일이 있으면 말씀해 주세요."

"그런데 이제 내가 정부 일을 많이 안 하게 되어서 어떻게 하지?"

"정부 일을 그만두신다고요?"

"아무래도 회사가 커가야 하니까. 그래서 말인데, 이제 자네도 정부 일 그만두고 듀엘 그룹에 정식으로 입사했으면 하는데."

"듀엘 그룹이요?"

"우리 회사의 전략실로 입사해서, 실제로는 보안팀하고 내 일을 좀 도와 줬으면 해서요. 듀엘 그룹이 신생 기업이라 아직 위태위태 하니까."

"너무 갑작스런 일이라…."

"지금 당장은 아니고, 좀 더 시간을 가지고 천천히 생각해 봐요."

"네. 교수님."

"그런데, 내가 깜빡 잊은 게 있는데…."

"잊은 거요?"

"그래요. 오늘 최종수가 온다는 얘기를 안 했네."

"최종수."

"그래요. 최종수."

"최종수가 어떻게 여길…."

"지금 이 호텔 21층의 2105호에 가면 최종수를 만날 수 있을 겁니다."

"그동안 궁금한 것이 많을 테니 이야기 좀 나누라고."

문지연은 단호한 말투의 김승희 교수를 한참 바라보다, 일어나서 엘리베이터로 향한다. 어떻게 최종수가 여기에 있는 것인지 문지연은 도무지 이해할 수가 없었던 것이다. 엘리베이터가 21층에 다가갈수록 문지연은 마음이 떨리기 시작한다. 문지연은 2105호실 앞의 벨을 누른다. 안에서 인기척이 들리고 문이 열린다.

"최종수."

"…."

"너 어떻게 된 거지? 도대체 니가 여기에 왜 있는 거야?"

"어디서부터 이야기해야 할까?"

"그 날. 관광을 간다고 하고 사라진 날. 그 때부터 난 너를 찾아 다녔어. 수많은 잠복조가 그 바세코를 뒤졌지만 결국 너의 행방은 아무도 알 수가 없었지."

"그 관광을 하러 간다고 사라진 날, 저는 '바세코' 지역에 갔습니다."

"역시 그 건물이었군."

"네. 바로 그 건물이죠."

"우리가 다음 달, 그곳을 찾아갔었지. 그런데 왜 지금까지

연락하지 않았던 거야?"

"연락할 수가 없었습니다. 저는 해야 할 일이 있었으니까요. 그 바세코에 들어섰을 때, 저는 과거의 저를 발견했습니다. 주변의 모두가 부정하는 나를 발견했습니다. 그게 그 바세코 지역의 사람들이었습니다. 그런데, 그 바세코 한 가운데서 희망을 발견했습니다. 그 건물은 코피노들을 위한 기숙사이자 학교였어요. 그곳은 고민석의 돈으로 세워진 건물이고요."

"고민석이 그곳에서 자선 사업을 했다고?"

"자선 사업인지는 몰라도 어쨌든 자신과 같은 코피노들을 보살피기 위한 것이었습니다."

"그런데 왜 연락을 하지 않았어?"

"어쩌면 제가 틀렸을 수도 있다는 생각이 들어서요."

"뭐가 틀렸다는 거지?"

"저는 태어나서부터 출신 성분 때문에 고통을 받았습니다. 태어나서 얼마 되지 않아, 어머니에게 버림받고, 가족들에게 버림받고, 결국 저를 도와 줬던 김승희 교수님마저 결혼을 하고 나서 저는 다시 혼자가 되었습니다. 그리고 계급 사회를 피해, 실력으로 성공하고 싶었던 군대에서 다시 출신 성분에 의해 좌절을 맛보았습니다. 사회에 나와서도 마찬가지였죠. 그런데 이곳 필리핀에 와서 그나마 저는 제가 이렇게 살아 온 것만으로도 다행이라는 생각이 들었습니다. 그런데 지금까지 저는 저 자신만을 위해 살았어요. 어떻게든 발버둥 쳐서 올라가고 싶었던 거죠. 그런데 결국 저는 근본적인 문제를 바꾸려는 노력을 하지 않고 원망만을 가득 늘어놓는 그런 사람이었다는 것입니다. 고민석은 그 원망을 해결하기 위해 실천적인 일들을 했고요."

"그래서 고민석 흉내라도 내고 싶었다는 거야?"

"고민석은 물론 불법 임상실험을 하고 약물을 유통시킨 범법자입니다. 그런데 고민석이 코피노들을 위해서 세운 건물들하며, 그 건물 속에서 보살핌을 받고 있는 코피노들은 고민석을 나쁜 놈이라고 생각할까요? 아니면 저와 같은 한국인들을 안 좋게 볼까요?"

"그건 궤변이야. 수단이 목적을 지배해선 안 돼."

"그러니까 왜 안 되냐는 거예요. 저희가 그렇게 고민석을 잡고 한국에 돌아가면 이곳 사회가 변할까요? 그렇다고 한국 사회가 변합니까? 그래서 저는 결심한 것입니다. 철조망 하나를 두고 천당과 지옥 같은 건물 속에서 조그맣게 희망을 가지고 살아가는 사람과 그 철조망 밖에서 희망이라고는 없는 그 코피노들을 바라보면서."

"그래서 그곳에서 희망을 발견했나?"

"아니요. 희망이라는 것은 참 무서운 것이었습니다. 그 건물에서 보살핌을 받고 있는 코피노와 고아들조차도 역시 바세코 출신 사람들임을 부정하지 못합니다. 그건 그 건물 밖에 있는 사람들도 마찬가지고요. 그런데 그 건물 안에서 희망을 가지고 살고 있는 것만으로도 너무나 행복해 하더라고요. 그 코피노들과 고아들."

"그게 네가 사라진 것과 무슨 상관이 있지? 넌 코피노도 아니잖아?"

"전 고민석이 완성하지 못한 마지막 일을 하기 위해서 그 일에 합류하기로 결심한 것입니다."

"갑자기 왜 그 일을 결심하게 되었냐고?"

"제가 존경하던 사람이 그 일을 원했기 때문입니다."

"존경하는 사람?"

"네. 김승희 교수님이요."

"김승희 교수님이 그 일과 무슨 상관이 있지?"

"제가 그곳에서 사라진 날, 그곳에서 김승희 교수와 고민석을 만났습니다."

"뭐라고? 김승희 교수와 고민석은 그날 한국으로 돌아갔어."

"그렇게 이야기를 했을 겁니다. 그런데 그곳에 있었죠. 그리고 많은 이야길 해 주었습니다."

"그게 무슨 소리야? 도대체?"

"김승희 교수는 정부를 위해서 일하는 동시에 그 정부가 그렇게 잡고 싶어 하는 고민석의 배후 세력이었습니다. 그래서 저희가 고민석의 실체조차 잡지 못한 것이고요."

"김승희 교수님이 왜 그런 일을?"

"김승희 교수님은 신경과학과 유전학에 대해 연구를 많이 해 왔습니다. 특히 리처드 도킨스 교수의 연구에 많은 감명을 받았죠. 다만, 김승희 교수는 그 연구에 대해서 다른 방향으로 해석을 하기 시작했습니다."

"다른 해석?"

"네. 현대 사회의 질병인 코피노, 고아, 불륜, 동물학대, 폐지 줍는 노인들, 불법 체류자들, 살인자, 강간범, 매춘, 성적 학대. 이 모든 것이 인간들의 DNA에 고스란히 살아 후대에 계속 전달된다고 믿었던 것입니다."

"그럼 처음부터 왜 그렇게 정부나 학계에 발표를 하지 않은 거야?"

"미친 인간 취급을 당한 거죠."

"권위적인 학계의 사람들에게조차 미쳤다고 손가락질을 받은 겁니다. 그래서 김승희 교수는 선이면서 악이고 악이면서 선이길 원했습니다. 누군가는 약을 만들어 임상실험을 하고, 정부는 그것을 막기 위해서 노력하지만 결국 그 약의 연구 가치에 대해서 무시하거나 인정할 수밖에 없는 그 역할. 선과 악 양쪽 모두에 있는 사람."

"그럼 김승희 교수가 고민석이를 이용해서 불법적인 일을 하는 동시에 임상실험을 통해 자신의 연구를 증명하려고 했고, 그 연구를 합법적으로 하려는 정부를 지원했다 이거야?"

"네, 맞습니다."

"김승희 교수가 왜?"

"이유는 없습니다. 김승희 교수는 본인이 생각한 이론을 증명하고, 그것이 우리 인간에게 도움이 된다고 생각했기 때문입니다. 그러니까, 김승희 교수, 자신이 바로 미래 인간 이론의 시작이었던 것입니다. 내면에서 꿈틀대는 그 욕망에 대한 호기심을 증명하고 싶었던 것입니다."

"미래 인간 이론?"

"나쁜 DNA 속에 흐르는 것들이 혈액형처럼 인류의 행동에 영향을 미친다는 것입니다. 그 이론 속에 나오는 환자 중의 한 명이 실은 김승희 교수였던 거죠."

"김승희 교수가 미래 인간 병에 걸렸다고?"

"네. 미래 인간 4종. 권력과 정보를 소유하고 싶어 하고, 자신의 이상을 위해서는 선도 악도 될 수 있는 사람. 자기 자신조차 속일 수 있는 그런 사람."

"만약 김승희 교수님이 그렇게 나쁜 사람이라면 너는 왜 그분을 도운 건데?"

"나 역시 그 미래 인간 중의 한 명이니까요."

"뭐라고?"

"미래 인간 1종. DNA 검사 결과 저는 미래 인간 1종이었습니다. 제가 미래 인간이 되고 싶었던 게 아니라, 저를 둘러싼 사회가 저를 그렇게 괴물로 만들어 버렸습니다. 저는 그 병을 고치고 싶었고, 그 미래 인간 병에 걸린 수많은 사람들을 그 바세코의 지하 격리실에서 목격했습니다. 화가 나면 아무렇지 않게 사람을 죽이고, 과대망상에 빠져 있기도 하고, 가상의 게임과 현실을 혼동하는 사람들. 권력에 미쳐 사람들의 정보를 훔치려는 관음증에 빠진 사람들. 그곳에는 그런 사람들이 격리되어 있었습니다. 마치 인간 세상의 축소판 같은 곳이었죠. 저는 그 사람들과 함께 있으면서 깨달았습니다. 이런 사람들이 늘어간다면 이 세상은 끝이라고."

"인간은 그렇게 나약하지 않아. 결국 어느 세대에나 그런 종 말을 걱정하는 사람들이 있었지만 인간은 현명하게 이겨냈지."

"제일 무서운 게 무엇인지 아세요?"

"제일 무서운 것?"

"네. 세상에서 제일 무서운 것은 인간이 극복하고 이겨냈다 는 그 의지와 역사가 결국 다른 종을 파멸시켰거나 같은 인간들 을 정복해서 얻어 낸 결과라는 것입니다. 그것이 공동체의 의식 에 흐르고 있는 것이 무서운 것입니다. 미래 인간은 병이면서도 미래 사회에 적합한 우성 인자들이 먼저 나타난 것뿐일지도 모 릅니다."

"그래서 고민석이를 대신해서 아직도 더러운 일들을 하고 있나?"

"이제 저는 태국에서 일을 합니다."

"태국?"

"이제 에이즈 치료제를 개발할 겁니다."

"또 필리핀에서처럼 더러운 방법을 쓰겠군."

"태국에서는 말이에요. 어릴수록 매춘이 잘 됩니다. 변태들 이 많기도 하지만, 어릴수록 성경험이 없다고 여겨서 남자들이 더 비싼 값에 사기도 하고, 어릴수록 성병도 없을 거라고 생각 해서 그런 겁니다. 그런데 그 애들한테 에이즈를 옮기는 것은 외 부에서 온 사람들이거나 어른들이에요. 에이즈가 설령 걸려도 그걸 숨기고 매춘을 할 수밖에 없죠. 안 그러면 식구가 굶어 죽 으니까요. 어차피 제가 주는 약 안 먹으면 그 매춘부들은 죽습니다. 어차피 약을 못 구해서 죽습니다."

"어차피 죽을 거니까, 그런 방법으로 죽여도 된다는 거야?"

"저는 죽이려고 그러는 게 아닙니다. 고치고 싶어서 그런 겁니다. 희생시키려고 하는 게 아니라 그 희생으로부터 구하려고 그런 거라는 얘깁니다. 이러네 저러네 해도 이 세상은 공리주의 아닙니까? 모두가 부정해도 공리주의를 따르게 되어 있습니다. 어떤 이론을 비꼬아도 그 근본에는 많은 사람들의 행복이 근간이 된다는 말입니다."

"참 그럴 듯하네. 자기 합리화."

"자기 합리화를 하는 사람들은 위선자입니다. 그런데 그 위선자들은 말은 그럴 듯하게 하고 실제로는 자신이 문제가 있는지 모르는 사람들입니다. 자신이 그 문제의 시작이고 썩어빠진 근원인데, 그것을 깨닫지 못합니다. 눈과 귀가 천으로 덮여 있죠. 욕망이라는 천. 마치 자신은 깨끗하고 고귀한 척합니다. 그리고 사람들을 이용합니다. 그게 위선자들이죠. 그게 자기 합리화입니다. 법으로 금지됐지만, 암암리에 그 속에서 잇속을 챙기는 권력자들."

"성인군자 나셨네. 그래서 이제 너의 목적은 무엇이지? 그렇게 근본적인 문제들을 추구하는 너의 목적은 또 무엇이지?"

"처음엔 코피노 문제를 해결하고 싶었습니다. 그러다가 트랜스젠더들을 알게 되었고, 그리고 지금은 매춘부들을 위한 에이즈 치료제를 개발하려고 하고 있죠."

"그리고 나서는?"

"그런데 요즘에 저는 이렇게 생각합니다. '이 세상의 고통은 이렇게 해서는 끊이지가 않겠다. 이 세상 전부의 고통은 끊임이 없겠다. 그리고 누구만의 생각으로 이 사회의 문제가 바뀌지는 않을 것 같다. 그런 생각을 하게 되었습니다. 그런데, 누군가는 어디에선가는 분명히 해야 한다. 세상이 모르더라도 조금씩 누군가는 알려야 한다.' 그게 제가 내린 결론입니다."

"그래서 '구세주'라도 되겠다는 건가?"

"'구세주'가 될 수만 있다면 기꺼이 되려고 합니다."

문지연은 최종수의 말이 궤변임을 알고 있지만, 그렇다고 최종수를 비난하고 싶지는 않았다. 어쩌면 최종수 말이 맞을지도 모른다는 생각을 했다.

"그런데 그때 고민석은 왜 우리 쪽으로 자수한 거지? 만약 자수를 안 했으면 고민석이 그 일을 계속 했으면 되잖아?"

"바둑과 장기나 체스의 차이가 무엇인지 아세요?"

"바둑?"

"바둑은 모든 돌이 공평합니다. 그러니까, 바둑판 안에서 모든 돌이 바둑을 두는 사람의 의지에 따라 놓이게 되고, 바둑을 두는 사람이 모든 돌을 지배합니다. 그런데 장기나 체스는 각 말들의 쓰임이 달라요. 누군가는 왕이나 여왕이고 누군가는 졸병이죠. 장기판에는 계급이 존재합니다. 그러니까 김승희 교수는 장기판을 우리네 인생과 비슷하다고 본 것입니다. 고민석은 장기에서 왕을 지키는 호위병사입니다. 사(士)라고 부르죠. 저는 차(車)입니다. 직선 방향이면 어디든지 그 장기판 안에서 끝에서 끝까지도 밀고 나갈 수 있습니다. 고민석과 저는 그 쓰임새가 다릅니다. 하지만, 결국 우리의 목적은 이기는 것이겠죠. 지금 공식적으로 듀엘 그룹의 연구와 트랜스젠더 임상실험에 대한 추진, 누가 했다고 생각하세요? 김승희 교수? 김승희 교수는 정부의 주목을 받아서 함부로 움직이기 힘듭니다. 고민석은 김승희 교수를 대신해서 지금까지 이 일을 내부적으로 추진한 것입니다. 물론 과거에 고민석이가 했던 더러운 일들은 제가 하게 되었지만요. 저는 거기에 대해서 불만을 갖지는 않습니다. 전 단지 그 일에 충실할 뿐입니다. 세상이 변할 수 있다면 그것으로 된 것입니다."

"아무리 그렇다고 해도 니가 그렇게 변했다는 것은 단지 그 이유 때문만은 아닌 거 같은데. 그 본질, 그 속에 숨어 있는 진심을 알고 싶어."

최종수는 문지연의 말에 한동안 대답이 없다. 무슨 말을 할지 말지에 대해서 고민하는 것처럼 한참을 망설인다. 그때 문지연이 물어본다.

"너의 어머니. 어머니 때문이지?"

최종수는 부인하지 않는다.

"저는 당시 필리핀을 떠나 잠시 한국에 들어왔습니다. 왜냐하면 저는 그 일이 썩 마음에 내키지 않았기 때문입니다. 임상실험이니 신약이니 그런 것들은 저와는 상관없다고 생각했습니다."

"그럼 그 일을 거부했다는 거야?"

제 9 화

할렘 디자이어, 그 다음 세계

김진숙 여사는 오늘따라 신이 나 있다. 평생 요리라곤 해 본 적이 없지만, 아들이 온다는 소식에 들떠 있다. 근처에 사는 언니까지 불러서 불고기, 잡채, 해물탕, 활어회까지 잔치라도 벌일 셈이다.

"진숙아, 이걸 다 어떻게 하려고 이렇게 많이 해?"

"언니는, 종수가 어디 보통 애여? 입이 짧아서 뭘 먹을지를 몰라. 그놈이. 많이 준비했다가 지가 좋아하는 것만 실컷 먹여야지."

"그래도 지 아들이라고 엄청 좋은가 보네."

"그럼, 좋지."

김진숙의 친언니인 김미희는 동생의 이런 행동이 아연 의아스럽다. 그렇게 어린 아이를 20년이 넘도록 버리고 가서 연락 한

번 안 했던 동생이 이렇게까지 조카인 최종수를 기다릴 줄은 몰랐던 것이다.

"그런데 말여. 진숙이 니가 아들 버리고 갔었잖여. 아들이 좋긴 한가 보다. 니가 이렇게 좋다고 하는 걸 보니."

"언니, 그 이야긴 왜 또 꺼내고 그래. 그거는 그만 잊자고."

그때, 아파트 현관문 벨소리가 들린다.

"종수 왔는갑네. 종수냐?"

최종수는 들떠 있는 어머니의 목소리와 이모의 반김에 쑥스럽기만 하다.

"종수야, 니 엄마가 너 오면 준다고, 음식을 이렇게 잔뜩 했어. 웃기지?"

최종수는 거실 한가운데 펼쳐 있는 음식들을 바라본다. 그리고 스스로를 대견스럽게 생각하는 김진숙 씨의 미소 띤 얼굴을 바라본다.

최종수는 음식 상 앞에 앉는다. 그리고는 이것저것 먹어보기 시작한다.

김미희가 호들갑스럽게 말을 꺼낸다.

"종수 니 엄마가 얼마나 웃긴지 아나? 얼마 전에 운전면허 시험을 봐서…."

"언니, 그 이야긴 하지 말라니까."

"왜 어때? 합격했으면 됐지."

"어머니가 운전면허요?"

"응. 1종."

수줍게 웃는 김진숙 씨를 최종수는 의아하게 바라본다.

"내가 요즘 장사를 하거든."

"장사요?"

옆에 있던 김미희 씨가 덧붙인다.

"요 앞에 아파트 단지에서 노점상을 해. 과일 장사. 여자 둘이 하려니까, 단속반들이 오면 그거 다 뺏기고 옮길 데도 없고. 그래서 하도 치사해서 운전면허를 따 버렸지. 니 엄마가 초등학교만 졸업했는데 대단하지? 운전면허 필기시험도 합격하고. 일곱 번이나 떨어졌어."

"과일 노점상이요?"

"응. 하루에 그래도 20만 원 벌이는 해서 둘이 나누면 10만 원씩 떨어져. 본전 빼면 한 달에 150만 원 벌이는 되니까."

최종수는 울컥한다. 아들 버리고 유흥업소를 전전긍긍하던 이 여자가 얼마나 힘들었을까? 얼마나 힘들었으면 그 자존심을 버리고 노점상을 한다고 이렇게 좋아할까?

"트럭도 뽑았어."

"트럭이요?"

"1.5톤 장축 트럭 있잖여. 할부로 팍 긁어버렸지. 이제 나도 사장이녀. 사장. 과일가게 사장."

"암튼 우리가 과일가게 사장이지."

최종수는 자신도 모르게 마음이 울컥 솟아오른다. 어쩌면 이렇게 평범하게 살 수 있었는데, 그렇게 긴 시간 동안 왜 자신과 어머니가 고통을 받아야 했는지 최종수는 세상이 원망스럽다. 하지만 그 눈물은 힘들었던 자신의 과거에 대한 눈물이 아니다. 그것은 어머니가 혼자 겪었을 고통에 대한 눈물이다. 어쩌면 돌아오고 싶었을지도 모른다. 늘 돌아오고 싶었을지도 모른다. 다만, 돌아오는 방법을 몰랐을지도 모른다. 최종수는 문득 초등학교 6학년 때의 기억이 떠오른다.

"종수야, 엄마야."
"엄마?"
"응. 엄마."
"…"
"엄마가 우리 종수 만나고 싶은데, 할머니 몰래 광주 터미널로 나와. 토요일 오후 4시까지 꼭 와."

최종수는 광주 터미널까지 가기 위해서는 돈이 필요하다고 생각한다. 그리고 외할머니와 외할아버지 쌈짓돈을 뒤지기 시작한다. 장롱 밑에 있던 3만 원을 발견하고는 챙겨서 달리기 시작한다. 어린 최종수의 마음이 쿵쾅대기 시작한다. 먼저, 읍내까지 마을버스를 타고 간다. 읍내에서 광주로 나가는 시외버스를 타려니 매표원이 물어본다.

"애야. 너희 어머니는 없니?"
"광주 시내 터미널에서 기다리고 있어요. 빨리 가야 해요."
"광주 터미널."
"네. 지금 시간이 없어요. 빨리요."

매표원은 망설이다가 아이의 눈에서 진실함과 조급함을 읽는다.

　최종수는 버스표를 받아들고 버스에 오른다. 최종수는 광주 터미널에 도착해서 들어오는 차가 모두 보이는 하차장 앞 의자에서 내리는 사람들을 바라본다. 바람이 제법 춥지만, 이정도 추위쯤은 문제가 아니라고 생각한다. 오후 4시가 훌쩍 지나고 5시가 다 되도록 엄마는 보이지 않는다. 오후 6시가 넘고 7시가 되어가도 엄마는 보이지 않는다. 이제 마지막 차가 들어온다. 저 차일 거라고 생각하고 사람들을 이리저리 살핀다. 그런데 엄마의 얼굴은 보이지 않는다. 최종수는 8시가 되어서야 자리에서 일어난다. 이미 손과 발은 꽁꽁 얼어붙어 버렸지만, 어쩌면 길이 엇갈렸을 수도 있다는 생각을 한다. 어쩌면 집에 가서 먼저 기다리고 있을 수도 있다는 생각을 해본다. 최종수는 갑자기 달려가기 시작한다. 집에 얼른 가야 한다. 외할머니 집에 도착하자마자 최종수는 신발부터 살핀다. 신발은 외할머니와 외할아버지, 그리고 최종수가 싫어하는 외삼촌의 신발뿐이다. 그때, 외삼촌이 문을 벌컥 열며 최종수에게 소리를 지른다.

　"이런 씨불 놈의 새깽이가, 어디서 도둑질을 배워가지고, 장대기로 맞아야 혀. 이놈의 새끼."

　"야, 야, 그냥 놔둬라. 애비 애미가 없어도 가르친다고 가르쳤는데 내 잘못이지. 누굴 탓하겠냐. 내 업보다. 업보."

　외삼촌은 아랑곳 하지 않고, 마당에 있는 작대기를 들어 최종수의 엉덩이를 때리기 시작한다.

최종수는 그때의 일을 어머니를 만나면 꼭 물어 보고 싶었다. 왜 그렇게 갑작스레 전화해서 나오지 않았는지. 최종수는 살아오면서 늘 그 일이 궁금했다.

"어머니."

"왜? 뭐 더 줘? 과일 줄까?"

"아니요. 물 있어요?"

최종수는 그때의 일을 물어보고 싶었지만, 입을 다문다.

"있다가 요 앞에 노래방 가자. 이모랑 셋이."

"응. 노래방."

"니 엄마가 노래를 기똥차게 잘하잖여."

"노래요?"

"그려. 팝송도 얼마나 잘하는디. 가방끈은 짧아도 팝송을 기가 막히게 부른당께."

최종수 가족은 일어나서 노래방에 간다. 노래방에 들어가자마자, 최종수의 어머니가 부른 곡은 런던 보이즈의 '할렘 디자이어'다. 영어를 한 글자도 모를 테지만, 노래방 기계 화면에 나오는 영어발음이 적힌 한글을 따라 읽는다. 어쩌면 외웠는지도 모르겠다. 이 노래는 어머니가 최종수를 버리고 떠나기 전에 신나게 틀어 놓고 최종수를 빙빙 돌리던 그 노래이다.

문지연이 최종수를 물끄러미 바라본다.

"그렇게 어머니와 잘 지내게 되었는데 어떻게 갑자기?"

"세상은 그렇게 행복만을 주는 건 아닌 것 같습니다. 행복이란, 그저 우리가 바라는 마음일지도 모르죠."

"우리가 바라는 마음?"

최종수는 어머니가 들어오지 않자, 아파트 앞에 노점상들이 모여 있는 곳으로 발걸음을 향한다. 노점상 주변이 시끄럽다. 사람들이 모여 있다. 최종수는 그 사람들 사이를 비집고 들어간다. 그 가운데는 배가 불룩 나온 남자가 최종수 어머니의 머리를 틀어잡고 쌍욕을 하고 있다. 바닥에는 온통 과일이 여기 저기 흩어져 있다.

"이런, 씨발 년이 어디서 기어들어와서는, 여긴 내가 맡아 놓은 자리야. 그러니까 꺼져."

옆에 주저앉아 있는 김미희는 그저 멍하니 바라만 보고 있다.

김진숙이 악을 쓴다.

"이 개새끼야. 그럼 아침 일찍부터 와서 여기를 맡아 놓았어야지. 장사 다 끝나가고 있는 마당에 와서 자리를 비켜라 말아라 그래."

"요 년 봐라. 내가 누군지 알고."

그리고는 김진숙의 머리를 흔든다. 김진숙은 악다구니를 쓰며 그 배불뚝이의 얼굴을 손으로 집어 뜯으려 손을 뻗는다. 배불뚝이는 그런 김진숙이 가소롭다는 듯이 자신의 손을 쭉 뻗어 김진숙의 손을 피한다.

주변 노점상들이 쑤근거린다.

"아이고, 진숙 씨 죽겠어. 그냥 자리 줘버려. 원래 그런 인간

이어.”

“저 상종 못할 놈이 또 행패 부리네.”

최종수는 몸 안에서 뜨거운 피가 머리까지 솟구치는 것을 느낀다. 그 피라는 것이 머리카락까지 쭈뼛 서게 만드는 느낌이란, 몸을 부르르 떨게 한다. 최종수가 빠른 걸음으로 다가간다. 걸음이 빨라질수록 최종수의 심장이 요동치기 시작한다. 최종수가 주먹으로 배불뚝이의 목을 세게 내리친다. 깜짝 놀란 배불뚝이가 김진숙의 머리 채를 놓고 저만큼 떨어져 나간다. 이 순식간의 광경에 김진숙과 김미희, 노점상들이 놀라서 최종수를 바라본다.

최종수의 눈빛은 사람의 눈이 아니었다. 그 검은 눈동자는 이미 피로 물들어 있다. 최종수는 그 동안 참았던 분노가 끓어오르는 것을 조절할 수가 없다. 주먹이 부르르 떨린다. 배불뚝이가 일어나더니 최종수를 향해 다가오며 욕을 한다.

“이 새끼가, 넌 뭐야 이 새끼야. 이 년하고 한 패야? 죽고 싶어?”

그때, 최종수의 두 번째 주먹이 나간다. 이번에는 배불뚝이의 광대뼈다. 그리고 세 번째는 목젖이다. 배불뚝이가 허리를 숙이고 아파서 일어나지 못한다. 숨을 콜록 거린다. 최종수가 바닥에 내동댕이 쳐진 나무 과일 상자를 집어 든다. 그리고 배불뚝이의 머리를 짓이기기 시작한다. 나무상자에서 삐져나온 대못이 배불뚝이의 머리에 상처를 냈는지 피가 나기 시작한다. 처음엔 주르르 흐르던 피가 순식간에 분수처럼 하늘로 뻗어 주변에 흩어진다. 주변 상인들이 놀라서 말리고 싶지만 누구도 나서지 못한다. 최종수는 일어나서 다시 구둣발로 배불뚝이의 얼굴을 찍는다. 이미 일어나지 못하는 배불뚝이의 코부터 이빨까지 피가 범벅이지만 최종수는 멈추지 않는다. 최종수는 발로 그 배불뚝이를 죽어라고 짓이긴다. 배불뚝이는 이미 정신을 잃었다. 하지만 최종수는 이제는 멈추지 못한다. 그때, 배불뚝이의 친구로 보이는 근처 노점상 남자들이 소리를 지르며 뛰어온다.

"야, 이 개새끼야. 죽고 싶어?"

남자 셋이서 소리를 지르며 다가오자, 최종수는 몸을 돌려 바닥에 떨어진 과일 칼을 주워든다. 그리고 하늘을 향해 고개를 올려 소리 지른다.

"씨발 새끼들, 다 죽여 버릴 거야. 배때지를 갈라서 창자를 갈기갈기 찢어 버리겠어."

최종수의 욕에 김진숙과 김미희는 놀란다. 최종수를 보는 내내 저렇게 화가 난 모습도, 욕을 심하게 하는 모습도 본 적이 없기 때문이다. 최종수가 낄낄대며 웃기 시작한다. 그리고 그 남자들을 향해 걸어가기 시작한다. 키가 작고 날렵하게 생긴 남자가 슬금슬금 최종수를 향해 다가온다. 그리고는 순식간에 공중으로 솟구쳐 몸을 비틀더니 돌려 차기를 한다. 최종수가 머리를 뒤로 젖혀 피하자마자, 다시 그 남자의 주먹이 날아온다. 최종수는 날라 오는 주먹을 오른쪽으로 피하고, 과일 칼을 그 키 작은 남자의 허벅지에 찔러 넣는다. 남자가 비명을 지른다. 최종수가 낄낄 대며 남자의 허벅지에 있던 칼을 다시 빼들자 다른 두 남자들이 쇠파이프를 들고 달려든다. 한 명의 쇠파이프가 최종수의 오른쪽으로 날아든다. 최종수는 아랑 곳 하지 않고 쇠파이프를 몸으로 맞으며 그 남자의 주둥이에 과일칼을 쑤셔 넣는다. 그 남자의 입술과 볼 살이 터져 나간다. 최종수가 낄낄거리며, 그 남자를 감싸 안는다. 남자는 발버둥치지만 최종수는 한 손으로 남자를 감싸 안고, 칼을 목에 겨눈다. 남자는 순간 얼어붙는다. 나머지 한 남자는 차마 달려들지 못한다. 최종수가 몸을 돌려 그 남자에게 말한다.

"양아치 새끼들이. 모가지를 잘라 버릴까? 아니지, 내가 배때지를 가른다고 했지?"

최종수가 그 남자의 배에 과일 칼을 박아 넣는다. 그리고 서서히 가르기 시작한다. 남자가 몸을 비틀며 앞으로 꼬꾸라진다. 최종수가 나직이 말한다.

"과일 칼 길이가 짧아서 뒈지진 않을 거야."

김진숙은 울기 시작한다. 이 모든 것이 자신 때문이라고 생각한 것인지, 아니면 이런 밑바닥의 모습을 아들에게 보여서이기 때문인지 흐느껴 운다. 김미희가 울면서, 소리 지른다.

"종수야, 그만해라. 사람 잡겠다. 제발 그만해라."

그때, 저 앞에서 경찰차가 보인다. 경찰 봉고차다. 동네 순찰차가 아니고, 폭력조직을 체포할 때나 보였던 경찰 봉고차다. 그 뒤에는 119 구급차량도 따라 들어온다. 사복 경찰들이 내려 최종수를 차에 태운다. 최종수는 말없이 따라간다. 노점상들은 119 구급차량에 형사들과 함께 탄다. 최종수는 자신의 인생이 여기에서 끝날 것이라고 생각한다. 그런데 이상하게 후회는 없다. 자신이 지금까지 살아온 것은 어쩌면 어머니를 만나기 위해서였다고 생각한다. 그런데 그 어머니가 이제는 스스로 저렇게 인생을 치열하게 살아가고 있다. 그래서 최종수는 안심이다. 최종수가 없어도 이제 어머니는 혼자 살아갈 수 있겠다고 생각해서 최종수는 안심이다. 좀 더 행복하게 살았다면 좋았겠지만, 이제 그 시장 바닥에서 누구도 어머니에게 함부로 하지 못할 것이다. 사람들의 입이란 무서운 법이니까. 최종수는 씁쓸한 미소를 짓는다. 그런데 왠지 모르게 눈물이 왈칵 쏟아진다. 하늘은 왜 자신에게만 어머니에게만 이렇게 가혹한 것인지 창밖의 하늘을 바라보며 신이 있다면 신을 원망해본다. 신은 왜 인간을 창조하고 이렇게 가혹한 벌을 내리는 것일까?

봉고차가 한참을 달리더니 고속도로 쪽으로 빠지기 시작한다. 그러더니, 고속도로 휴게소로 진입한다. 차가 멈춰서고 문이 열린다. 울고 있는 최종수 앞에 낯익은 얼굴이 보인다.

"최종수. 그렇게 찔찔 짠다고 세상이 어떻게 변하진 않아. 그리고 노점에서 과일 파는 어머니를 괴롭히는 양아치들이 없어질 거 같아? 가만히 있으면 아무것도 바뀌지 않아."

김승희 교수는 울고 있는 최종수를 향해 손을 내민다. 김승희 교수의 손을 잡고 봉고차에서 내린 최종수를 김승희 교수가 감싸 안으며 등을 다독인다. 최종수의 흐느낌이 더욱 커진다. 그리고 최종수의 코에서 코피가 흐르기 시작한다.

문지연이 놀라서 최종수를 바라본다.

"그때부터였구나."

"네, 그때부터입니다. 초등학교밖에 못 나온 어머니와 그와 비슷한 수많은 노점상들의 세계. 그리고 그 노점상들을 기생충처럼 괴롭히는 인간들. 그리고 그 인간들을 죽이지 않고 살려두는 이 세상. 그런 인간들에게조차 인간의 존엄성 잣대를 들이대는 위선자들. 그리고 그 위선자들이 돈을 주고 몸을 사는 매춘부들. 그 매춘부들에게 명품을 파는 사람들. 그 명품을 만들기 위해 학대 받는 아프리카의 전쟁 고아들. 그 전쟁 고아들을 만든 세계의 권력자들. 그 권력자들을 뽑은 국민들. 전 세상이 무섭습니다. 이 잔인한 세상이 두렵습니다. 이런 잔인한 세상 속에서 위선이라는 가면을 쓰고 살아가는 사람들이 더 끔찍합니다. 그래서 그 두려움을 없애기 위해 세상을 죽여야겠습니다."

"조 검사님. 눈 떠 보세요. 정신이 좀 드세요?"

조윤정 검사는 눈을 떴지만, 흐릿하여 잘 보이지가 않는다.

"여기가 어디?"

"여긴 한국 해군 소유의 함정입니다."

"다른 사람들은?"

흐릿한 조 검사의 눈에 물체가 잡히기 시작한다. 눈앞에 있는 사람은 자신을 권민재 소장이라고 소개한다.

"안타깝게 다른 사람들은 모두 현장에서 사망했습니다."

"뭐라고요?"

"지금 살아남은 건 조윤정 검사님과 저쪽에 누워있는 신원 불명의 여자뿐입니다."

조 검사는 마음이 순간 무너져 내리는 것 같다. 방금 전까지도 그 촉새처럼 이야기한 윤 검사의 목소리가 느껴졌는데, 이젠 들을 수 없다니, 도저히 믿기지가 않는다. 권민재 소장이 조 검사에게 말한다.

"잠깐 TV를 보는 게 좋을 것 같은데."

"TV요?"

권민재 소장이 TV를 켜자, TV에서는 속보 뉴스가 한창이다.

"안녕하십니까? 국민 여러분께 침통한 소식을 전해 드립니다.

나미비아로 밀수 관련 조사 연수를 갔던 경찰 소속 경위 3명과 검찰 소속 검사 1명이 숨지는 사고가 발생했습니다. 나미비아 정부와 현지 한국 대사관 공식 발표에 의하면, 나미비아와 남아프리카 공화국 국경 근처에서 밀수입 관련 현장 실습을 하던 나미비아 정부와 한국 조사관들이 인근에 있던 드론의 공격을 받은 것으로 파악하고 있습니다. 이 드론들은 남아프리카에 본사가 있는 세계 1위 '드로니아' 소속의 드론들로, 나미비아 국경 근처에서 테스트 중이었던 것으로 보인다고 전했습니다. 하지만, 나미비아 정부와 한국 정부는 드로니아에 공식 조사에 응할 것을 요구했습니다. 나미비아 정부 측은 드로니아로부터 사전에 드론 테스트에 대한 어떤 통보도 받지 못한 것으로 알려지고 있어 사건이 확대될 것으로 보입니다. 한편, 한국 정부는 나미비아의 사건 현장에 조사단을 파견할 것이라고 밝혔습니다. 지금 한국에 있는 나미비아와 남아프리카 공화국의 대사관에 시위 행렬이 이어지고 있습니다. 잠시 그 영상을 보시죠."

조 검사가 권민재 소장에게 질문한다.
"저게 다 무슨 소리죠? 아무래도 저는 지금 빨리 가야겠어요. 왜 비행기가 아니고 함정을 타고 가고 있죠?"
"검사님 상태가 위급해서 헬리콥터로 이곳에 이송한 것입니다. 아프리카 근처 공항으로 이동해서 다시 항공기로 한국에 가는 것은 현재 상태로는 무리입니다."
"처음부터 이런 의도로 우리를 보낸 것이군요?"
"저는 잘 모릅니다. 다만, 저희는 연락을 받고 현장에 출동해서 구출하라는 명령을 받았을 뿐입니다."
조 검사는 마을에서 데려온 그 여자를 물끄러미 바라본다. 여자는 아직 혼수상태이다.

"안녕하세요? YCB의 중재환입니다. 여러분은 지금 YCB와 함께 하고 있습니다. 오늘 이 자리에는 특별한 게스트를 모셨는데요. 최근 방송된 YCB를 통해 인기 교수님이 되신 현실공감 사회학자 윤기성 교수님과 역사학자 장보동 교수님이십니다. 그리고 오늘은 사회부 기자로 최고의 인정을 받고 있는 신성한 기자님을 모셨습니다.안녕하세요? 시청자분들에게 인사 부탁드립니다."

"네, 안녕하세요? 현실공감에서 미래공감으로 살아나고 있는 윤기성입니다."

"네, 안녕하세요? 갈수록 보동보동해지는 장보동입니다."

"안녕하세요? 신뢰 있는 기사들만 확인 사살하는 신성한 기자입니다."

"네, 반갑습니다. 오늘의 주제는 '드론 시대'인데요. 얼마 전에 있었던 나미비아의 '드론' 사건을 기억하실 것입니다. 참으로 어이없고 황당한 사건이 아닐 수 없는데요. 사회부 신성한 기자님에게 설명을 들어보도록 하겠습니다. 그 드론 사건, 무엇이 핵심입니까?"

"네, 안녕하세요? 사회부 기자 신성한입니다. 그 나미비아 드론 사건은 세계 최대의 드론 생산업체인 드로니아가 어떻게 아프리카에서 실험을 자행하고 있는지를 보여주는 하나의 예라고 보시면 될 것 같습니다."

"드로니아의 실험이요?"

"네, 현재 조사단에 의하면, 드로니아는 수십여 가지의 드론들의 성능 테스트를 위해 아프리카의 주민들을 대상으로 실험을 했다는 의혹을 받고 있습니다."

"어떻게 그런 일이 있을 수가 있는 것이죠?"

"과거의 드론들은 일종의 자동이라고는 볼 수 없고, 사람들이 모니터나 조종을 통해서 드론들을 조종하는 형태였는데요, 인공지능 기능이 발달하면서, 드론들이 점차 성능이 향상되었습니다. 그런데 드론들이 사회에서나 전투에서 스스로 판단을 내리고 상황에 맞는 대응을 하기 위해서는 인간 사회에서의 적응력 테스트가 필요한데, 제한된 실험 공간에서는 사실 그게 현실적으로 어렵습니다."

"그래서 아프리카 마을 주민들과 함께 드론을 살게 했다. 이이야기군요."

"네, 그렇다고 볼 수 있습니다. 그런데 그 마을 근처에 밀수관련 연구 조사를 하던 저희 측 인력과 나미비아측 조사단이이 드론들에게 갑작스런 습격을 받아 숨지게 된 것이죠."

"그렇군요. 그렇다면 이 문제의 본질, 과연 무엇인지 그 숨겨진 이야기를 한 번 들어보는 시간을 가지도록 하겠습니다. 왜 드로니아는 그렇게 무리하게 테스트를 감행했어야 하는 것일까요?

교수님들 의견을 한 번 들어보도록 하겠습니다. 윤기성 교수님께 이 '드론 시대' 무엇이 문제인지 한 번 들어보겠습니다. 윤기성 교수님?"

"네. 드론 시대 본질이 무엇이 문제냐 하면요, 바로 시장성이 충분하지 않다는 거예요. 거품이 꺼졌다. 이렇게 관측되고 있는 게 문제입니다."

"거품이 꺼졌다? 드론 시장이 거품이 꺼졌다 이렇게 보는 겁니까?"

"그러니까, 2016년을 전후로 해서 드론 시장 개발에 한참 열을 올릴 때가 있었습니다. 그 당시에 사회 현상을 말씀드리면,

휴대폰과 통신시장이 발달해서 모바일 시장이 열렸거든요. 그런데 이 모바일의 한계가 바로 '공간'의 한계였습니다. 휴대폰이란 게 자신이 가지고 있는 것이지, 하늘 위에서 자신을 바라본다거나, 아니면 휴대폰으로 물건을 전송한다든가 하는 것은 스타트렉 같은 영화에서나 나올 법한 이야기죠."

"공간의 한계를 극복하고 싶은 당시의 사회 환경이 '드론' 개발의 붐을 일으켰다고 봐도 되겠네요."

"공간과 인간들의 위험성을 제거하는 측면에서는 '드론'만큼 좋은 게 없었으니까요. 원래의 드론은 아프가니스탄에서 미군들이 작전 수행 중 공격이나 감시를 위한 군사용 드론을 사용한 데에서 그 시작이 있습니다. 그 이후로 택배 시장이나 레저용으로 급격히 시장이 발달하기 시작했죠."

"그런데 갑자기 이렇게 거품이 꺼진 이유는 무엇이죠?"

"드론은 시장에서 스스로의 카테고리 정의에 실패했습니다. 드론의 의미는 수벌을 의미해요. 수벌처럼 윙윙거린다. 그래서 드론이거든요. 그러니까 처음 시작은 조그만 무인 비행기 정도로 정의되었습니다. 그런데 드론은 사실 알고 보면, 무인으로 가능한 그 어떤 것도 정의해야 했습니다. 무인 비행기, 무인 자동차, 무인 로봇. 그런 의미에서 당시에는 이를 사물 인터넷의 광범위한 개념으로 발전시켰고, 그 이후에는 인공지능 로봇의 개발이 더욱 이슈가 되었습니다."

"그런 의미에서 최근 세계 1위 드론 생산업체 드로니아의 이 사건이 더욱 의미심장할 수밖에 없는 것 아니겠습니까?"

"1980년대와 2010년을 지배한 사업은 크게 석유산업, 군수산업, 자동차산업, 인터넷 사업이었습니다. 그 전후로 모바일과 플랫폼 사업이 세상을 지배했습니다. 그 다음 세상은 드론과 무인 자동차 세상이었습니다. 그런데 지금은 어떻습니까? 에너지 사업과 바이오의학산업이 주목받고 있죠. 드로니아는 이 과정에서 서구의 대자본에 의해 많은 변신을 해 왔습니다. 회사의 이름과 산업은 바뀌었어도 그 회사와 산업을 있게 한 자본가들은 계속해서 진화해 왔다는 것이죠. 드로니아는 그 이전에는 군수사업자였습니다. 모바일과 플랫폼 사업자들이 전성기를 맞이하고 있을 때, 점차 드론 상용화를 준비했고요. 그런 드로니아가 다음 산업인 바이오의학 사업에 투자를 많이 했다는 것은 익히 알려진 사실입니다. 과거의 실패를 되풀이하지 않게 선투자를 한 것입니다. 그것이 지금의 세계적인 바이오회사 듀엘그룹을 있게 한 것이고요."

"그렇군요. 그렇다면 이 드로니아 제국의 몰락, 과연 우리 사회에는 어떤 파장이 있을까요? 신성한 기자님, 어떻게 보십니까?"

"드로니아가 한국의 사이버프렉스의 대주주라는 것은 여러분도 잘 알고 계실 텐데요. 사이버프렉스는 한국 내 드론 생산을 비롯해서 자동차 관련 부품 사업에 많은 고용 인력을 창출하고 있습니다. 저성장 시대에 듀엘 그룹과 함께 경제를 이끌어가는 양대 축이었죠. 그런데 이번 사태로 인해서 실업률은 물론 연계된 고용시장이 크게 흔들이고 있습니다. 문제는요, 이 드로니아의 핵심 시설이 남아프리카 공화국에 있는데, 제조 시설은 모두 중국에 있다는 것이 더 큰 문제입니다. 중국이 2025년을 기점으로 생산인구증가율이 점차 하락하면서, 경제적으로 하락세를 면치 못하지 않았습니까?[7] 지금 드로니아까지 중국에서 철수한다면 그 상징적인 의미가 크다고 할 수 있을 것 같은데요. 만약 드로니아가 중국에서 철수하고 관련 산업들이 중국시장을 빠져 나가기 시작한다면, 중국의 위안화가 기축 통화인만큼 우리나라에도 영향이 적지 않게 올 것으로 보입니다."

"이 드로니아 버블, 과연 예견되었던 것일까요? 아니면 새로운 시작을 알리는 신호탄일까요? 장보동 교수님은 어떻게 보십니까?"

"경제예측 전문 기관의 이사장이었던 해리 덴트의 주장에 의하면, 매 40년마다 기술 혁신이 일어난다고 했는데요, 그 중에서 버블이 일어날 때의 주요 원칙들이 있다고 합니다. 10가지 원칙들이 있는데, 저는 그 중에서 제가 공감했던 원칙들을 말씀드리고자 합니다.

1. 버블은 언제나 터진다. 예외는 없다.
2. 버블은 너무나 매력적이라 결국엔 회의적인 사람들까지 모두 추종자로 만든다.
3. 아무도 마약의 환락과 손쉬운 이득이 끝나기를 원하지 않기 때문에 버블이 커지면, 특히 마지막 단계에 도달하면 대부분의 사람들이 버블을 부인하게 된다.[8]

이 해리 덴트가 주장하는 원칙들이 상당히 일리 있게 들리죠? 제가 바라보는 의견은 이것입니다. 드로니아의 버블은 이미 예견되어 있었지만, 누구도 그것이 이렇게 쉽게 끝날 것이라고 믿고 싶지 않았던 것입니다."

"그렇다면 말이죠, 드론 산업과 가장 밀접히 연결되어 있는 사물인터넷 산업은 어떻게 보십니까? 과연 이 사물인터넷 산업이 드론사회 다음의 주축이 되는 산업이 될 수가 있을까요?"

"사물 인터넷의 근본적인 시작은 공유를 원하는 사람들의 심리에서 비롯되었다고 할 수 있습니다. 그런데 역설적이게도 이러한 사람의 심리는 돌고 돈다는 것입니다. 미국 펜실베이니아 대학교의 제러미 리프킨 교수의『한계비용 제로 사회』라는 책에서 다음과 같이 이야기해 주고 있습니다. '16세기 말만 해도 공개적으로 함께 목욕하고 대소변도 흔히 대놓고 보고 공공장소에서 성적인 행위도 빈번하게 했으며 사람들이 자신들의 사생활을 중요하게 생각한 것은 초기 자본주의 시대에 이르러서다. 전 세계와 연결된 환경에서 성장하는 젊은이들에게 자유란 자치권이나 배타성에 묶이는 것이 아니라 가상의 글로벌 세계를 통해 타인과의 접속을 즐기는 것이다.'9)

과거의 가상현실 기술이 초보적이었다면, 지금의 가상현실 기술은 굉장히 진보되어 있습니다. 신경계를 자극해서 실제 만지는 듯한 느낌까지 구현해 주니까요. 3D 기술을 이용해서 시각으로만 체험하던 과거와는 차이가 확연하죠. 결론적으로 저는 이렇게 봅니다. 사물인터넷 산업은 가상현실 산업의 촉발을 불러 왔지 않는가. 그런데 또 이 가상현실 산업은 결국 뇌 과학을 포함한 신경과학의 진일보를 가져올 것이라는 것입니다."

"이 신경과학이 지금의 사회보다 좀 더 진일보한 결과를 가져올 수 있을까요? 이를테면, 실제로 조깅을 하거나 데이트를 하거나, 여행을 가는 것보다 실제보다 더 실제 같은 가상현실이 우리에게 유익하냐는 것입니다."

"논란의 여지가 있는 말이지만, 우리 인간 사회의 정신세계와 감정세계는 생화학적 체계에 의해 지배를 받는다는 측면에서 볼 때, 사람들이 가지는 감정들은 세로토닌, 도파민 등과 같은 생화학 물질에 의해서 결정된다는 것입니다. 우리가 하는 행위들의 만족감과 행복은 결국 뇌에서 발생하는 쾌락적인 감각이라는 것입니다.[10]

그런 측면에서 보자면, 가상현실이 실제와 다를 것은 없는 셈이죠. 실제 경험을 했냐 하지 않았냐의 차이는 생물학적인 의미에서는 없다는 것입니다."

"그렇다면, 반대로 이렇게 질문해 보겠습니다. 만약, 가상현실에서 살인이나 강간 등을 즐기는 사람이 있다고 가정해 보겠습니다. 그 사람은 가상현실과 현실 세계를 혼돈하거나 동일한 경험의 느낌을 가지게 될 것이므로 가상현실에서 이런 범죄들을 저질렀다면, 그 사람은 처벌을 받아야 하는 것일까요? 실제로는 죽이지 않았지만, 그럴 우려가 크다는 관점이라든지요?"

"그것은 단순히 죽였냐 죽이지 않았냐와 같은 경험의 유무의 관점으로 대답할 문제는 아닌 것 같습니다. 우리 사회가 환경 파괴와 자원 낭비를 방지하고자 그렇게 가상 세계 중심으로 간다면, 충분히 처벌 받을 수는 있다고 생각합니다. 물론 처벌도 실제로 그 사람을 사형시키거나 감옥에 가두는 것이 아니고, 가상 세계에서의 처벌이 일어나겠죠."

"가상 세계의 범죄에 대해서 가상 세계의 처벌이라. 현명하신 대답이네요."

"저희가 지금 드로니아의 버블을 이야기하다가 이렇게 이야기가 흘러 버렸는데요, 드로니아가 현재 소유하고 있는 듀엘 그룹의 주식, 얼마나 될까요? 듀엘 그룹은 드로니아를 구제하기 위한 노력을 기울일까요? 사회부 기자이신 신성한 기자님께서 답변해 주시겠습니까?"

"네, 지금 드로니아의 주식 가치가 폭락했지만, 듀엘 그룹의 주식은 흔들림이 없습니다. 드로니아는 과거 듀엘 그룹의 3대 주주였다가, 2020년 이후 드론 산업의 공격적인 확장을 위해 주식을 모두 매도했는데요, 그 주식 매각 대금을 통해 지금의 드로니아 제국을 이룰 수 있었습니다. 따라서 지금은 듀엘 그룹 지분의 약 1.3% 정도만을 소유하고 있을 뿐입니다. 따라서 현재 주요 쟁점 사항은 크게 두 가지로 압축이 됩니다. 과거의 우호적인 관계 때문에 과연 드로니아에 듀엘 그룹이 도움의 손길을 내밀 것이냐와 드로니아에 투자되었던 자금들이 어디로 향할 것인가에 대한 것입니다."

"듀엘 그룹의 자금 동원 규모는 얼마나 되는 것입니까?"

"듀엘 그룹은 현금으로 즉시 동원할 수 있는 금액이 약 30조에 달하는 것으로 추정하고 있습니다만, 강제국 회장의 사건으로 인해 그룹 지도부가 크게 위축되어 있습니다. 만약, 강제국 회장이 드로니아에 구제 금융을 지원한다고 결정해도 건강상의 이유로 인해 이사회에서 크게 반발이 있을 것으로 예상되고 있고, 듀엘 그룹은 최근 치매성 치료제 이후의 다음 먹거리 고민에 빠져 있는 상황입니다. 신체 능력을 향상시키고 노화 방지를 늦추는 시도를 계속해서 하고 있는데, 결국 이것은 초고령화 사회에 대한 논란을 부추기고 있습니다. 아울러, 바이오의약의 전환점이 될 만한 기술 개발이 한계에 부딪치면서 수 년 안에 침체에 빠질 것이라는 전망도 나오고 있어 쉽지만은 않을 것으로 보입니다."

"그렇다면요. 다음 쟁점인 드로니아를 빠져 나가고 있는 이 자금들이 과연 어디로 향할까요?"

"네, 현재 분석가들은 인공지능 산업과 에너지 산업이 될 것이라는 전망입니다. 바이오의약 산업도 정점을 향해 가고 있어 투자에 따른 수익을 거두기가 쉽지 않을 것으로 보고 있기 때문인데요. 드론 사회의 다음 혁명인 인공지능 산업은 매력적이기는 하지만, 인공지능을 통한 계속적인 발전은 결국 실업률의 증가를 가져왔습니다. 고령화 사회에서 인공지능은 사람들의 설 자리를 점차 줄여 나가고 있어 에너지 산업 쪽에 많은 자본이 흘러갈 것이라는 전망이 우세합니다."

"에너지 산업에 많은 분야가 있지 않습니까? 구체적으로 어떤 산업에 자금이 투자될 것으로 보이십니까?"

"네, 현재는 태양광을 이용한 산업이 우세할 것으로 점쳐지고 있습니다. 석유의 고갈과 원자력 발전으로 인한 환경 단체들의 항의가 빗발치는 가운데 결국 무한하다고 표현할 수 있는 태양광 산업으로 투자 자금이 몰릴 것이라고 판단되고 있습니다. 과거에 태양광 산업은 고투자 저효율 사업으로 많은 실패를 거듭해 오다가 최근 기술적인 발전으로 급속히 성장하고 있는 산업입니다."

"환경 산업 분야는 어떻습니까? 일부에서는 환경 문제를 지속적으로 지적해 왔는데 말이죠."

"환경 산업 분야는 근본적으로 방지를 하는 게 최선책이지 이미 발생한 환경 파괴를 복구하는 것은 오히려 환경 파괴를 더 가속화 시킬 것이라는 것이 전문가들의 의견입니다."

"그렇다면, 태양광 사업에 상대적으로 약한 우리 나라의 경우에는 경제적으로 타격이 있지 않겠습니까? 주식 시장도 크게 흔들릴 것으로 전망하고 있는데요."

"현재 우리 나라의 연기금과 금융 기관들은 드로니아의 투자 자본을 신속히 회수하는 가운데 아시아 최대 바이오 연구단지이자 듀엘 그룹이 많은 투자를 하고 있는 거금도의 한국 바이오연구소에 투자를 늘리겠다고 오늘 발표를 했습니다."

"그것은 바이오 연구에 박차를 가해서 세계 2위 업체들과 더 격차를 벌리겠다는 초격차 전략으로 봐도 되겠습니까?"

"네, 그렇습니다. 아직은 인류가 정복하지 못한 바이오연구가 산적해 있는 만큼 시장 확대를 위해서는 더 많은 투자가 이루어져야 한다는 것이 기본적인 전제조건이고요. 지금 한국의 기술과 자본으로 환경과 에너지 산업에 투자를 하는 것이 결국 경쟁력 확보에 실패할 것이라는 판단 때문인 것 같습니다."

"그렇군요. 말씀 잘 들었습니다. 잠시 후 광고 후에 뵙도록 하겠습니다. 지금까지 YCB 중재환 이었습니다."

조윤정 검사는 김인환 검사장을 바라보며, 원망의 눈길을 쏟는다.

"아니, 어떻게 검사장님이?"

"나도 일이 이렇게까지 될 줄은 몰랐어. 다만, 나 역시 명령을 받은 것이다."

"도대체 그게 누구입니까? 이젠 말을 해주십시오. 검사장님께 지금까지 명령을 내리신 분 말입니다."

"정보위원실."

"정보위원실이라면?"

"그래, 정보위원실 문지연 부위원장. 우리가 하는 일은 불법도 아니고 편법도 아니고, 국가를 위한 일이다. 그러니 의심하지 마라."

"그러면 윤진호 검사의 희생은?"

"나도 윤진호 검사와 조사관들이 희생될 줄은 몰랐어. 얼마 전에 윤진호 검사는 빅데이터 속에서 음모를 발견했다. 그 음모에 대해서 확신이 없던 우리는 정보위원실 문지연 부위원장에게 보고를 했지. 그런데 놀랍게도 문지연 부위원장은 그 보고를 이미 알고 있었다."

"이미 알고 있었다고요?"

"그래, 그 음모는 오래 전에 시작된 것이었지. 처음엔 한국 바이오연구소장 김승희 교수가, 그리고 그 다음엔 강제국 교수가, 그리고 지금은 다른 누군가 그 음모를 이어가려 한다."

"그 음모라는 것이 도대체 무엇이죠?"

"자네도 알거야. 얼마 전에 발표된 김제나 교수의 '미래 인간 4종'에 대한 이야기. 그건 이론이 아닌 사실이네."

"그런데요?"

"그 미래 인간에 나오는 최초의 미래 인간이자 미래 인간 1종이 최종수와 강제국 회장 그리고 4종이 김승희 교수야. 그리고 김승희 교수에 의하면 과대망상 증세가 심한 2종과 3종이 나타난다고 한다. 최종수와 강제국의 분노를 이용해 지금의 듀엘 그룹과 정부를 움직여 온 4종 김승희는 어찌되었든 사회의 문제를 해결하려는 사람들이야. 그 방식이 잘못되었다고 해도, 인류의 구세주가 되고 싶은 사람들이었지. 그런데 이 2종과 3종은 그렇지가 않아. 2종은 과대망상에 빠져 자신만의 세상을 만들고 싶어 하고, 4종은 인류를 가상현실의 세계로 끌어가려고 하지. 실제 인간들의 활동에는 관심이 없고 뇌에서 일어나는 화학작용만 중요하게 생각하는 위험한 부류이다."

"김승희 교수가 이런 사람들에게 권력을 빼앗긴다는 거예요?"

"강제국이 자멸하는 것은 1종의 병이 깊어졌기 때문이야. 이제 그 생명이 거의 다했다고 볼 수 있지. 김승희 교수 역시 살날이 얼마 남지 않았어. 그 누구도 세월을 이길 순 없어. 새로운 후계자가 그 정신을 이어가겠지. 그런데 4종인 김승희 교수는 자신을 대체할 사람이 2종의 병을 앓고 있고, 강제국을 대체할 사람은 3종의 병을 앓고 있다고 생각한다. 그래서 우리에게 정보를 준 것이고."

"그래서? 우리가 그 2종과 3종을 막을 수 있는 방법은요?"

"김승희 교수가 자신보다 더 정보와 권력에 대한 정도가 깊은 4종이 있다고 하더군."

"그 4종이 이 사태를 막을 거라고요?"

"그래, 김승희 교수가 만난 사람들 중 가장 완벽한 지적생명체라고 하더군."

"그게 누군데요? 어디에서 만날 수 있는데요?"

"이미 만났을 걸세."

"이미?"

"그래 자네가 나미비아에서 데려온 소녀."

"아니, 그러면 처음부터 목적은."

"그래, 모든 사람들을 감쪽같이 살아온 김승희 교수가 찾아낸 소녀이지. 홍채빈 실장은 그 목적으로 거기에 따라간 것이네."

"그럼 처음부터 왜 이야기를?"

"이 지구상 어디에도 안전한 곳이란 없네. 그게 누구든지 간에 서로 속고 속이는 세상이니까. 우리 조직 내부 중에 누구라도 그 사실을 알았다면 자네는 물론 그 소녀는 살아남지 못했을 거라는 말이네."

"만약 그렇다면 홍채빈 실장은 그 소녀를 어떻게 알아본 거죠?"

"그 친구는 인류가 곤충사회, 꿀벌과 같이 페로몬 의식체를 가지도록 발전할 것이라고 믿고 있다네. 그렇게 발달한다기보다, 인류의 누군가가 이 사회의 악을 뿌리뽑기 위해 연구를 그렇게 한다는 것이지. 그런데 그 악을 뿌리뽑기 위함이 결국 인류에게 의식을 강요하고 삶 자체를 부정하게 된다고 생각한다네. 김승희 교수가 우리에게 준 힌트는 꿀벌 사회나 개미 사회에 관심이 많은 여자를 데려오라는 것이었지."

그제서야 조윤정 검사는 나미비아의 마을에서 홍채빈 실장이 어떤 소녀와 이야기한 후에 왜 그 소녀에게 다가갔는지 이해가 되었다.

'아, 그 유아실이라는 말이 꿀벌 부화실에서 일벌들이 꿀을 준다는 말이었군. 그래서 그때 홍채빈 실장이 차를 다시 후진해서 그 여자 애를 건물에서 데리고 나온 거였어.'

"그런데 만약 그 4종이 김승희 교수와 같이 인류에 해를 가하게 변하면 어떻게 하죠?"

"그래서 문지연 부위원장님이 생각을 바꾸셨네."

"생각을 바꾸다니요?"

김제나 교수의 휴대폰이 울린다.

"네. 소장님. 네? 네. 알겠습니다."

김제나 교수가 강제국 회장을 바라보며 말한다.

"회장님이 나미비아에서 하고 있다는 실험실에서 동료를 잃은 조윤정 검사와 김인환 검사장이 심문하러 왔다네요."

"그거 잘 됐구만. 내 수고를 덜었어."

"글쎄요. 잘 된 것인지는 한 번 봐야 알 것 같습니다. 지금 그 조윤정 검사라는 친구가 독이 바짝 올라 있다네요. 여기로 올라온다고 하는데 다 같이 모여서 이야길 들어보면 회장님이 속이고 있는 것이 뭔지 알게 되겠죠."

문이 열리고, 김인환 검사장 일행이 들어온다. 중간에 있는 유리벽을 마주한 채, 강제국 회장과 김제나 교수를 바라본다.

"회장님, 안녕하세요? 김인환 검사장입니다. 이쪽은 조윤정 검사이고요. 저희가 나미비아에서 뭐 하나를 가져 왔는데, 확인 좀 해주셔야겠습니다."

"향이 뭐요?"

"네?"

"어떤 향이 나는 마을에서 데려왔냐는 말이요."

그 때 조윤정 검사가 끼어들며 말한다.

"오렌지요. 귤 냄새 같기도 하고, 오렌지마멀레이드 같기도 하고."

"몇 개의 향을 맡아 보았소?"

"네 개였습니다. 오렌지, 페퍼민트, 섞인 과일향들, 그리고 포도향입니다."

"오렌지는 미래 인간 1종들이 모여 있는 곳이요. 페퍼민트는

2종, 섞인 과일향은 3종, 포도향은 4종이지."

"그럼 공중에서 드론이 살포하는 이 수증기들이 치료제의 일종이라는 것인가요?"

"처음엔 치료제 목적으로 완벽하다고 생각하고 만들었지. 그런데 지금은 부작용이 있어서 억제제나 완화제 정도로 생각하면 될 것 같군."

"향이 다른 것은 이유가 있는 것인가요?"

"특별한 이유는 없네만, 일종의 표식이지. 겉으로는 잘 구분이 되지 않으니까 우리끼리 그렇게 표식을 해 둔 것이지. 일종의 혈액형처럼 말이야."

"거기까지 가서 이렇게 실험을 한 이유가 뭐죠?"

"그러는 자네들은 왜 언론에 듀엘 그룹이 그 실험을 했다고 이야기 하지 않고, 드로니아의 본사를 건드렸나?"

"어차피 우리를 공격한 것은 드로니아 소속의 드론들이었기 때문입니다. 그게 사실이죠. 듀엘 그룹의 실험은 그 다음이고."

"듀엘 그룹이 그곳에서 하고 있다는 그 미래 인간 치료제가 탐나는 건 아니고? 어쨌든지 간에 그것은 병에 대한 관점의 차이 때문이네."

"관점의 차이요?"

"미래 인간 병은 사회의 일부지. 사회의 일부니까 많은 사람들이 인정하기 싫은 병이기도 하고. 특히나 이 병은 밝혀내기가 어려워. 밝혀낸다 하더라도 그것을 증명하는 방법에서 많은 논란이 되기도 하고. 그런데 김제나 교수가 그것을 발표해 버렸지."

"그렇다면 회장님은 이미 그 병을 알고 있었다는 것인가요?"

"알다마다. 그 병은 어느 날 갑자기 찾아온 것이 아니네. 인류라는 비상식적이도록 파괴적인 생명체가 서서히 진화해 오는 과정에서 우리들의 DNA 속에서 점차 증식된 것이지. 유전병이라고 해야 할지 정신병이라고 해야 할지, 아니면 분자 단위의 물질이 인간의 몸에서 살아남기 위해 기생하는 것이라고 해야 할지 뚜렷하게 정의되지 않네."

"그런데 그 연구를 했다면 왜 숨겨온 것이죠? 이렇게 떠들썩하게 할 정도는 아니더라도 논문이나 학계에 보고 정도는 되어 있어야 하는데요."

"우리가 이 병을 찾아낸 것은 우연이었네. 그러니까, 2016년 전후로 해서 한국은 중국의 추격으로 인해 산업 경쟁력을 잃어 가고 있었어. 고령화 사회에 접어들고 있었고, 미국이나 일본, 중국의 환율 전쟁 속에서 고전을 면치 못하고 있었지. 그런데 표면적으로는 크게 이상해 보이지 않았어. 환율 덕택에 무역 수지 흑자가 계속되고 있었고 연일 보도되는 기사에는 한국 기업들이 글로벌에서 선전한다는 내용이 대부분이었으니까. 한국 경제를 지탱하고 있었던 것은 기업이 아니고 자영업자들이라고 해도 무방했지. 그러니까 빚을 계속해서 돌리고 돌리면서 지탱해 온 것이란 말이네. 한국이 그때 눈을 돌린 사업은 바로 '바이오의약' 사업이었네. 그런데 '바이오의약'사업은 단순히 정교한 생산 공장만 가지고 있어서는 안 되는 사업이지. 하청사업으로 전락할 수 있었고, 중국이 잘하는 사업이 바로 이 사업 분야이기 때문에 2~3년 안에 바로 추격당할 수가 있었거든. 그래서 전략적인 핵심 개발 사업이 필요했는데, 그게 이미 선진국에서 점령하고 있어서 말이야. 들어가기가 쉽지 않았지."

"그래서 트랜스젠더 치료제를 얻으려고 했던 것이에요?"

"트랜스젠더 치료제가 아니고 호르몬제였네. 정확히는. 다만, 이 호르몬제 개발의 촉매제를 한 것이 트랜스젠더 치료였고."

"그래서 불법적인 일을 벌이신 건가요?"

"불법적인 실험을 목적으로 한 것이 아니고, 처음에 나는 범죄자였지. 필리핀에서 그런 호르몬제를 불법 유통하는 범죄자였네. 그 때는 돈을 벌고 싶었거든. 지켜야 할 것들이 너무나 많았지. 내가 다시 성공하고 싶은 갈망이 들게 한 것은 김승희 교수 때문이었어."

"김승희 교수요?"

"그래, 저기 김제나 교수의 모친이자 이 연구소의 소장. 김승희 교수. 아니, 이제 전임 연구소장이라고 불러야 하나? 김승희 교수 역시 미래 인간 4종 병을 앓고 있네. 스스로가 격리된 것이지. 이 연구소에 말이야. 현명한 판단이었네."

"이 연구소에 김승희 교수가 격리되어 있다고요?"

"그래. 나는 미래 인간 1종의 병을, 김승희 교수는 4종의 병을 앓고 있으니까 말이야."

"김승희 교수가 그때 구체적으로 어떤 일을 했죠?"

"김승희 교수는 당시에 한국의 미래를 바이오의약 산업에서 찾고 싶어 했고, 그 시작이 호르몬제였지. 생각해보게나. 누가 트랜스젠더를 위한 호르몬치료제를 그 많은 돈을 들여 연구하고 개발하겠나? 그런데 늘 이런 카테고리 킬러 아이템들이 촉발이 되어 혁명이 일어나지. 스티브 잡스의 아이팟이 그랬던 것처럼 말이야. 어쨌든 그 트랜스젠더 호르몬제 다음엔 에이즈 치료제였어. 그리고 치매와 관련된 연구들을 계속해 나갔지. 그런데 이 신약 개발의 성공 속에서 우리는 또 다른 문제에 직면하게 되었다네. 병이라고 명명해야 할지 아니면 그것을 혈액형과 같은 사람마다의 형질로 분류할 것인지 고민이 되는 그런 것이었지."

"그러면 미래 인간 연구는 언제부터 하게 된 거죠?"

"미래 인간 병을 처음부터 알고 했던 것이 아니네. 우리는 이 바이오의약을 앞당기기 위해서는 인간의 게놈 지도가 절실히 필요했지. 인간 유전정보는 23쌍의 염색체를 구성하는 DNA에 담겨 있고, 이 DNA는 아데닌, 구아닌, 시토닌, 티민 등 4개의 염기조합으로 이루어져 있지. 이것들이 염색체 상에서 차지하는 위치 지도가 게놈지도야.[11] 이미 2003년에 세계적으로 완성이 되었다고 하지만, 그 연구는 초보적인 수준에 머물러 있었어. 그래서 우리는 이 게놈 지도를 토대로 트랜스젠더들에 대한 DNA를 데이터에 담기 시작했네. 그러던 중에 코피노의 DNA를 접하게 되었고, 한국인들의 DNA도 개별적으로 수집하기 시작했지. 그런데 이 수집된 DNA를 연구하던 중에 몇 가지 특징들을 발견하게 되었다. 그 특징들을 모아서 연구한 게 바로 미래 인간 병의 시작이야. 우리가 했다기보다, 모아진 데이터들이 커다란 빅데이터를 이루었고, 컴퓨터가 분석한 결과가 알려 준 것이 바로 이 미래 인간에 대한 데이터야. 다시 그 근본적인 것은 진화론으로 귀결되고 말이야. 김승희 교수는 리처드 도킨스 교수의 연구를 심도 있게 연구했지. 그리고 내린 결론들이 우리 사회의 환경들이 DNA에 스며들고, 이 DNA는 환경에 살아남기 위해 자손들에게 살아남기 유리한 것들이 유전이 된다는 것이야. 그러니까, 예를 들면 스마트폰을 자주 접하다 보면 깊은 사고보다는 빠르고 산만한 행동들이 나타나게 되는데 그것 역시 DNA 속에 스며든다는 말이라네. 그것을 병으로 볼 것인지 사회의 폐해로 볼 것인지는 나도 아직 확신이 안 서네만. 다만, 최종수의 경우를 보자면 그건 병임에 틀림없지. 나의 경우에도 마찬가지고 말이야."

"도대체 그 DNA, DNA 하는데, 최종수의 경우에는 뭐가 어떻게 되었다는 것이죠?"

"최종수는 어릴 때, 고아로 버려졌어. 그리고 커가면서 사회 저변에 깔려 있는 빈민층에 대한 학대와 멸시를 그대로 받고 자랐지. 최종수의 내면에는 성공에 대한 욕구와 갈망이 내재되어 있어. 그리고 그 성공을 위해서 내재되어 있는 분노와 아픔들을 표출하지 못하고 담고 있었고. 그 분노와 아픔들은 언젠가는 폭발하기 마련이지. 일반적인 사람들이라면 때와 장소를 가리겠지만, 자기 조절 장치가 망가지게 되면 그렇게 하는 게 쉽지 않지. 이혼율이 급증하고 있는 지금의 사회에서 미래 인간 1종이 많이 발견되는 것이 바로 그 이유 중의 하나야. 동물이든지 인간이든지 버림을 받는다는 것은 굉장한 상처로 남게 되지. 아무리 1인 사회에 익숙해져 있는 세대라고 해도 말이야."

"그래서 미래 인간 치료제는 어떻게 되었죠? 개발한 거예요?"

"우리가 주목한 것은 DNA 속에서 이 형질들을 판독하는 것이 상당히 어렵다는 것이야. 분자 단위에 흐르는 서로 간의 화학물질들의 작용까지 파악하기란 어렵다는 말이지. 사람마다 정도의 차이가 존재하고 인간이 살아가면서 받는 그 환경변화가 많기 때문에 도저히 그것을 DNA를 건드릴 수 없었어. 유전자 가위와 같은 기술이 아무리 발달되어도 그것은 해결할 수 없는 숙제였지. 그래서 우리는 방향을 바꿔서 미래 인간 유형에 따라 복용하는 약물을 개발하기로 한 것이야. 일종의 신경 안정제와 같은 그런 역할을 할 수 있도록."

"그런데 부작용이 생기는 것은 어떤 이유에서죠?"

"인간의 DNA란 참 신기하지. 어떤 약물이 계속 투여되게 되면 몸 안에는 내성이라는 것이 작용하고, 이 내성이 다음 세대에 이르게 되면 기존의 약으로는 잘 치료가 안 된다네. 그게 인간이라는 것이 신비한 이유야. 그리고 이 미래 인간 병은 바이러스나 세균이 아니기 때문에 항체나 항원에 대한 것이 아니고, 분자 단위의 화학물질을 조절하는 기능에 치중해야 했어. 그게 매우 어려웠지."

"그래서 발표하기가 어려웠던 거군요?"

"맞아. 사회적인 이슈나 혼란이 가중될 것 같아서였지."

조윤정 검사는 그동안 궁금했던 것들을 모두 쏟아내기 시작한다.

그때, 김제나 교수가 갑자기 커다란 TV 모니터를 가리키며 말을 한다.

"잠시만요, 저 분은."

TV 모니터에는 생방송으로 특보가 발표되고 있었다.

"긴급 속보를 전해드립니다. 지금 이곳 거금도 앞에는 바이오연구소장으로 새롭게 취임한 장 바이오 교수의 충격적인 발표로 대한민국뿐만 아니라, 전 세계의 취재진들이 모여 있습니다. 주변을 통제하는 경찰 병력 또한 물샐 틈이 없이 철통같은 경호를 하고 있는데요, 지금 장 바이오 교수의 성명서를 들어보시겠습니다."

"안녕하세요? 한국 바이오연구소장으로 취임하게 된 장 바이오 교수입니다. 이렇게 중요한 자리에 저를 임명해 주신 국민 여러분의 뜻에 충분히 보답할 수 있도록 최선을 다하겠습니다. 오늘 저는 여기에서 중대한 이야기를 하고자 합니다. 그것은 바로 '미래 인간'에 대한 이야기입니다. 최근 각종 언론에서 '미래 인간'에 대한 논란이 계속되어 왔습니다. 많은 국민 여러분이 혼란을 겪고 있을 것이라고 생각합니다. 그래서 저는 저희 연구소가 가지고 있는 정보를 투명하게 공개해서 오해가 없도록 하고

자 합니다. 현재 저희가 확인한 바에 의하면, '미래 인간'은 병이 아니고 각 개개인이 가지고 있는 유전자의 성향을 분석한 것입니다. 아직 분석에 대한 정확도는 약 70% 정도로 보시면 되고, 이것은 혈액형처럼 변하지 않는 것이 아니고, 사람이 살아가면서 처하는 상황에 따라 변화가 될 수 있습니다. 따라서 저희는 이 한국인의 유전자 분석에 대한 빅데이터 체계를 구축하기 위해 가까운 병원이나 의료기관에 유전자 분석 장비를 도입하여 조속한 시일 내에 유전자 성향 분석의 완성도를 높일 것입니다. 원하시는 국민 여러분은 유전자 성향 분석과 관련해서 무료로 검사를 받아 보실 수 있습니다. 또한, 일부 유전자 성향 검사 결과에서 과도한 스트레스 징후를 보이거나 범죄나 사건의 발생 소지가 있는 분들은 별도의 치료 프로그램을 제공할 예정입니다. 좀 더 구체적인 사항들은 수개월 내 추가적인 조사를 통해 투명하게 공개할 예정입니다. 이상입니다."

"소장님, YCB에서 나왔습니다. 얼마 전에 YCB 토론에서 소장님께서 말씀하신 '페로몬' 사회에 대한 질문입니다. 결국 유전자 지도나 체계가 완성되면, 사전에 문제의 소지를 없애는 유전자 치료법이 발전할 것으로 보이는데요. 소장님이 말씀하신 '페로몬' 사회는 우성의 유전자만을 복제하거나 양성해서 사회의 의식을 안정화시키고자 하는 '좋은 유전자' 복제에 가깝습니다. 미래 인간 유전자 치료법과 좋은 유전자 복제, 둘 중에서 앞으로 어떤 것이 더 합리적이라고 생각하시나요?"

"글쎄요, 단정 짓기 어렵지만 유전자는 계속 사회의 환경들을 반영해서 후손들에게 전파하기 때문에 유전자 치료는 쉽지 않을 것으로 보입니다. 그리고 '페로몬' 사회 역시 윤리적인 문제를 생각하지 않을 수 없군요."

"그럼, 전임 소장의 딸인 김제나 교수는 앞으로 어떻게 하실 생각 입니까? 이 연구소에서 계속 연구를 이어나가게 하실 생각인가요?"

"김제나 교수는 모친인 김승희 교수의 연구를 훌륭히 이어받아 해오고 있었습니다. 물론, 사전에 저희 연구소와 협의 없이 논문을 발표해서 최근에 문제가 좀 있지만, 그 문제는 차후에 좀 더 고민해 보도록 하겠습니다."

"일부 소문에 의하면, 한국 바이오 연구소가 앞으로 중국의 투자를 대규모로 받아들인다는 말이 있던데 사실입니까?"

"네, 현재 미래 인간은 한국만의 문제가 아닙니다. 또한 이 연구를 하기 위해서는 막대한 자금의 투자가 필요합니다. 따라서 저희는 중국 신경과학 센터장이면서 듀엘 그룹의 자문을 맡고 있고, 최근 한국에서 여러 번 언론을 통해 소개되신 모지엔 교수님과 함께 일하게 될 것입니다."

"모지엔 교수는 한국 바이오 연구소에서 어떤 역할을 하게 되나요?"

"모지엔 교수는 이곳에서 부연구소장 직위를 맡게 될 것입니다."

"모지엔 교수가 이곳에서 일하는 것이 중국 투자 유치에 큰 영향을 미쳤다고 보십니까?"

"물론입니다. 모지엔 교수가 없었더라면 그런 대규모의 투자는 상상하기 힘들었을 것입니다."

"대규모 투자라고 하셨는데, 투자 규모는 얼마로 보고 계십니까?"

"투자 규모는 3년 내 100조 이상 투자하기로 합의했습니다."

교도소 감방 문이 열린다. 감방 안의 구석에는 수많은 서적들이 쌓여 있다. 벽에 걸린 TV에서는 긴급 속보가 흘러나오고 있다.
노인이 구부정하게 앉아서 TV 화면을 바라보고 있다.
"죄수번호 1001호 최종수, 정신질환이 인정되어 정신병원으로 이송한다. 어서 나오도록."

최종수는 천천히 일어나서 감방 밖으로 나간다. 교도관이 중간 중간에 잠겨 있는 문들을 차례로 열고, 교도소장이 있는 방으로 최종수를 안내한다. 교도소장 방 안에는 삐쩍 마른 신경질적으로 보이는 남자가 넓은 오동나무 책상에 발을 올리고 있다. 들어오는 최종수를 바라보며 냉소에 찬 목소리로 말을 이어간다.

"최종수 씨, 운이 아주 좋네요. 내가 보기엔 당신은 그저 살인자가 분명한데 말이야. 그런데 이렇게 운 좋게 빠져 나가다니. 아무튼 국가에서 당신은 병에 걸렸다고 인정해 줬으니, 남은 인생 잘 사쇼."

"어디로 이송되는 것입니까?"

"한국 바이오 연구소. 정부 쪽에서 누가 나와서 데려간다는데 아마 나가면 알게 될 거야."

최종수는 교도관의 안내에 따라 교도소의 철창을 차례로 지나게 된다. 최종수는 교도관이 주는 물품을 받는다. 옷을 환복하고 교도소 문을 열고 나가자, 검정색 세단이 그를 기다리고 있다. 창문이 열리고 낯익은 얼굴이 웃으며 맞이한다.

"최종수. 오랜만이네. 일단 타서 이야기 하지."

"설마 다시 이렇게 만나게 될 줄은."

최종수는 검정색 세단에 올라 옆에 있는 여자를 바라본다.

"당신도 많이 늙었군."

"그래, 나도 늙었고, 사람들은 모두 늙게 마련이지."

"다 늙은 나에게 무슨 볼일이?"

"당신은 평생 살인자로 살아야 하는 인생이야."

"그렇지. 나는 살인을 저질렀으니까."

"그런데 그 살인을 이해 못하는 것은 아니야."

"이해해줘서 다행이군."

"그건 병이니까. 당신의 깊은 마음속에 따뜻한 마음이 있다는 거 알아. 내가 코피노였는데도 당신은 다른 사람들과 다르게 처음부터 내게 따뜻했어. 그날, 필리핀의 바에서 나를 구해준답시고 나를 사 갈 때부터, 당신이 따뜻한 사람이란 걸 알고 있었어."

"그랬나."

"하지만 내가 만약 당신을 멈추지 않았다면, 당신은 계속 살인을 저질렀을 거야."

"그래. 아마도 그랬겠지."

"그런데 이번에는 반대로 당신이 나를 위해서 일을 해줬으면 해."

"일?"

"응."

"그게 뭔데?"

"누구 좀 죽여줘."

"살인을 해라. 이건가?"

"어차피 당신은 살인자야. 그리고 이건 국가를 위한 일이기도 하고. 당신이 살인을 한다고 해도 누구도 의심하지 않아. 이미 1종 병에 걸려 있으니."

"코피노인 당신이 한국을 위해서 그렇게 일하는 이유를 모르겠군."

"내가 아니고 우리 애들을 위해서야. 미래에 살아야 하는 애들. 누군가는 이 뫼비우스의 띠를 해결해야 해. 풀지 못하는 매듭이라면, 칼로 잘라서라도 어디가 시작이고 어디가 끝인지를 밝혀내야 해."

달리는 차창 밖으로 바람소리가 크게 들린다. 차가 흔들릴 만큼 바람이 강하게 불어댄다.

강제국 회장이 김제나 교수를 바라보며 난감한 표정을 짓는다.

"이런, 저 장 바이오라는 교수가 선수를 쳤구만. 이 연구소 이제 장 바이오 교수가 마음대로 주무르겠는걸."

조윤정 검사가 김인환 검사장을 바라보며 말한다.

"이제 어떻게 하죠?"

"아직 나는 부위원장님에게 들은 바는 없어."

"우리 쪽에 좋은 일인가요? 아니면 뭐가 어떻게 돌아가고 있는 거지?"

그때, 문이 열리며 여러 명의 사람들이 들어온다. 그 중에는 경비원들도 포함되어 있다.

"김제나 교수님, 잠시 나가 주셔야겠습니다. 그리고 김인환 검사장님과 조윤정 검사님은 잠시 저와 이야기 좀 해야겠는데요."

장 바이오 교수가 사람들 사이에서 나오며 말한다.

김제나 교수는 강제국 회장을 바라본다.

"나는 괜찮네만, 어차피 이 층 전체가 내 방이 아니던가?"

강제국 회장의 말에 장 바이오 교수가 쓴 웃음을 짓는다.

김제나 교수와 조윤정 검사 일행은 장 바이오 교수를 따라 방 밖으로 나간다. 장 바이오 교수는 김인환 검사장과 조윤정 검사를 13층에서 내리라고 말한 뒤, 김제나 교수에게 이야기한다.

"김제나 교수는 이 분들을 따라서 5층으로 가시면 됩니다."

김제나 교수는 불안함을 느끼며, 경비원들과 함께 5층으로 내려간다. 장 바이오 교수는 김인환 검사장과 조윤정 검사를 13층의 커다란 회의실로 안내한다.

"저는 장 바이오 교수입니다. 다들 잘 아시겠지만요."

"네, 페로몬 사회로 유명하신 장 바이오 교수님이시잖아요?"

"알아봐 주시니 감사합니다."

"그런데 저희들은 강제국 회장에 대한 수사로 왔습니다만, 수사 영장도 발부 받았고요."

"네, 알고 있습니다. 다만, 저는 명확히 해 두려는 것뿐입니다."

"명확히요?"

"네, 저는 내일부터 강제국 회장을 이곳이 아닌 일반 정신병원으로 이송할 것을 제안하고 싶습니다. 그것은 검찰도 원하는 바가 아닌가요? 검찰은 지금 항소를 하려고 준비 중이시지 않나요? 제가 알기로는 강제국 회장뿐만 아니라 듀엘 그룹에 대한 전면적인 수사를 하려고 준비 중인 것으로 알고 있습니다만."

"저희가 원하는 바가 맞습니다. 서로 이렇게 원하는 부분이 맞아 떨어지니 저희가 걱정이 없어지네요. 소장님."

"그러면 모레부터 정식으로 국가가 운영하는 정신병원으로 이송했으면 하는데 그 이송은 검찰 측에서 진행하는 게 어떨까요?"

"저희야 좋습니다."

"네, 그럼 내일 모레 뵙도록 하겠습니다."

"아, 네…."

장 바이오 교수가 말을 마치고 회의실을 나간다. 김인환 검사가 조윤정 검사를 바라보며 말을 한다.

"이거 아무래도 뭔가 수상한데."

"수상하다니요?"

"마치 우리를 떠나보내려고 강제국이를 내놓는 느낌이야."

"장 바이오 교수가 노리는 게 그럼 뭐라고 생각하시는데요?"

"노환으로 이곳에서 치료 중인 전임소장 김승희 교수."

"김승희 교수?"

"그래, 김승희 교수. 김승희 교수와 장 바이오 교수는 지금 이 순간 가장 대립적인 위치에 있는 사람들이야."

"어째서요?"

"김승희 교수의 양딸인 김제나 교수가 공개한 논문에서 미래 인간인 병으로 규정했지만, 장 바이오 교수는 병이 아닌 형질이라고 이야기하지. 그리고 그 형질을 수집하기 위해 공식적으로 각 병원에 DNA 분석기를 배치한다고 하잖아. 비밀리에 숨기면서 철저하게 파악을 해온 김승희 교수와는 달리 장 바이오 교수는 국가적인 이슈를 만들면서 국민들로 하여금 인기를 얻으려 하고 있어."

"왜 그렇게 장 바이오 교수를 안 좋게 생각하시는데요?"

"고민하지 않고 먼저 공언부터 하는 유형. 어디서 많이 본 거 같지 않아?

"어디서요?"

"저 사람, 정치하는 것과 비슷해. 이 문제에 대해서 가장 잘 아는 사람은 현재로서는 김승희 교수와 김제나 교수야. 그런데 장 바이오 교수는 이 사건에 대해서 잘 알지 못한 채 저렇게 이야기를 하고 있잖아. 그건 사적인 감정이 있다는 말이지."

"그런 것인가요?"

"하여튼 여길 빨리 나가자. 일단 서울로 가지 말고 전남 검찰청으로 가는 게 좋겠어. 서울로 가기엔 아직 위험해."

"여기가 더 위험하지 않아요? 이 근처에는 저희를 지원해 줄 만한 사람도 없을 텐데."

"있어. 믿을 만한 사람."

"그게 누군데요?"

"한국 바이오 연구소 보안실장. 최요식."

"최요식이요?"

"그래, 김승희 교수와 과거에 필리핀에 일했던 정부 요원."

"그 사람이 여기 보안실장이라고요?"

"그래. 일단 나가자."

김인환 검사장과 조윤정 검사는 한국 바이오 연구소를 빠르게 빠져 나온다.

"그 나미비아에서 데려온 여자는 어떻게 하고요?"

"그건 여기 연구소에서 할 일이고. 처음부터 여기로 데려올 생각이었잖아."

김인환 검사장에게 전화가 걸려 온다. 보안실장 최요식이다.

"검사장님. 여수 돌산 대교 근처에 간장 게장 맛있게 하는 데가 있는데, 거기서 좀 만날까요?"

"간장 게장이요? 그거 좋죠."

김인환 검사장이 조윤정 검사에게 말한다.

"여수 돌산 대교 근처에 거북 간장게장이라고 맛있는 데가 있다는데. 거기로 가자."

조윤정 검사가 유턴을 하려는 순간, 검정색 세단과 부딪힐 뻔한다.

"아, 저 새끼. 운전 참 지랄이네."

조윤정 검사가 나직이 읊조린다.

검정색 세단이 한국 바이오 연구소 내부로 진입하자, 장 바이오 교수가 나가서 맞이한다. 차에서 한 남자와 두 명의 요원들이 내린다.

"어서 오세요. 오시느라 고생하셨습니다."

요원들은 장 바이오 교수에게 가볍게 목례를 한 후, 남자를 연구소 경비인원들에게 인계한다. 장 바이오 교수는 남자를 7층으로 데리고 가라고 이야기한다. 경비원들이 남자를 7층으로 데려가자, 7층에서 한 남자가 반갑게 일어서며 나온다.

"오, 안녕하세요? 모지엔 교수입니다. 그 유명한 미래 인간 1호, 최종수 씨 맞지요?"

"네."

"그럼 잠시 이야기를 나누어도 될까요?"

"네."

모지엔 교수는 최종수를 반대쪽 투명 유리벽 안으로 안내한다.

"아, 오해하지 마세요. 제가 듣기에 미래 인간 1종 병에 걸렸다고 해서 혹시나 하는 미연의 사고를 방지하기 위해서입니다."

장 바이오 교수는 다시 강제국 회장이 갇혀 있는 방으로 올라간다.

장 바이오 교수가 강제국 회장에게 말한다.

"미래 인간 2호, 고민석. 그게 당신 본명이지요?"

"그렇지. 고민석. 그게 내 본명이지."

"김승희 교수의 연구는 낡고 진부합니다. 이제 내가 그 연구의 방향을 바꾸어 놓을 겁니다."

"낡고 진부하다는 것은, 클래식 하다는 또 다른 표현이지. 클래식은, 전형적이라는 의미도 있지만 한편으로는 일류의, 최고라는 뜻도 동시에 가지고 있지요."

"김승희 교수가 하던 그 연구는 결국 인류를 바꾸지 못합니다. 그런 방식으로는 절대 인류의 유전자 진화를 예측할 수 없죠."

"마드모아젤 장 바이오께서는?"

"저는 사람들의 뇌에 영향을 줄 수 있는 시스템을 만들 거예요."

"사람들이 그 시스템에 응할까?"

"사람들이 현재 접속하고 있는 가상의 게임, 가상의 컴퓨터, 가상의 클라우드 시스템, 모바일 시스템을 업그레이드 할 것입니다. 그 업그레이드는 사람의 의지를 인지하는 인공지능 시스템이죠. 거기에 접속하면 사람들은 자신도 모르게 가상 세계에 접속하게 되고, 저희들은 무의식적인 상황 속에서 사람들에게 영향을 줄 수 있습니다. 그러면 유전자나 DNA는 문제 될 게 없죠."

"생물학적인 진화나 가치가 아닌 사람들을 기계처럼 만들려는 것인가?"

"이미 지금 사회가 그렇게 진화하고 있습니다."

"당신의 그 논리가 더 진부하군. 인류가 그 어떤 기술로도 파악하지 못하는 것이 바로 사람의 의식이요. 그 의식을 구성하는 것은 뇌 신경이지만, 그 역시 DNA 사슬을 벗어나지 못하지. 단순히 사람들의 표현을 데이터화해서 그것을 인공지능이라고 인지하는 것 자체가 커다란 착각이지."

"착각인지 아닌지는 두고 보면 알게 되겠죠?"

"당신은 오리지널이 아니야."

"오리지널?"

"그저 남이 연구한 것을 베끼는 데 지나지 않는 가짜 학자라는 것이지. 책상에 앉아서 책으로 배웠을 테지. 지금 자네가 하는 연구."

"아니 그게 무슨?"

"당신은 경험이 부족해. 김승희 교수의 발끝에도 못 미친다고. 심지어는 김제나 교수에게 미치지도 못하지."

"뭐라고? 정신병자 주제에."

"정통이 아니야. 정통이."

"당장 정신병동으로 옮겨 주지."

장 바이오 교수는 경비원들을 호출한다. 경비원 두 명이 문을 열고 들어온다. 경비원 두 명이 강제국 회장을 가두고 있는 유리 방호벽시스템을 해제하자 유리 방호벽이 천장으로 서서히 올라간다. 경비원들이 강제국 회장의 양 팔을 끼고 서서히 문밖으로 나간다. 강제국 회장의 코에서 코피가 터져 흐른다. 경비들이 코피가 흐르는 강제국 회장을 위해 잠시 걸음을 멈춘다. 경비 한 명이 주변에 있는 티슈를 찾기 시작한다. 장 바이오 교수가 지혈솜을 찾아 경비원에게 건네준다. 강제국 회장은 손을 뻗어 지혈솜을 천천히 건네 받는다. 그 순간, 강제국 회장의 손이 경비원의 얼굴로 향했다가 내려온다. 무슨 일이 일어났는지 모른 채, 경비원의 두 눈에서 피가 솟구친다.놀라서 바라보는 장 바이오 교수에게 등을 돌린 채, 나머지 한 명의 경비원의 목을 찌른다. 강제국 회장의 손가락이 경비원의 목을 꿰뚫는다. 강제국 회장이 손을 떼자, 경비원은 피를 흘린 채 바닥에 쓰러진다. 고통스럽게 몸부림치는 모습을 보는 장 바이오 교수의 얼굴이 하얗게 질리기 시작한다.

"그러니까, 올드하고 진부하다는 것은 바로 이런 것을 두고 하는 말이지. 살과 살이 부딪히고, 피가 튀는 그런 것 말이야. 김승희 교수는 적어도 이런 아마추어는 아니었지. 자네는 애송이일 뿐이야."

장 바이오 교수는 할 말을 잃은 채, 이 늙은이를 바라보고 있다. 거동하기도 힘들 텐데 어떻게 순식간에 이런 일이 있을 수 있는지 믿을 수가 없다. 강제국 회장은 왼쪽 쟈켓에서 조그만 캡슐을 꺼내어 입에 짜 넣는다. 방 안에는 오렌지 향이 퍼진다.

"그 미래 인간 1종 치료제 말이야. 부작용이 있지. 이런 부작용."

강제국 회장은 장 바이오 교수에게 다가간다.

김인환 검사장은 간장 게장을 쪽쪽 빨아대며 말을 이어간다.

"그러니까, 김승희 교수께서 보안실장님에게 저희가 데리고 온 그 여자를 잘 보살피라고 이야길 했다는 거예요?"

"네, 분명히 그랬습니다."

"잘 보살피라는 의미가?"

"정부 쪽 요원들이 그 여자 애를 노릴 거라고 하더군요."

"정부 쪽이라면?"

"글쎄요, 그건 분명하게 이야기하진 않았습니다만, 장 바이오 교수 쪽을 이야기 하는 것 같다는 생각이 듭니다. 장 바이오 교수는 어쨌든 정부와 중국에서 밀어 주는 인물이 아닙니까?"

"아무래도…."

그때, 최요식 실장의 휴대폰이 울린다.

"네. 최요식입니다. 뭐? 강제국 회장이?"

최요식이 전화를 끊자마자 다급하게 말한다.

"강제국 회장이 방금 장 바이오 교수를 살해했다고 합니다."

"강제국 회장이요? 아니 어떻게…?"

김인환 검사장과 조윤정 검사는 최요식 실장을 따라 황급히 차를 몰기 시작한다. 연구소 입구에서 최요식 실장이 다급하게 경비원들을 부른다.

"지금 강제국 회장은?"

"강제국 회장은 보안 요원들이 제압해서 현재 감금실에 있습니다."

"그럼 부연구소장인 모지엔 교수가 이곳을 통제해야 하는데, 지금 어디에 계시지?"

"네, 최종수와 면담 중에 있습니다."

"최종수?"

최요식은 최종수라는 말에 놀라면서 보안 요원들에게 다그친다.

"최종수가 있는 곳이 어디야?"

"네, 7층입니다."

"일단, 나를 따라와."

최요식 일행이 긴급하게 엘리베이터를 타고 7층으로 올라간다. 7층의 문이 열리고 최요식이 모지엔 교수의 방문을 연다.

"어서 오세요. 왜 그렇게 바쁘세요? 땀까지 흘리고."

모지엔 교수가 가운데 놓인 소파에 앉아 있다. 뒤따라온 김인환 검사장과 조윤정 검사가 모지엔 교수를 보고 안도의 숨을 내쉰다.

최요식이 모지엔 교수에게 다가가자, 모지엔 교수가 그대로 쓰러진다. 모지엔 교수의 귀에서 피가 홍건히 나온다. 최요식이 놀라 주변을 살핀다. 유리벽 안쪽에 있는 남자가 서서히 몸을 일으키며 말한다.

"내가 말하지 않았나요? 왜 그렇게 바쁘냐니까?"

"최종수?"

"오랜만이네. 최요식."

"아니, 어떻게?"

"모지엔 교수가 저 기계를 통해 나의 신경에 접속을 시도했네. 신경 접속?"

"자신이 연구하고 있는 신경과학 시스템으로 나의 세계를 보고 싶어 했지. 그래서 나는 나의 세계를 보여 줬을 뿐이네. 가상 세계에서의 과도한 집착은 실제로 신경에도 충격을 주지."

"아니, 그럼 가상의 세계에서 죽였다는 거예요?"

"아니지. 현실에서 귀를 볼펜으로 찔러 죽였네. 너무 가상 세계에 몰두하면 현실 세계의 위험을 잊으니까 말이야."

최종수가 재미있다는 듯이 낄낄거린다.

"뭐가 그렇게 재미있죠?"

조윤정 검사가 최종수에게 화를 내며 묻는다.

"그러니까, 김승희 교수는 여기까지 내다 본거야. 여기까지."

"여기까지 뭘 내다 봤다는 거예요?"

"이 연구소를 김제나 교수에게 물려주는 것 말이야. 본인의 의지를 이어 받아서 이 연구를 계속했으면 했던 거지."

"그렇다면 김승희 교수가 당신에게 사주했다는 거예요?"

"아니, 누군가 나에게 사주하게끔 했던 거지."

"그게 무슨 말이죠?"

"김제나 교수가 위험하게 되면 제일 먼저 움직일 사람이 나라는 것을 알고 있었단 말이야."

"어째서 당신이 움직일 거라고 생각한 거죠?"

"글쎄요."

"안녕하십니까? 시청자 여러분. YCB 토론의 중재환입니다. 오늘은 얼마 전에 발생한 충격적인 사건에 대해서 토론을 해 보도록 하겠습니다. 먼저, 이 자리에는 미래 인간 이론의 저자인 김제나 교수님, 사회부 신성한 기자, 강제국 회장의 유죄론을 주장했던 검사로 유명한 조윤정 변호사를 모셨습니다. 자, 먼저, 신성한 기자님. 이 사건 어떻게 보시고 계십니까?"

"네, 안녕하세요? 신성한 기자입니다. 저는 이 사건에서 핵심적인 몇 가지가 있다고 생각하고 있는데요, '강제국 회장은 장바이오 교수를 살인했는가?'와 '미래 인간 1호 최종수 씨가 모지엔 교수를 살인했는가?'입니다. 여기에서 이상한 점은 한 날한 시에 약속이라도 한 것처럼 각각 살인을 저질렀는데요, 그배후에는 듀엘 그룹이 있을 것이라는 추측도 난무하고 있습니다."

"듀엘 그룹은 왜 또 이 사건에 등장하게 되는 것이죠?"

"모지엔 교수는 듀엘 그룹 소속의 자문위원으로 활동했는데요, 한국 바이오 연구소의 부연구소장으로 옮기면서 듀엘 그룹과의 관계가 불편해졌습니다. 사실상 중국과 한국 바이오 연구소 측으로 완전히 돌아서면서 듀엘 그룹과 관계를 정리하는수순이라고 많은 사람들이 우려를 표했습니다."

"듀엘 그룹이 한국 바이오 연구소에 많은 투자를 하고 있지않습니까? 그렇다면 동반자적인 관계가 아닌가요?"

"중국에서 100조원을 투자하기로 했기 때문에 사실 듀엘 그룹의 입김은 상당히 약해졌을 거라는 전문가들의 의견입니다."

"그렇다면 모지엔 교수가 중국 자금을 이용해서 듀엘 그룹의 바이오 산업에 대해서 도전장을 던졌다고 생각할 수도 있겠군요?"

"네, 상당 부분 설득력이 있는 이야기입니다. 중국에서 흘러나온 자금들은 대부분은 세계 1위 드론 사업자인 드로니아로부터 철수하는 자금이었습니다. 따라서 일부에서는 중국이 이제본격적으로 한국의 바이오 산업에 대해서 정면 승부를 띄우는 것이 아닌가 하는 우려가 있었습니다."

"그렇군요. 그럼 이번에는 김제나 교수님에게 여쭈어 보겠습니다. 김승희 교수님의 연구를 이어서 김제나 교수께서 미래 인간에 대한 연구를 세상에 발표하지 않았습니까? 그 미래 인간에 대한 연구와 가치에 대해서 세계적으로 많은 이슈가 되고 있는데요. 이 부분 어떻게 생각하십니까?"

"먼저, 많은 사람들이 관심을 가져 주시는 것은 개인적으로는 매우 감사하게 생각합니다. 그리고 아직 이 연구에 대해서는 해야 할 일들이 많이 있기 때문에 가야 할 길이 멀다고 생각하고 있습니다. 미래 인간은 아직까지 병이라고 저는 정의를 내리고 있지만, 어쩌면 이것은 인류가 맞게 되는 형질의 일부로 변할까봐 두렵기도 하구요."

"형질의 일부로 변할까봐 두렵다는 것은 어떤 의미인가요?"

"사람들이 미래 인간의 증세가 보편적으로 나타나게 되는 것이 두렵다는 이야기입니다. 그 증세가 우리 사회에서 결코 좋은 현상은 아니니까요."

"이번 사건을 계기로 한국 바이오 연구소의 체계가 좀 달라졌다고 하는데, 어떻게 달라지는 것입니까?"

"네, 연구소장은 일반 연구원 출신이 아닌, 국가 기관에서 임명하는 국가 기관장이 맡을 것이고요, 5년에 한 번씩 변경된다고 합니다. 그리고 부연구소장은 연구원 출신들이 하게 되고, 임기는 정해져 있지 않습니다. 그러니까 행정과 연구를 분리한다고 보면 될 거 같습니다."

"이번에 연구소장으로 임명되신 분이 국가의 정보위원회 부위원장님이신 문지연 소장님이신데요, 김제나 부연구소장님과 어떻게 잘 맞으실 것 같습니까?"

"일단, 나이나 경력으로 제가 어린데 부연구소장이라는 직책을 맡게 되어서 어깨가 많이 무겁고요, 문지연 소장님은 처음 뵙지만, 매우 따뜻하고 친절한 분이신 것 같습니다."

"그것 말고도 화제가 되고 있는 부분이 있어요. 알고 계시나요?"

"네, 소장님과 제가 모두 코피노 출신이라는 것입니다. 그러니까 한국에서 제일 중요한 연구소장과 부연구소장이 코피노인 것은 처음 있는 일이라고 하시던데요. 호호호."

"조윤정 변호사님께 질문 드리겠습니다. 이 사건 어떻게 보십니까?"

"네, 일단 최종수 씨 사건의 로펌 변호사로서 간략히 말씀을 드리면, 당시에 모지엔 교수는 최종수 씨에게 뇌 관련 임상실험을 강제로 한 것으로 보여지고요, 따라서 최종수 씨가 정신질환이 있었다는 점과 치료를 목적으로 한 곳에서 정밀 검사를 거치지 않고 바로 임상실험에 불법적으로 동원되었다는 점에서 실형이 내려질지는 두고 봐야 할 것 같습니다."

"일단 최종수 씨는 그 연구소에서 계속 관리를 하는 것입니까?"

"네, 일단 다른 병원에서는 미래 인간 병에 대해 치료할 수 있는 설비가 없기 때문에 그곳에서 계속 관리를 할 예정입니다."

"또 하나의 사건이 있죠. 강제국 회장이요."

"강제국 회장은 세 명의 사람들을 살인한 것이 인정됩니다. 아무리 미래 인간 병에 걸렸다고는 하나, 이번 사건의 경우에는 사전에 치밀하게 계획적으로 살해한 것이라고 검찰은 보고 있습니다. 내부 CCTV를 통해…."

문지연 소장이 유리벽 안에 있는 최종수를 바라보며 말한다.

"기분이 어때?"

"무슨 기분?"

"당신 딸, 김제나가 TV에 나와서 저렇게 유명인사가 된 것 말이야."

"그래서 당신도 기분이 좋은 거구만?"

참고문헌

1) 신유원 지음, 『바이오시밀러(Biosimilars) 시장동향분석』, 한국보건산업진흥원, 보건산업브리프 197호 2015년 10월 5일 발행, 1~2쪽

2) 레이쓰하이 지음, 허유영 옮김, 『슈퍼달러의 대반격 G2 전쟁』, 부키(주), 2015년 7월 24일 초판 6쇄, 37쪽

3) 재레드 다이아몬드 지음, 김정흠 옮김, 이현복 해설, 『제3의 침팬지』, 문학사상, 2015년 10월 23일(신장판) 2판 1쇄 168페이지 ~ 171쪽

4) 서울대 농대 양봉학 교수 최승윤 지음, 『양봉·꿀벌과 벌통』, 오성출판사, 2014년 8월 5일 1판 18쇄, 134~160쪽

5) 리처드 도킨스 지음, 홍영남, 이상임 옮김, 『이기적 유전자(전면개정판)』, 2015년 12월 5일 전면 개정판 39쇄, 86~88쪽

6) 사비오 챈·마이클 자쿠어 지음, 홍선영 옮김, 『중국의 슈퍼 컨슈머 13억 중국 소비자는 무엇을 원하는가』, 부키(주), 2015년 8월 28일 초판 1쇄, 21쪽

7) 해리 덴트 지음, 권성희 옮김, 『2018 인구 절벽이 온다』, 청림출판, 2015년 8월 20일 1판 14쇄, 63쪽

8) 해리 덴트 지음, 권성희 옮김, 『2018 인구 절벽이 온다』, 청림출판, 2015년 8월 20일 1판 14쇄, 204쪽

9) 제러미 리프킨 지음, 안진환 옮김, 『한계비용 제로 사회 사물인터넷과 공유경제의 부상』, 민음사, 2014년 10월 15일 1판 3쇄, 123~125쪽

10) 유발 하라리 지음, 조현욱 옮김, 이대수 감수, 『사피엔스』, 김영사, 2015년 12월 15일 1판 9쇄 발행, 544~545쪽

11) 위키백과, 인간 게놈